COLLECTION
FOLIO CLASSIQUE

Grimm

Nouveaux contes

Choix,
traduction nouvelle,
postface et notices
de Jean Amsler

Gallimard

RAIPONCE

Il était une fois un homme et une femme qui depuis longtemps désiraient en vain un enfant, enfin la femme fut en espérance que le bon Dieu exaucerait leur vœu. Ces gens avaient à l'arrière de leur maison une petite fenêtre par où l'on pouvait voir dans un superbe jardin plein des plus belles fleurs et herbes; mais il était entouré d'un haut mur et personne n'osait y entrer car il appartenait à une magicienne qui avait un grand pouvoir et était redoutée de tout le monde. Un jour, la femme était à cette fenêtre et regardait en bas dans le jardin, voilà qu'elle aperçut une plate-bande qui était plantée des plus belles raiponces et elles étaient si fraîches et si vertes qu'elle eut une envie et ressentit le plus grand désir de manger des raiponces. Ce désir allait croissant chaque jour et, comme elle savait qu'elle n'en aurait pas, elle dépérit, eut une mine blême et misérable. Alors, l'homme prit peur et demanda : « Que te manque-t-il, chère femme ? — Ah ! répondit-elle, si je n'arrive pas à manger de raiponces du jardin qui est derrière notre maison, je meurs. »

Le mari, qui l'aimait bien, pensa : « Avant de laisser mourir ta femme, tu vas lui chercher des raiponces, quel qu'en soit le prix. » Le soir, il sauta le mur du jardin de la magicienne, saisit en toute hâte une poignée de raiponces, et les apporta à sa femme. Elle les mit aussitôt en salade et les mangea goulûment. Mais elles lui avaient tant plu au goût que le lendemain elle en eut trois fois plus envie. Pour qu'elle se calmât, le mari dut encore une fois sauter le mur du jardin. Il le fit donc à la tombée du soir, mais quand il fut descendu du mur, il eut une peur énorme car il vit devant lui la magicienne. « Comment peux-tu oser », dit-elle avec un regard courroucé, « entrer par escalade dans mon jardin et me voler mes raiponces comme un larron ? Il t'en cuira.
— Ah ! répondit-il, faites prévaloir grâce sur droit, je ne m'y suis résolu que par nécessité : ma femme a aperçu vos raiponces par la fenêtre et éprouve une si grande envie qu'elle mourra si elle n'en a pas à manger. »

Alors la magicienne revint un peu de son courroux et lui dit : « S'il en est ainsi que tu le dis, je te permettrai d'emporter des raiponces tant que tu voudras, seulement je pose une condition : tu devras me donner l'enfant que ta femme mettra au monde. Il sera bien traité et j'en prendrai soin comme une mère. » L'homme dans son angoisse dit oui à tout et, quand la femme fut en couches, la magicienne aussitôt parut, donna à l'enfant le nom de Raiponce et l'emporta.

Raiponce devint la plus belle enfant du monde.

Quand elle eut douze ans, la magicienne l'enferma dans une tour située dans une forêt et qui n'avait ni escalier ni porte, sauf tout en haut une toute petite fenêtre. Quand la magicienne voulait entrer, elle se plaçait au pied de la tour et criait :

Raiponce, Raiponce,
Laisse descendre tes cheveux.

Raiponce avait de superbes cheveux longs, fins comme l'or filé. Quand elle entendait la voix de la magicienne, elle défaisait ses nattes, les nouait en haut à un crochet de fenêtre et alors les cheveux tombaient vingt aunes plus bas et la magicienne y grimpait.

Après une paire d'années, il se trouvait que le fils du roi vint à cheval par la forêt et passa au pied de la tour. Alors il entendit un chant, s'arrêta et tendit l'oreille : c'était Raiponce qui passait ainsi le temps dans sa solitude à faire retentir sa charmante voix. Le fils du roi voulut monter jusqu'à elle et chercha une porte de la tour mais il n'en pouvait trouver. Il rentra à son logis, mais le chant avait si fort touché son cœur que chaque jour il retournait dans la forêt l'écouter. Un jour qu'il était ainsi derrière un arbre, il vit qu'une magicienne arrivait et criait vers le haut de la tour :

Raiponce, Raiponce,
Laisse descendre tes cheveux.

Alors Raiponce défit ses tresses, les laissant tomber, et la magicienne y grimpa. « Si c'est l'échelle par où l'on monte, je tenterai aussi ma chance un jour. » Et le lendemain, quand il commençait à faire sombre, il alla au pied de la tour et cria :

Raiponce, Raiponce,
Laisse descendre tes cheveux.

Aussitôt les cheveux tombèrent et le fils de roi y grimpa. D'abord Raiponce eut grand-peur quand un homme entra chez elle tel que ses yeux n'en avaient encore vu de pareil, mais le fils de roi se mit à lui parler tout à fait amicalement et lui conta que son cœur avait été à ce point ému par son chant qu'il ne l'avait plus laissé en repos et qu'il avait eu besoin de la voir en personne. Comme Raiponce revenait de sa frayeur, quand il lui demanda si elle voulait le prendre pour mari et vit qu'il était jeune et beau, elle pensa : « Celui-là m'aimera mieux que la vieille madame Gothel », et dit oui et mit sa main dans la sienne. Elle dit : « Je veux bien aller avec toi, mais je ne sais comment je peux descendre. Si tu viens, apporte chaque fois un écheveau de soie, j'en tresserai une échelle et quand elle sera finie je descendrai et tu me prendras sur ton cheval. » Ils convinrent que désormais il viendrait tous les soirs la voir car de jour la vieille venait.

La magicienne ne s'aperçut de rien jusqu'au jour où Raiponce se mit à lui dire : « Dis-moi donc, Dame Gothel, d'où vient-il seulement que j'ai bien plus de peine à vous hisser que le jeune fils de roi qui se trouve à l'instant auprès de moi? — Ah! enfant abominable, s'écria la magicienne, que dois-je entendre de ta bouche! Je pensais t'avoir séparée du monde entier et pourtant tu m'as trompée! »

Dans sa colère, elle happa les beaux cheveux de Raiponce, les roula plusieurs fois autour de sa main gauche, saisit de la main droite des ciseaux et ritch, ratch! elle les avait coupés, et les belles tresses gisaient par terre. Et elle fut sans pitié au point de mettre la pauvre Raiponce en un lieu désert où elle dut vivre dans la plainte et le désespoir.

Mais le même jour où elle avait exilé Raiponce, le soir, la magicienne noua les tresses coupées aux crochets de la fenêtre et quand le fils de roi vint et s'écria :

Raiponce, Raiponce,
Laisse descendre tes cheveux,

elle laissa pendre les cheveux jusqu'à terre. Le fils de roi grimpa, mais là-haut ne trouva pas sa chère Raiponce, mais la magicienne qui le regardait d'un air méchant et venimeux. « Aha! » s'écria-t-elle railleuse, « tu veux emmener ta Dame Chérie, mais le bel oiseau n'est plus au nid et ne chante plus, le chat l'a emporté et lui arrachera les yeux en plus. » Le fils du roi fut hors de lui de douleur et dans son désespoir il sauta à bas de la tour; il s'en tira vivant, mais les épines où il tomba lui crevèrent les yeux. Alors, aveugle, il erra dans la forêt ne mangeant rien que des baies et des racines et ne faisant rien que gémir et pleurer sur la perte de sa très chère femme. Ainsi quelques années il s'en fut errant et se trouva enfin dans le lieu désert où Raiponce vivait dans le besoin avec les deux jumeaux qu'elle avait eus, un garçon et une fille. Il entendit une voix et elle lui sembla connue ; il alla dans cette direction et, comme il arrivait, Raiponce le reconnut et se jeta à son cou en pleurant. Mais toutes ses larmes mouillèrent ses yeux, il vit à nouveau clair, et il voyait comme auparavant. Il la conduisit dans son royaume où il fut accueilli avec joie et ils vécurent encore longtemps, heureux et satisfaits.

LES TROIS FILEUSES

Il était une fille paresseuse qui ne voulait pas filer, et la mère pouvait dire ce qu'elle voulait, elle ne pouvait l'y contraindre. Enfin la mère fut un jour prise de colère et d'impatience et la frappa, sur quoi l'autre se mit à pleurer bruyamment. Or justement passait la reine qui entendant pleurer fit arrêter son carrosse, entra dans la maison et demanda à la mère pourquoi elle battait sa fille si bien qu'on entendait ses cris dans la rue. Alors la femme eut honte de mettre en lumière la paresse de sa fille et dit : « Je ne peux pas l'empêcher de filer, elle veut sans cesse et sans trêve filer, et je suis pauvre et je ne puis lui procurer le lin. » Alors la reine répondit : « Je n'entends rien si volontiers que le ronron du rouet et ne suis jamais si réjouie que quand il tourne; donnez-moi votre fille au château, j'ai du lin à suffisance, elle pourra filer tant qu'elle en aura envie. » La mère était bien contente, et la reine emmena la fille. Quand elles furent arrivées au château, elle la conduisit à trois cabinets du haut qui étaient pleins du plus beau lin du plancher au plafond. « Eh bien, file-moi ce lin, dit-elle, et quand tu auras fini, tu recevras mon fils aîné pour époux ; certes tu es pauvre, mais il ne m'importe, ton zèle intrépide est une dot suffisante. » La jeune fille frémit intérieurement car elle ne savait pas filer le lin quand même elle aurait vécu trois cents ans et y aurait passé chaque jour du matin au soir. Quand elle fut seule, elle se mit à pleurer et resta ainsi trois jours sans remuer la main. Le troisième jour la reine vint et, quand elle vit que rien n'était encore filé, elle s'étonna fort, mais la jeune fille s'excusa en disant que par tant de chagrin d'être loin de sa mère elle n'avait encore pu commencer. La reine accepta l'excuse mais se dit en partant : « Demain, tu me commenceras à travailler. »

Quand la jeune fille fut à nouveau seule, elle ne sut plus comment s'y prendre et, dans son embarras, alla à la fenêtre. Alors elle vit arriver trois bonnes femmes dont l'une avait un grand pied tout plat, la seconde une lèvre inférieure si grande qu'elle lui pendait sur le menton, et la troisième un pouce large comme ça. Elles s'arrêtèrent devant la fenêtre, regardèrent en l'air, et demandèrent à la fille ce qui n'allait pas. Elle leur plaignit son embarras, alors elles lui offrirent leur aide et dirent : « Si tu veux bien nous inviter à la noce, n'avoir pas honte de nous et nous appeler tes cousines, nous placer à ta table, nous voulons bien filer tout le lin, et cela en peu de temps. — De tout cœur, répondit-elle, entrez donc seulement et mettez-vous tout de suite à l'ouvrage. »

Alors elle fit entrer les trois étranges bonnes

femmes et leur fit une place dans le premier cabinet où elles pussent s'asseoir et commencer à filer. L'une tirait le fil et tournait le rouet, l'autre mouillait le fil, la troisième le tordait et battait du doigt la table et chaque fois qu'elle battait, un écheveau de fil tombait à terre, et il était filé de la façon la plus fine. Elle cacha les trois fileuses à la reine, et lui montra chaque fois qu'elle venait la quantité de fil filé, si bien que la reine n'en finissait plus de la complimenter. Quand le premier cabinet fut vide, on passa au second, puis au troisième et celui-là aussi fut bientôt évacué. Alors les trois bonnes femmes prirent congé et dirent à la fille : « N'oublie pas ce que tu nous a promis; cela te portera bonheur. »

Quand la jeune fille montra à la reine les cabinets vides et le gros tas de fil ouvré, elle prépara la noce, et le fiancé se réjouit d'obtenir la main d'une femme aussi adroite et active, et il la couvrit de louanges. « J'ai trois vieilles cousines, dit la jeune fille, et comme elles m'ont fait beaucoup de bien, je ne voudrais pas les oublier dans mon bonheur; permettez donc que je les invite à la noce et qu'elles prennent place à la table. » La reine et le fiancé dirent : « Pourquoi ne pas le permettre? » Donc quand la fête commença, trois personnes du sexe entrèrent dans un singulier équipage, et la mariée dit : « Soyez les bienvenues, chères cousines. — Ah! dit le mari, comment as-tu pu te faire des amies aussi laides? »

Là-dessus, il alla trouver celle qui avait un pied large et demanda : « D'où vous est venu ce pied large? — De presser la pédale du rouet », répondit-elle.

Alors le marié alla trouver la deuxième et demanda : « D'où avez-vous cette lèvre pendante ? — De mouiller le fil en le léchant », répondit-elle.

Alors il questionna la troisième : « D'où avez-vous ce large pouce ? — De tordre le fil », répondit-elle.

Alors le fils de roi prit peur et dit : « Eh bien jamais au grand jamais ma belle mariée ne touchera un rouet. » Ainsi elle fut dispensée de filer le lin, ce qu'elle n'aimait pas.

DU PÊCHEUR ET DE SA FEMME

Il était une fois un pêcheur et sa femme qui habitaient ensemble un pot de chambre, non loin de la mer, et le pêcheur allait tous les jours et pêchait à la ligne : et il pêchait et il pêchait.

Voilà que la ligne part au fond, très profond, et quand il la remonte, il tire de l'eau un grand turbot. Alors le turbot lui dit : « Écoute voir, pêcheur, je te prie, laisse-moi vivre, je ne suis pas un vrai turbot, je suis un prince ensorcelé. À quoi te sert de me tuer ? Je n'aurai pas bon goût ; remets-moi à l'eau et laisse-moi nager. — Eh bien, dit l'homme, tu n'as pas besoin de tant de paroles ; un turbot qui parle, je le laisserai volontiers nager. »

À ces mots, il le remit dans l'eau claire. Alors le turbot alla au fond en laissant derrière lui une longue traînée de sang. Alors le pêcheur se leva et rejoignit sa femme dans le pot de chambre.

« Homme, dit la femme, tu n'as rien pris ? — Non, dit l'homme, j'ai trouvé un turbot qui dit avoir été un prince ensorcelé, alors je l'ai laissé partir. — Tu ne lui as pas dit un souhait ? dit la femme. — Non, dit l'homme, que puis-je souhaiter? — Ah! dit la femme, pourtant c'est triste d'habiter toujours un pot de chambre, ça pue et c'est écœurant; tu aurais pu tout de même souhaiter pour nous une petite maison. Retourne et appelle-le; dis-lui que nous voulons avoir une petite maison, il le fera sûrement. — Ah! dit l'homme, à quoi bon y retourner? — Hé, dit la femme, tu l'as bel et bien pris et l'as remis à l'eau; il le fera sûrement. Vas-y tout de suite. »

L'homme n'était pas encore bien décidé, mais il ne voulait pas se quereller avec sa femme et il alla jusqu'à la mer.

Quand il y arriva, la mer était toute verte et jaune et plus du tout si transparente. Il s'arrêta et dit :

Bonhomme, Bonhomme, Timpetu!
Turbot, turbot, l'as-tu vu?
Ilsebill, c'est malheureux
Ne veut pas ce que je veux.

Alors le turbot s'approcha nageant et dit : « Eh bien, que veux-tu donc? — Ah! dit l'homme, je t'ai pris, et maintenant ma femme dit que j'aurais pu faire un vœu. Elle ne veut plus habiter le pot de chambre, elle voudrait une petite maison. — Va, dit le turbot, elle aura tout. »

Alors l'homme s'éloigna, et sa femme n'était plus dans un pot de chambre, il y avait là une petite maison et sa femme était assise sur un banc devant la porte. Alors sa femme le prit par la main et lui dit : « Entre, maintenant c'est beaucoup mieux. » Alors ils entrèrent, et dans la maison il y avait une petite entrée et une superbe petite chambre à feu et une chambre à coucher où était maintenant leur lit, et une cuisine et une resserre pour les aliments, le tout au mieux avec les ustensiles et dans le meilleur état, fer-blanc et laiton tout ce qu'il faut. Et sur le derrière était une petite cour avec poules et canards et un petit jardin avec des herbes et des fruits. « Vois, dit la femme, n'est-ce pas joli ? — Oui, dit l'homme, si ça reste tel quel, nous y vivrons bien contents. »

Là-dessus, ils prirent leur repas et allèrent au lit.

Ainsi allèrent les choses huit ou quinze jours quand la femme dit : « Écoute, l'homme, la maison est trop étroite, et la cour et le courtil sont si petits. Le turbot aurait sûrement pu nous faire cadeau d'une maison plus grande. J'aimerais habiter un grand château ; va voir le turbot, qu'il nous donne un château. — Ah, femme, dit l'homme, la maisonnette est ma foi suffisamment bonne, à quoi bon habiter un château ! — Hé quoi, dit la femme, vas-y, le turbot peut toujours faire ça. — Non, femme, dit l'homme, le turbot nous a donné d'abord la petite maison, je ne vais pas y retourner, le turbot pourrait refuser. — Vas-y quand même, dit la femme, il le peut très bien et te le donnera de bon cœur ; vas-y. »

L'homme avait le cœur si lourd qu'il ne voulait pas ; il se dit à part lui : « Ce n'est pas bien », mais pourtant il y alla.

Quand il arriva au bord de la mer, l'eau était toute violette et bleu sombre et grise et opaque, et plus du tout verte et jaune, pourtant elle était encore calme Alors, il s'arrêta et dit :

Bonhomme, Bonhomme, Timpetu!
Turbot, turbot, l'as-tu vu?
Ilsebill, c'est malheureux
Ne veut pas ce que je veux.

« Eh bien, que veut-elle donc? dit le turbot. — Ah, dit l'homme bien embarrassé, elle veut un grand château de pierre. — Va, elle est devant la porte », dit le turbot.

Alors l'homme s'en alla et pensait rentrer à la maison, mais quand il arriva, un grand palais de pierre se dressait devant lui; sa femme se tenait sur l'escalier et se préparait à y entrer; alors il la prit par la main et dit : « Entrons. » Il entra avec elle et dans le château il y avait un grand hall carrelé de marbre et des valets en grand nombre qui ouvraient les portes, et les murs étaient tout luisants et avec de belles tapisseries, et dans les chambres rien que des chaises et des tables dorées, et des lustres de cristal pendaient aux plafonds, et c'était la même chose dans les chambres à feu et les cabinets, il y avait des tapis partout; et les tables étaient couvertes de victuailles et de vins délicieux au point de crouler. Et derrière la maison était encore une grande cour avec écurie et étable et voitures du meilleur genre, et aussi un magnifique jardin avec les plus belles fleurs et de fins arbres fruitiers, et un bosquet d'agrément d'une demi-lieue de long, où il y avait des cerfs et des chevreuils et des lièvres et tout ce qu'on peut souhaiter. « Eh bien, dit la femme, n'est-ce pas beau? — Ah oui, dit l'homme, pourvu que ça dure et que nous habitions le beau château et soyons satisfaits.

— Nous allons y réfléchir, dit la femme, la nuit porte conseil. »

Sur ce, ils allèrent au lit.

Le lendemain matin, la femme se réveilla la première; il faisait tout juste jour et, de son lit, elle vit la belle contrée qui s'étendait devant elle. L'homme se dressa aussi, alors elle s'appuya de côté sur un coude et dit: « L'homme! lève-toi et regarde par la fenêtre. Vois: ne pourrait-on pas être les rois de tout ce pays? — Ah, femme, dit l'homme, pourquoi vouloir être rois! Je n'ai pas envie d'être roi! — Eh bien, dit la femme, si tu ne veux pas être roi, moi je veux être roi. Va trouver le turbot, dis-lui que je veux être roi. — Ah, femme, dit l'homme, pourquoi veux-tu devenir roi? Je ne peux pas lui dire une chose pareille. — Pourquoi pas? dit la femme. Vas-y à l'instant, j'ai envie d'être roi! — Ah, femme, dit l'homme, pourquoi veux-tu devenir roi? Je ne voudrais pas le lui dire. — Pourquoi pas? dit la femme. Vas-y tout droit, il faut que je sois roi. »

Alors l'homme y alla et il était très troublé que sa femme voulût devenir roi. « Ce n'est pas bien et ce n'est pas bien », pensait l'homme. Il ne voulut pas y aller mais il y alla quand même.

Et quand il fut au bord de la mer, elle était toute d'un gris noirâtre et l'eau fermentait du fond et sentait fort le pourri. Alors il s'arrêta et dit:

Bonhomme, Bonhomme, Timpetu!
Turbot, turbot, l'as-tu vu?
Ilsebill, c'est malheureux
Ne veut pas ce que je veux.

« Allons, que veut-elle ? dit le turbot. — Ah ! dit l'homme, elle veut devenir roi. — Va, ce sera fait », dit le turbot.

Alors il s'en alla et quand il arriva au palais, le château était devenu beaucoup plus grand avec une grande porte et de magnifiques ornements ; et la sentinelle était devant l'entrée et il y avait là beaucoup de soldats avec timbales et trompettes. Et quand il entra dans la maison, tout y était de marbre pur et d'or et les plafonds de velours et des grandes houppes dorées. Alors les portes de la salle s'ouvrirent là où était tout le train de la cour et sa femme était assise sur un haut trône d'or et de diamant et avait une grande couronne sur la tête et le sceptre à la main, qui était d'or massif et de pierreries, et sur les deux côtés près d'elle se tenaient ses filles d'honneur sur un rang, chacune d'un rien plus grande que l'autre. Alors il s'arrêta et dit : « Ah ! femme ! te voilà roi ! — Oui, dit la femme, maintenant je suis roi. »

Il était là qui la regardait et quand il l'eut ainsi regardée un bout de temps, il dit : « Ah ! femme, c'est si bien que tu sois roi ! Maintenant nous ne souhaiterons plus rien. — Non, l'homme », dit la femme, et elle était très agitée, « je trouve le temps long, je ne peux plus y tenir. Va voir le turbot, je suis roi, maintenant il faut que je devienne aussi empereur. — Ah ! femme, dit l'homme, pourquoi veux-tu devenir empereur ? — L'homme, dit-elle, va voir le turbot, je veux être empereur. — Ah ! femme ! dit l'homme, il ne peut pas faire d'empereur, je ne veux pas dire ça au turbot ; il n'y a qu'un empereur dans l'empire : le turbot ne peut pas faire un empereur, il ne le peut, il ne le peut. — Quoi ? dit la femme, je suis roi, et tu es mon mari, veux-tu bien y aller tout de suite ! Vas-y tout de suite : s'il peut faire un roi, il peut faire un empereur, je veux et je veux être empereur ; vas-y sur l'heure ! »

Il a fallu qu'il y aille. Mais comme l'homme s'en allait, il avait très peur, et tout en s'en allant, il se disait : « Ça ne va pas du tout du tout ; empereur, c'est trop d'impudence, le turbot va se fatiguer à la fin. »

Sur ces entrefaites, il arrive au bord de la mer, elle était toute noire et épaisse et commençait à fermenter au fond tant qu'il en montait des bulles et il venait un vent tel qu'il se retourna ; et l'homme eut un frisson. Alors il s'arrêta et dit :

Bonhomme, Bonhomme, Timpetu !
Turbot, turbot, l'as-tu vu ?
Ilsebill, c'est malheureux
Ne veut pas ce que je veux.

« Bon, que veut-elle ? dit le turbot. — Ah, turbot, dit-il, ma femme veut devenir empereur. — Va, dit le turbot, elle l'est tout à fait. »

Alors l'homme s'en alla, et quand il arriva, tout le château était de marbre poli avec des figures d'albâtre et des ornements d'or. Devant la porte défilaient des soldats, et ils jouaient de la trompette et battaient timbales et tambours ; mais dans la maison allaient et venaient des barons et des comtes et des ducs ainsi que des valets ; ils lui ouvrirent les portes qui étaient tout entières d'or. Et quand il entra, sa femme était assise sur un trône qui était en or tout d'une pièce et qui avait bien deux toises de haut et elle avait sur la tête une grande couronne d'or, elle était haute de trois aunes et garnie de brillants et d'escarboucles ; dans une main, elle avait le sceptre et dans l'autre le globe d'Empire et des deux côtés d'elle se tenaient des gardes du corps sur deux rangs, par rang de taille, du plus grand géant qui mesurait deux toises jusqu'au plus petit nain qui était grand comme mon petit doigt. Et devant elle se tenaient nombre de princes et de ducs. L'homme se faufila et dit : « Femme, te voilà maintenant empereur ? — Oui, dit-elle, je suis empereur. »

Alors il se recula pour mieux voir et, au bout d'un instant, il dit ainsi : « Ah ! femme ! Ce que c'est beau que tu sois empereur ! — L'homme, dit-elle, qu'est-ce que tu fais là ? Maintenant que je suis empereur, je veux devenir aussi pape, va voir le turbot. — Ah ! femme ! dit l'homme, qu'est-ce que tu ne veux pas ! Tu ne peux devenir pape, le pape est un homme unique dans la chrétienté, ça, il ne pourra pas le faire. — L'homme, dit-elle, je veux devenir pape, vas-y à l'instant, il faut encore que je devienne pape aujourd'hui. — Non, femme, dit l'homme, je ne peux lui dire cela, ça ne marchera pas bien, le turbot ne peut te faire pape. — L'homme ! Quelle blague ! dit la femme, s'il peut faire un empereur, il peut faire un pape. Vas-y, je suis empereur, et tu es mon mari, vas-tu y aller ? »

Alors, tout penaud, il s'en alla, mais il était tout flapi et tremblant et titubait, et ses genoux et ses mollets grelottaient sous lui. Et il se mit à souffler un vent sur le pays, et les nuages volaient, et il fit sombre sur le soir ; les feuilles tombaient des arbres et l'eau bouillonnait et se brisait contre le rivage et de loin il vit des bateaux en détresse qui dansaient sur les vagues. Pourtant, le ciel était encore bleu en son centre et sur les côtés il était rouge comme si arrivait un gros orage. Alors il s'avança timidement et, dans son angoisse il dit :

Bonhomme, Bonhomme, Timpetu !
Turbot, turbot, l'as-tu vu ?
Ilsebill, c'est malheureux
Ne veut pas ce que je veux.

« Bon, que veut-elle donc ? dit le turbot. — Ah ! dit l'homme, elle veut devenir pape. — Va, c'est fait », dit le turbot.

Il s'en alla et quand il arriva là-bas, c'était comme une grande église avec plein de palais autour. Il se faufila parmi le peuple ; à l'intérieur, tout était éclairé de mille cierges et sa femme était tout habillée d'or et assise sur un trône encore plus haut, et elle avait trois couronnes sur la tête et autour d'elle une nuée de dignitaires d'Église et des deux côtés, deux rangs de cierges, le plus grand comme une tour géante jusqu'au plus petit comme un lumignon de cuisine, et tous les empereurs et les rois étaient à genoux devant elle et baisaient le sol. « Femme », dit l'homme en la regardant bien en face, « te voilà pape ? — Oui, dit-elle, je suis pape. »

Alors il se recula pour la regarder, et c'était comme s'il avait vu le soleil. Quand il l'eut ainsi regardée un instant, il dit : « Ah ! femme ! Que c'est beau que tu sois pape ! » Mais elle était assise raide comme un arbre et ne bougeait pied ni patte. Alors il dit : « Femme, maintenant soit satisfaite, te voilà pape, tu ne peux devenir davantage. — Je vais y réfléchir », dit la femme.

Là-dessus tous deux allèrent au lit, mais elle n'était pas satisfaite, l'avidité ne la laissait pas dormir, elle pensait toujours à ce qu'elle voulait devenir.

L'homme dormit bien et profondément, il avait beaucoup couru dans la journée, mais la femme ne put s'endormir et se tournait d'un côté à l'autre pendant toute la nuit et pourtant elle ne pouvait plus réfléchir. Là-dessus le soleil se leva et, quand elle vit l'aurore, elle se leva du lit et regarda, et par la fenêtre elle vit le soleil. « Ha ! pensa-t-elle, est-ce que je peux faire lever le soleil et la lune ? — L'homme », dit-elle en lui donnant du coude dans les côtes, « réveille-toi, va voir le turbot, je veux devenir le Bon Dieu. »

L'homme était encore ensommeillé, mais il eut si peur qu'il tomba du lit. Il pensa avoir mal entendu, se frotta les yeux et dit : « Ah ! femme, que dis-tu ? — L'homme, dit-elle, si je ne peux faire lever le soleil et la lune, je ne peux y tenir et je n'aurai plus une heure de repos tant que je ne pourrai les faire lever. »

Elle lui adressa un regard si effrayant qu'il en eut le frisson. « Vas-y tout de suite, je veux devenir le Bon Dieu. — Ah ! femme », dit l'homme, et il tomba à genoux, « cela le turbot ne le peut faire. Je t'en prie, dors et reste pape. »

Alors elle fut prise d'une fureur, ses cheveux se hérissèrent autour de sa tête, elle leva la jambe et lui donna un coup de pied et cria : « Je n'y tiens plus et n'y tiendrai plus, veux-tu y aller ? » Alors elle se lacéra le sein et était comme folle.

Mais la tempête se leva grondante, on ne pouvait plus se tenir debout, les maisons et les arbres vacillaient, et les montagnes tremblaient, et les rochers tombaient dans la mer, et le ciel était d'un noir de poix, et il y avait du tonnerre et des éclairs, et la mer roulait des flots noirs hauts comme des clochers ou des collines et était couronnée d'écume blanche. Alors il cria sans même entendre ses paroles :

Bonhomme, Bonhomme, Timpetu !
Turbot, turbot, l'as-tu vu ?
Ilsebill, c'est malheureux
Ne veut pas ce que je veux.

« Bon, que veut-elle ? dit le turbot. — Ah ! dit-il, elle veut devenir comme le Bon Dieu. — Va, elle se retrouve dans le pot de chambre. »

Là-bas ils sont encore au jour d'aujourd'hui.

DAME HOLLE

Une veuve avait deux filles dont l'une était belle et industrieuse, l'autre laide et paresseuse. Mais elle préférait la laide et paresseuse, parce qu'elle était sa vraie fille, et l'autre devait faire tout le travail et jouer la Cendrillon dans la maison. La pauvre fille devait chaque jour s'asseoir au bord de la grand-rue près d'un puits et filer au point que le sang lui sortait des doigts. Or il arriva qu'un jour la bobine fut toute sanglante; alors elle se pencha sur le puits, voulant la rincer; mais elle lui échappa de la main et tomba au fond. Elle pleura, courut trouver sa marâtre et lui raconta le malheur. L'autre l'injuria si violemment et fut assez impitoyable pour dire : « Si tu as laissé la bobine tomber au fond, remonte-la ! » Alors la jeune fille retourna au puits et ne sut comment s'y prendre; et dans son angoisse, elle sauta dans le puits pour rechercher la bobine. Elle perdit connaissance et se réveilla; quand elle revint à elle, elle se trouvait sur une belle prairie où brillait le soleil, toute couverte de mille fleurs. Elle quitta cette prairie et vint à un four qui était plein de pain; mais le pain cria : « Ah ! ôte-moi d'ici, ôte-moi d'ici, sinon je vais brûler ; il y a bien longtemps que je suis cuit à point. » Alors elle s'approcha et, avec la pelle plate, elle retira tout du four. Puis elle continua sa route et vint à un arbre couvert de pommes qui lui cria : « Ah ! secoue-moi, secoue-moi, nous autres pommes sommes toutes mûres. » Alors elle secoua l'arbre pour faire tomber les pommes et le secoua tant qu'il n'en resta plus une ; et après avoir fait un tas, elle continua son chemin. Enfin elle arriva devant une petite maison où une vieille femme avait le nez à la fenêtre ; mais comme elle avait de grandes dents, la fille eut peur et voulut s'enfuir. Mais la vieille femme lui cria : « Pourquoi as-tu peur, chère enfant ? Reste chez moi ; si tu veux bien faire convenablement les travaux domestiques, tu t'en trouveras bien. Tu dois seulement prendre garde de bien faire mon lit et de bien le secouer pour que les plumes volent ; alors il neige dans le monde ; je suis Dame Holle. » Comme la vieille lui parlait si amicalement, la jeune fille reprit courage, accepta et se mit à son service. Elle assumait toutes les tâches à la satisfaction de la vieille et secouait toujours énergiquement son lit afin que les plumes voltigent comme autant de flocons de neige ; en échange, elle avait une vie confortable chez elle, n'entendait jamais un mot méchant et avait chaque jour du rôti et du bouilli.

Comme elle était chez Dame Holle depuis quelque temps, elle devint triste et d'abord ne savait ce qui lui manquait ; enfin elle s'en aperçut : c'était le mal du pays ; bien qu'elle fût ici mille et mille fois mieux qu'au logis, elle désirait pourtant y revenir. Enfin elle dit à la dame : « J'ai eu le regret de la maison, et s'il est vrai qu'ici je suis si bien traitée, je ne peux y demeurer plus longtemps; il faut que je remonte auprès des miens. » Dame Holle dit : « Il me plaît que tu désires revenir à ton logis, et parce que tu m'as si fidèlement servie, je te reconduirai moi-même là-haut. » Elle la prit par la main et la conduisit devant un grand portail. Le battant fut ouvert et comme la jeune fille se trouvait juste sous le linteau, il tomba une forte pluie d'or et tout l'or resta fixé sur elle, elle en était couverte de partout. « Tu dois avoir cela parce que tu as été pleine de zèle », dit Dame Holle en lui rendant la bobine de fil qui était tombée dans le puits. Sur quoi le portail se referma, et la jeune fille se retrouva là-haut dans le monde, non loin de la maison de sa mère; et quand elle entra dans la cour, le coq était sur le puits et chanta :

Kikeriki !
Gente pucelle rentre au logis.

Alors elle entra chez sa mère, et comme elle arrivait toute d'or couverte, elle fut bien accueillie d'elle et de sa sœur.

La jeune fille raconta tout ce qui lui était arrivé, et quand la mère apprit comment elle avait acquis cette grande richesse, elle voulut procurer la même bonne fortune à sa fille laide et paresseuse. Elle dut s'asseoir au bord du puits et filer; et histoire de mettre du sang sur la bobine, elle se piqua le doigt et plongea la main dans la haie d'épines. Ensuite elle jeta la bobine dans le puits et y sauta elle-même. Elle arriva comme l'autre sur une belle prairie et suivit le même sentier. Quand elle arriva au four, le pain cria de nouveau : « Ah ! ôte-moi de là, ôte-moi de là, sinon je vais brûler ! Il y a longtemps que je suis cuit à point. » Mais la paresseuse répondit : « Faudrait que j'aie envie de me salir », et passa son chemin. Bientôt elle en fut au pommier qui cria : « Ah ! secoue-moi, secoue-moi, nous autres pommes sommes toutes mûres à point. » Elle répondit : « Tu tombes bien, je pourrais en recevoir une sur la tête », et à ces mots elle passa son chemin. Quand elle fut devant la maison de Dame Holle, elle n'eut pas peur parce qu'elle avait déjà entendu parler des grandes dents et s'engagea tout de suite comme servante chez elle. Le premier jour, elle se fit violence, fut zélée, active et obéit à Dame Holle quand elle lui disait quelque chose, car elle pensait à tout l'or que l'autre lui donnerait; mais le second jour, elle retomba déjà dans la paresse, le troisième encore davantage : le matin, elle ne voulut pas se lever. Elle ne fit pas non plus le lit de Dame Holle comme il convenait et ne le secoua pas en faisant voler les plumes. Dame Holle en fut bientôt lasse et la releva de son service. La paresseuse en fut bien contente et pensait qu'on allait en venir à la pluie d'or. Dame Holle la conduisit aussi au portail mais quand elle fut dessous, en place d'or ce fut un grand chaudron de poix qui fut versé. « C'est en récompense de ton service », dit Dame Holle en refermant le portail. Alors la paresseuse rentra au logis, mais elle était toute couverte de poix, et le coq sur le puits, quand il la vit, chanta :

Kikeriki !
Notre souillon rentre au logis.

Mais la poix lui colla à la peau toute sa vie, et on ne put l'ôter.

LES TROIS LANGAGES

En Suisse vivait un jour un vieux comte qui n'avait qu'un fils unique, mais il était sot et ne pouvait rien apprendre. Alors le père dit : « Écoute, mon fils, je ne te mets rien dans la tête de quelque façon que je m'y prenne. Il faut que tu partes d'ici, je vais te confier à un maître célèbre, il tâchera d'y faire avec toi. » Le gars fut envoyé dans une ville étrangère et resta chez le maître une année entière. Ce temps écoulé, il rentra au logis et le père demanda : « Eh bien, mon fils, qu'as-tu appris ? — Père, j'ai appris ce qu'aboient les chiens, répondit-il. — Dieu aie pitié ! s'écria le père, est-ce là tout ce que tu as appris ? Je vais te mettre dans une autre ville chez un autre maître. »

Le gars fut placé et resta chez ce maître encore une année. Quand il revint, le père lui demanda derechef : « Mon fils, qu'as-tu appris ? » Il répondit : « Père, j'ai appris ce que parlent les petits oiseaux. » Alors le père se mit en colère et dit : « Ô être de perdition, tu as passé ce temps précieux sans rien apprendre et n'as pas honte de paraître à ma vue ? Je vais t'envoyer chez un troisième maître, mais si cette fois tu n'apprends rien, je ne veux plus être ton père. » Le fils resta chez le troisième maître pareillement une année et quand il revint au logis et que le père demanda : « Mon fils, qu'as-tu appris ? » il répondit : « Cher père, j'ai appris cette année ce que coassent les grenouilles. » Alors le père au comble du courroux se leva d'un bond, appela ses gens et dit : « Cet être n'est plus mon fils, je le chasse et vous ordonne de l'emmener dans la forêt et de lui ôter la vie. » Ils l'emmenèrent, mais comme ils allaient le tuer, ils ne le purent par pitié et le laissèrent aller. Ils retranchèrent à un chevreuil les yeux et la langue afin de rapporter les preuves au vieillard.

Le jeune homme s'en alla au loin et après quelque temps arriva à un château où il demanda un gîte pour la nuit. « Oui, dit le châtelain, si tu veux passer la nuit au bas de la vieille tour, vas-y, mais je t'avertis, c'est périlleux pour la vie, car c'est plein de chiens farouches qui aboient et hurlent sans arrêt, et à certaines heures il faut leur fournir un homme qu'ils dévorent aussitôt. » Toute la contrée en était dans la tristesse et le deuil et pourtant personne n'y pouvait rien. Mais le jeune homme était sans crainte et dit : « Faites-moi descendre vers les chiens qui aboient et donnez-moi quelque chose que je puisse leur jeter, à moi ils ne feront rien. » Comme lui-même n'en voulait pas autrement, ils lui donnèrent un peu d'aliments pour les animaux farouches et l'amenèrent au bas de la tour. Quand il entra, les chiens n'aboyèrent pas, mais remuèrent amicalement la queue autour de lui, mangèrent ce qu'il leur présenta et ne lui firent le moindre mal. Le lendemain matin, à la surprise de tous, il revint sain et sauf et dit au châtelain : « Les chiens dans leur langage m'ont révélé pourquoi ils mènent cette vie et nuisent au pays. Ils sont frappés d'un enchantement et doivent garder un grand trésor qui est caché au pied de la tour, et ne trouveront de repos qu'il ne soit recueilli, et j'ai aussi appris de leurs propos comment cela doit se faire. » Alors se réjouirent tous ceux qui l'entendirent, et le châtelain dit qu'il le prendrait en guise de fils s'il en venait heureusement à bout. Il redescendit et, comme il savait ce qu'il fallait faire, il le fit et remonta un coffre rempli d'or. Désormais, on n'entendait plus hurler les chiens, ils avaient disparu, et le pays était délivré de sa plaie.

Au bout de quelque temps, il lui vint à l'esprit d'aller à Rome. En route il passa le long d'un marais où des grenouilles étaient installées et coassaient. Il tendit l'oreille, et quand il comprit ce qu'elles disaient, il fut tout pensif et triste. Enfin il parvint à Rome où justement le Pape venait de mourir et où les cardinaux se demandaient grandement qui désigner pour son successeur. Ils s'accordèrent enfin à élire Pape celui que désignerait un miracle divin. Et au moment où ils prirent cette décision, le jeune comte entra dans l'église, et soudain deux colombes blanches comme neige se posèrent sur ses épaules. Le clergé reconnut le signe de Dieu et lui demanda sur-le-champ s'il voulait devenir Pape. Il était indécis et ne savait pas s'il en était digne ; mais les colombes surent le persuader qu'il le pourrait faire, et enfin il dit oui. Alors il fut oint et consacré, et de la sorte se trouvait vérifié ce qu'en chemin il avait entendu dire aux grenouilles et qui l'avait tant frappé : qu'il deviendrait le saint Pape. Là-dessus il dut chanter une messe et n'en savait pas un mot ; mais les deux colombes, demeurées sur ses épaules, lui dirent tout à l'oreille.

CONTE DU GENÉVRIER

Il y a bien longtemps de cela, deux mille ans peut-être, il y avait un homme riche qui avait une belle, pieuse femme et tous deux s'aimaient fort, mais ils n'avaient pas d'enfants, or ils désiraient en avoir et la femme pour cela priait jour et nuit, mais ils n'en avaient et n'en avaient pas. Devant leur maison était un courtil où poussait un genévrier sous lequel un jour d'hiver la femme étant assise pelait une pomme quand elle se coupa à un doigt et le sang tomba dans la neige. « Ah! » dit la femme, elle se leva et vit le sang devant elle et devint très dolente : « Si j'avais un enfant rouge comme le sang et blanc comme la neige! » Et quand elle eut dit ceci, elle se sentit toute joyeuse; il lui sembla que cela devait réussir. Alors elle rentra dans la maison et un mois passa, et la neige fondit; et deux mois, tout devint vert; et trois mois, les fleurs sortirent de terre; et quatre mois, tous les arbres se mirent à pousser de jeunes bois et les rameaux verts croissaient pêle-mêle; les petits oiseaux chantaient, toute la forêt en était retentissante, et les fleurs tombaient des arbres; le cinquième mois était passé et elle se trouvait sous le genévrier, il sentait si bon que le cœur lui bondissait de joie et elle tomba à genoux et ne put se lever; et quand le sixième mois fut passé, les fruits devinrent gros et forts, alors elle devint très calme; et le septième mois, elle cueillit des baies de genévrier et les mangea, alors elle fut triste et malade; alors passa le huitième mois et elle appela son mari et tout en pleurant lui dit : « Si je mourais, enterre-moi sous le genévrier. » Alors elle fut toute consolée et se réjouit jusqu'à ce que fût le neuvième mois, alors elle eut un enfant blanc comme la neige et rouge comme le sang et à cette vue elle se réjouit tant qu'elle mourut.

Alors son mari l'enterra sous le genévrier et se mit à pleurer très fort; au bout de quelque temps, il se sentit moins chagrin, et comme il pleurait encore un peu, il cessa de le faire et encore un temps, il reprit femme.

Avec la seconde femme, il eut une fille, mais l'enfant de la première femme était un petit garçon qui était rouge comme le sang et blanc comme la neige. Quand la femme regardait sa fille, elle l'aimait tant, mais quand elle regardait le petit garçon, elle en avait gros sur le cœur et il lui semblait qu'il était partout sur son chemin et elle pensait toujours comment elle donnerait à sa fille le meilleur, et le père le donnait à lui, si bien qu'elle faisait grise mine au petit garçon et l'envoyait d'un coin à l'autre avec des bourrades et des rebuffades si bien que le pauvre enfant avait toujours peur. Quand il revenait de l'école, il n'avait pas de tranquillité.

Un jour la femme était montée dans la réserve, quand la petite fille y monte aussi et dit : « Mère, donne-moi une pomme. — Oui, mon enfant », dit la femme, et elle lui donna une belle grosse pomme tirée du coffre ; mais le coffre avait un grand lourd couvercle avec une forte serrure coupante. « Mère, dit la petite fille, mon frère peut-il en avoir une aussi ? » Cela contraria la femme qui dit : « Oui, quand il reviendra de l'école. » Et quand par la fenêtre elle vit qu'il arrivait, ce fut comme si le Diable la prenait et elle reprit la pomme à sa fille et dit : « Tu n'en auras pas une avant ton frère. » Elle rejeta la pomme dans le coffre qu'elle referma. Quand le petit garçon parut à la porte, la méchante fit semblant de lui dire gentiment : « Mon fils, veux-tu avoir une pomme ? » et lui jeta un regard sombre. « Mère, dit le petit garçon, comme vous avez l'air furieux ! Oui, donnez-moi une pomme. » Il lui sembla qu'elle devait accepter. « Viens avec moi », dit-elle en ouvrant le couvercle : « Prends une pomme. » Et comme le petit garçon se penchait à l'intérieur, le Malin la conseilla. Crac ! Elle rabattit le couvercle si bien que la tête roula parmi les pommes. Elle fut prise de peur et pensa : « Comment me décharger de cela ? » Alors elle alla dans sa chambre, prit au tiroir de sa commode un linge blanc qu'elle mit autour du cou avec la tête remise par-dessus et noua le linge de telle sorte qu'on ne pouvait rien voir, et elle plaça l'enfant devant la porte et lui mit une pomme dans la main.

Quand Marleenken vint voir sa mère dans la cuisine, elle était devant le feu et avait devant elle un pot d'eau chaude qu'elle remuait sans arrêt : « Mère, dit Marleenken, mon frère est assis devant la porte, il est tout pâle ; et il avait une pomme dans la main ; je lui ai demandé de me donner la pomme, mais il ne m'a pas répondu ; c'était affreux. — Retourne voir, dit la mère, et s'il ne veut pas te répondre, donne-lui un coup sur l'oreille. »

Alors Marleenken alla et dit : « Frère, donne-moi la pomme. » Mais il gardait le silence ; alors elle lui donna un coup sur l'oreille ; alors la tête tomba par terre, ce dont elle prit peur et se mit à pleurer et gémir, et elle courut à sa mère et dit : « Ah ! mère, j'ai coupé la tête de mon frère » et elle pleurait, pleurait et ne pouvait se contenir. « Marleenken, dit la mère, qu'as-tu fait ? Mais ne souffle mot que personne ne s'en aperçoive, il n'y a plus rien à faire, nous le ferons cuire en potée. » Alors la mère prit le petit garçon et le coupa en morceaux, les mit à la marmite et les fit cuire en ragoût. Mais Marleenken était à côté et n'arrêtait pas de pleurer et les larmes tombaient dans la marmite et elles n'eurent pas besoin de saler.

Alors vint à la maison le père qui se mit à table et dit : « Où donc est mon fils ? » Et la mère apporta une grande écuelle de brouet noir, et Marleenken pleurait sans pouvoir se retenir. Alors le père reprit : « Où est donc mon fils ? — Ah ! dit la mère, il est parti outre-pays y voir sa grand-mère et son grand-oncle ; il pense y rester quelque temps. — Que va-t-il faire là-bas ? Et il ne m'a pas même dit adieu ! — Oh !

il avait bien envie de partir et m'a demandé d'y rester six semaines; sûr qu'il y est allé. — Ah! dit le mari, ce qui me rend triste, c'est qu'il aurait dû me dire adieu. » Là-dessus il se mit à manger et dit : « Marleenken, pourquoi pleures-tu? Ton frère reviendra sûrement. — Ah, femme, lui dit-il, ce mets est fameux. Donne-m'en encore! »

Et plus il mangeait, plus il en voulait et dit : « Donne-m'en davantage, n'en retire pas, c'est comme si c'était tout à moi. » Et de manger et de manger, et il jetait les os sous la table. Mais Marleenken alla à la commode et du fond du tiroir du bas elle tira une pièce du meilleur tissu de soie et ramassa tous les os et cartilages qui étaient sous la table et les noua dans le drap de soie et les porta devant la porte et pleura des larmes de sang. Là, elle se coucha sous le genévrier dans l'herbe verte et quand elle s'y fut couchée, elle vit comme une grande lumière et ne pleura plus. Alors le genévrier se mit à remuer et les branches se séparaient et se réunissaient ensuite tout comme un qui se réjouit fort et bat des mains. Et un brouillard descendit de l'arbre; et en plein brouillard brûlait un feu; et hors du feu s'envola un bel oiseau qui chantait magnifiquement et s'éleva dans l'air; et quand il fut parti, le genévrier était tout comme auparavant, et le carré de tissu contenant les ossements avait disparu. Mais Marleenken était toute claire et gaie tout comme si son frère vivait encore. Alors, pleine d'entrain, elle rentra se mettre à table et mangea.

Mais l'oiseau alla se percher sur la maison d'un orfèvre et se mit à chanter :

Ma mère qui m'a tué,
Mon père qui m'a mangé,
Ma sœur la Marleenken
Tous mes os a ramassés,
A mis dans un carré de soie,
Mis sous le genévrier.
Kywitt! Kywitt! Oiseau joli que je suis!

L'orfèvre était dans son atelier en train de faire une chaîne d'or quand il entendit l'oiseau qui chantait perché sur son toit, et cela lui sembla beau. Il se leva et comme il passait le seuil, il perdit un chausson et une chaussette; il avait son tablier de cuir devant lui; d'une main il levait la chaîne d'or et de l'autre une pince; et le soleil brillait dans la rue. Là il s'arrêta et regarda l'oiseau. « Oiseau, lui dit-il, comme tu sais bien chanter! Chante-moi ce morceau encore une fois. — Non, dit l'oiseau, je ne chante pas deux fois pour rien. Donne-moi la chaîne d'or, je veux bien chanter encore une fois. — Voilà la chaîne d'or, dit l'orfèvre, maintenant chante encore une fois. »

Alors l'oiseau vint à lui et prit la chaîne d'or dans sa patte droite, se percha devant l'orfèvre et chanta:

Ma mère qui m'a tué,
Mon père qui m'a mangé,
Ma sœur la Marleenken
Tous mes os a ramassés,
A mis dans un carré de soie,

Mis sous le genévrier.
Kywitt! Kywitt! Oiseau joli que je suis!

Alors l'oiseau alla chez un cordonnier, se posa sur le toit et chanta :

Ma mère qui m'a tué,
Mon père qui m'a mangé,
Ma sœur la Marleenken
Tous mes os a ramassés,
A mis dans un carré de soie,
Mis sous le genévrier.
Kywitt! Kywitt! Oiseau joli que je suis!

Le cordonnier entendit cela et vint en manches de chemise devant sa porte et regarda le toit, et il dut tenir sa main devant ses yeux pour n'être pas ébloui par le soleil. « Oiseau, dit-il, ce que tu chantes bien. » Alors il appela sa femme par la porte : « Femme, viens dehors, regarde l'oiseau qui chante si bien ! » Il appela sa fille et ses enfants et ses compagnons, garçons et servantes et tous vinrent dans la rue et regardèrent l'oiseau qui était si beau; il avait des plumes rouges et vertes autour du cou comme de l'or pur et ses yeux brillaient dans sa tête comme des astres. « Oiseau, dit le cordonnier, chante-moi donc ton air encore une fois. — Non, dit l'oiseau, je ne chante pas deux fois pour rien; il faut que tu me donnes quelque chose. — Femme, dit l'homme, va dans la réserve; sur la planche du haut, il y a une paire de chaussures rouges, apporte-les. »

La femme alla chercher les chaussures. « Maintenant, oiseau, dit l'homme, chante-moi encore une fois ton morceau. » Alors l'oiseau vint, prit les chaussures dans sa patte gauche et s'envola sur le toit où il chanta :

Ma mère qui m'a tué,
Mon père qui m'a mangé,
Ma sœur la Marleenken
Tous mes os a ramassés,
A mis dans un carré de soie,
Mis sous le genévrier.
Kywitt ! Kywitt ! Oiseau joli que je suis !

Et quand il eut chanté il s'envola ; il avait la chaîne dans la patte droite et les chaussures dans la gauche et il vola jusqu'à un moulin et le moulin tournait klipp klapp klipp klapp. Et dans le moulin étaient vingt compagnons qui taillaient une pierre et qui tapaient hick, hack, hick, hack, hick, hack et le moulin allait klipp, klapp, klipp, klapp. L'oiseau se posa sous un tilleul qui était devant le moulin et chanta :

Ma mère qui m'a tué

L'un d'eux dressa l'oreille :

Mon père qui m'a mangé

Deux autres dressèrent l'oreille et entendirent ceci :

Ma sœur la Marleenken

Alors quatre dressèrent l'oreille :

Tous mes os a ramassés,
A mis dans un carré de soie

Ils n'étaient plus que huit à tailler la pierre :

Mis...

Plus que cinq :

... sous le genévrier.

Plus qu'un seul :

Kywitt ! Kywitt ! Oiseau joli que je suis !

Alors le dernier leva un œil et entendit aussi. « Oiseau, dit-il, que tu chantes bien ! fais-moi encore entendre, chante encore une fois. — Non, dit l'oiseau, je ne chante pas deux fois pour rien, donne-moi la meule, et je chanterai encore une fois. — Oui, dit-il, si tout ici m'appartenait à moi seul, tu l'aurais. — Oui, dirent les autres, s'il chante encore une fois, il l'aura. »

Alors l'oiseau descendit, et le meunier avec les vingt autres souleva la meule uhup, uhup, uhup ! Alors l'oiseau passa la tête par le trou de la meule en guise de collerette, s'envola, se percha sur l'arbre et chanta :

Ma mère qui m'a tué,
Mon père qui m'a mangé,
Ma sœur la Marleenken
Tous mes os a ramassés,
A mis dans un carré de soie,
Mis sous le genévrier.
Kywitt ! Kywitt ! Oiseau joli que je suis !

Et quand il eut fini de chanter, il déploya ses ailes, et il tenait dans la serre de droite la chaîne et dans la gauche les chaussures et portait autour du cou la meule, et il s'envola vers la maison de son père.

Dans la chambre à feu, le père, la mère et Marleenken étaient à table, et le père disait : « Ah ! je ne sais ce qui m'arrive, je suis de si bonne humeur. — Bah ! dit la mère, moi j'ai peur tout comme s'il arrivait un gros orage. »

Mais Marleenken n'arrêtait pas de pleurer ; quand l'oiseau arrivé à tire-d'aile se pose sur le toit : « Ah ! dit le père, je suis d'humeur gaie, et le soleil brille d'un si bel éclat ; on dirait, ma foi, que je vais revoir une vieille connaissance. — Non, dit la femme, j'ai si peur, j'en claque des dents et c'est comme si j'avais du feu dans les veines. »

Et elle releva son collet encore plus, et Marleenken assise dans un coin avait un mouchoir sur les yeux et le trempait de larmes. Alors l'oiseau se posa sur le genévrier et chanta :

Ma mère qui m'a tué

Alors la mère se boucha les oreilles et pinça les yeux car elle ne voulait voir ni entendre, mais cela lui grondait dans les oreilles comme une tempête énorme, et les yeux lui brûlaient comme si claquaient des éclairs.

Mon père qui m'a mangé

« Ah, maman, dit l'homme, il y a là un bel oiseau qui chante si bien, le soleil luit si chaud, et ça sent tout comme la cinnamome. »

Ma sœur la Marleenken

Alors Marleenken leva la tête de sur ses genoux et cessa soudain de pleurer, mais l'homme dit : « Je sors, il faut que je voie l'oiseau de près. — Ah ! n'y va pas ! dit la femme, il me semble que toute la maison tremble et est en flammes. »

Mais l'homme sortit et regarda l'oiseau.

Tous mes os a ramassés,
A mis dans un carré de soie,
Mis sous le genévrier.
Kywitt ! Kywitt ! Oiseau joli que je suis !

En même temps, l'oiseau laissa tomber la chaîne d'or, et elle tomba juste sur le cou de l'homme en en faisant le tour, et elle allait très bien. Alors il rentra et dit : « Vois ! Quel bel oiseau c'est, il m'a donné une si belle chaîne et il est si beau à voir. » Mais la femme avait grand-peur, elle tomba de tout son long dans la chambre à feu et son bonnet lui tomba de la tête. Alors l'oiseau reprit son chant :

Ma mère m'a tué

« Ah ! Si je pouvais être cent toises sous terre afin de ne pas entendre ! »

Mon père m'a mangé

Alors la femme tomba comme morte par terre.

Ma sœur la Marleenken

« Ah ! dit Marleenken, je vais aussi sortir et voir si l'oiseau me donne quelque chose. »

Alors elle sortit :

Tous mes os a ramassés,
A mis dans un carré de soie

Alors il lui lança les chaussures :

Mis sous le genévrier.
Kywitt, Kywitt, oiseau joli que je suis !

Alors elle se sentit légère et gaie. Elle enfila les

nouvelles chaussures rouges et se mit à danser et sauter. « Ah, dit-elle, j'étais si triste quand je suis sortie, et maintenant je suis si heureuse; c'est un oiseau généreux et il m'a donné une paire de chaussures rouges. — Non », dit la femme en se relevant d'un bond et ses cheveux se hérissaient comme des flammes, « il me semble que le monde va périr; je veux aussi sortir pour y voir plus clair. »

Et comme elle passait sous la porte, crac! l'oiseau lui lança la meule sur la tête si bien qu'elle fut écrabouillée. Le père et Marleenken entendirent le bruit et sortirent; fumée et flamme et feu montaient sur la place et quand cela fut passé, le petit frère se tenait devant eux et il prit par la main son père et Marleenken et ils étaient tous trois bien contents et rentrèrent dans la maison pour se mettre à table et manger.

LE VIEUX SULTAN

Un paysan avait un chien fidèle qui s'appelait Sultan, qui était devenu vieux et avait perdu toutes ses dents, si bien qu'il ne pouvait plus rien saisir. À un certain moment, le paysan était avec sa femme devant la porte de la maison et disait : « Demain, je tuerai le vieux Sultan d'un coup de fusil, il n'est plus bon à rien. » La femme qui avait pitié du fidèle animal répondit : « Puisqu'il nous a servis de si longues années et nous a honnêtement soutenus, nous pourrons lui accorder sans doute une pension. — Hé quoi ! dit l'homme, tu n'es pas maligne : il n'a plus une dent dans la gueule et pas un voleur ne le craint, il peut maintenant finir. Il nous a servis certes, mais pour la peine il a eu sa bonne pitance. »

Le pauvre chien qui non loin de là gisait au soleil avait tout entendu et était triste que le lendemain fût son dernier jour. Il avait un bon ami, c'était le loup ; le soir il s'échappa, le rejoignit en forêt et plaignit la destinée qui l'attendait. « Écoute, compère, dit le loup, aie bonne contenance, je te tirerai d'embarras demain. J'ai imaginé quelque chose. Demain de très bonne heure, ton maître avec sa femme ira aux foins et ils emmèneront leur petit enfant parce que personne ne reste à la maison. Pendant le travail, ils ont l'habitude de coucher le petit enfant à l'ombre derrière la haie ; couche-toi à côté comme si tu voulais veiller sur lui. Je sortirai de la forêt et volerai l'enfant : tu me poursuivras avec ardeur comme si tu voulais me le reprendre à la course. Je le laisse tomber et tu le rapportes aux parents qui croiront alors que tu l'as sauvé et ils te seront trop reconnaissants pour te faire un mal quelconque ; au contraire, tu rentreras pleinement en grâce et ils ne te laisseront manquer de rien. »

Le coup plut au chien et tel il avait été imaginé, tel il fut exécuté. Le père cria quand il vit le loup détaler à travers champs avec l'enfant, mais quand il vit le vieux Sultan le rapporter, il se réjouit, le caressa et dit : « On ne touchera pas à un poil de ta toison ; tu recevras le pain des vieux serviteurs tant que tu vivras. » Or il dit à sa femme : « Va vite au logis et prépare au vieux Sultan une panade qu'il n'a pas besoin de mordre et apporte l'oreiller de mon lit, je lui donne pour litière. » Désormais, le vieux Sultan l'eut à la bonne autant qu'il le pouvait souhaiter. À peu de temps de là, le loup lui rendit visite et se réjouit que tout eût si bien réussi. « Mais, compère, dit-il, tu fermeras un œil si d'aventure je chipe à ton maître un agneau gras. On a bien du mal à se tirer d'affaire au jour d'aujourd'hui. — N'y compte pas ! répondit le chien, je reste fidèle à mon maître ; je ne puis y consentir. »

Le loup pensa que ce n'était que pour la frime, se faufila dans la nuit, voulant attraper un mouton. Mais le paysan à qui le fidèle Sultan avait révélé le projet du loup était sur ses gardes et il lui frotta rudement le poil à coups de fléau. Le loup dut fuir, mais il cria au chien : « Attends, méchant compagnon, tu le paieras. »

Le lendemain, le loup envoya le sanglier et fit inviter le chien à venir en forêt histoire de régler leur affaire. Le vieux Sultan ne put trouver d'autre second qu'un chat qui n'avait que trois pattes et quand ils partirent le pauvre chat clopinait et, de douleur, tenait sa queue droite en l'air. Le loup et son second étaient déjà au lieu convenu mais quand ils virent arriver leurs adversaires ils crurent qu'il apportait un sabre parce qu'ils crurent que la queue dressée du chat en était un. Et si la pauvre bête sautillait ainsi sur trois pattes, ils ne pensèrent qu'une chose : que chaque fois il soulevait une pierre qu'il voulait leur jeter. Alors tous deux prirent peur ; le cochon sauvage se tapit dans les feuilles et le loup sauta dans un arbre. Le chien et le chat, quand ils arrivèrent, s'étonnèrent que personne ne fût en vue, mais le cochon sauvage n'avait pu se cacher entièrement dans les feuilles ; ses oreilles dépassaient. Pendant que le chat scrutait pensivement les alentours, le cochon agita les oreilles ; le chat, croyant qu'une souris avait bougé, lui sauta dessus en mordant de bon cœur. Alors le cochon se leva à grands cris et détala en criant : « Là-haut, dans l'arbre, c'est là qu'est le coupable. »

Le chien et le chat regardèrent en l'air et aperçurent le loup qui eut honte de s'être montré poltron à ce point et accepta la paix que lui proposait le chien.

JORINDE ET JORINGEL

Il était une fois un vieux château au milieu d'une grande, épaisse forêt; y habitait une vieille femme toute seule; c'était une archimagicienne. Le jour elle se faisait chatte ou chouette mais le soir elle redevenait faite comme un être humain ordinaire. Elle savait attirer le gibier et les oiseaux, et alors elle les tuait, les faisait bouillir ou rôtir. Quand quelqu'un approchait à cent pas du château, il devait s'arrêter et ne pouvait plus bouger tant qu'elle ne le délivrait; mais quand une chaste pucelle entrait dans ce cercle, elle la transformait en un oiseau et l'enfermait dans une cage d'osier et portait ce panier dans un cabinet du château. Elle avait environ sept mille de ces paniers ou cages contenant des oiseaux aussi rares.

Or il y eut un jour une demoiselle qui s'appelait Jorinde; elle était plus belle que toutes les autres filles. Celle-ci et un très beau jeune homme appelé Joringel s'étaient promis l'un à l'autre. Ils étaient dans leur temps de fiançailles et leur plus grand plaisir était d'être ensemble. Afin de pouvoir pour une fois se parler en confidence, ils allèrent se promener dans la forêt. « Prends garde, dit Joringel, de ne pas venir trop près du château. » C'était une belle soirée, le soleil brillait à travers les troncs des arbres et jetait des lumières dans la verdure sombre de la forêt, et la tourterelle chantait plaintive sur les vieux hêtres.

Jorinde, qui pleurait parfois, s'assit au soleil et se plaignit; se plaignit aussi Joringel. Ils étaient aussi abattus que s'ils avaient dû mourir; ils regardaient alentour, égarés, et ne savaient où aller pour rentrer au logis. Le soleil était encore à moitié sur la montagne, à moitié en dessous. Joringel regarda entre les broussailles et vit la vieille muraille du château toute proche de lui; il prit peur et fut dans une inquiétude mortelle. Jorinde chanta :

Mon oiselet à l'anneau rouge
Chante sa peine, peine, peine;
Et chante la mort de tourterelle
Chante sa peine peine — zickuth, zickuth, zickuth.

Joringel chercha des yeux Jorinde. Jorinde était transformée en un rossignol qui chantait zickuth, zickuth. Une chouette aux yeux ardents fit au vol trois fois le tour d'eux et cria trois fois chou-hou-hou-hou. Joringel ne pouvait pas bouger; il était là debout comme une pierre sans pouvoir pleurer ni parler, ni remuer main ni pied. Maintenant le soleil était couché; la chouette alla se poser sur un arbuste et tout de suite après il en sortit une vieille femme voûtée, jaune et maigre, de gros yeux rouges, un nez crochu dont la pointe touchait le menton. Elle murmura quelque chose, saisit le rossignol et l'emporta sur sa main. Enfin la femme revint et dit d'une voix sourde : « Salut, Zachiel, si Lunelle brille dans Corbeille, délie, Zachiel, à la bonne heure. » Alors Joringel fut délié. Il se jeta à genoux devant le femme et la pria de lui rendre sa Jorinde, mais elle dit qu'il ne l'aurait plus jamais et s'en alla. Il cria, pleura, gémit, mais tout en vain. « Hou ! Que va-t-il m'arriver ? » Joringel s'en alla et arriva enfin dans un village étranger ; il y garda longtemps les moutons. Il fit souvent le tour du château, mais sans en venir trop près. Enfin il rêva une nuit qu'il trouvait une fleur rouge sang au milieu de laquelle était une belle et grosse perle ; tout ce qu'il touchait avec la fleur était libéré de son mauvais sort ; il rêva aussi qu'il avait de la sorte retrouvé sa Jorinde. Le matin, quand il se réveilla, il se mit à chercher par monts et par vaux une fleur pareille ; il chercha jusqu'au neuvième jour, alors de bon matin il trouva la fleur rouge sang. Dans son milieu était une goutte de rosée aussi grosse que la perle la plus belle. Il porta cette fleur jour et nuit jusqu'au château. Comme il arrivait à quelque cent pas, il ne fut pas figé sur place, mais avança jusqu'au portail. Joringel exultant de joie toucha le vantail avec la fleur, et la porte s'ouvrit. Il entra, traversa la cour, écouta de quel côté il entendrait les nombreux oiseaux ; enfin il entendit. Il y alla et trouva la salle où était la magicienne qui nourrissait les oiseaux dans les sept mille cages d'osier tressé. Quand elle vit Joringel, elle fut très, très fâchée, jura, cracha du poison et de la bile contre lui, mais elle ne put l'approcher à plus de deux pas. Il ne prit pas garde à elle et se mit à inspecter les cages où étaient les oiseaux ; il y avait là des centaines de rossignols : comment retrouver sa Jorinde ? Tandis qu'il regardait, il observa que la vieille emportait en cachette une petite cage d'osier contenant un oiseau et gagnait la porte. D'un bond, il fut là, toucha la cage avec la fleur, et aussi la vieille femme : désormais, elle ne pouvait plus faire de charmes, et Jorinde était là, l'avait pris par le cou, aussi belle que naguère. Alors il refit de tous les oiseaux des pucelles, rentra au logis avec sa Jorinde, et ils vécurent longtemps heureux ensemble.

LE LOUP ET L'HOMME

Le renard racontait un jour au loup ce qu'était la force de l'homme : aucun animal ne pouvait lui résister et ils devaient tous user de ruse pour se maintenir face à lui. Alors le loup répondit : « Si seulement j'arrivais à voir un homme, je voudrais l'attaquer quand même. — Je peux t'y aider, dit le renard, viens chez moi demain matin. Je t'en montrerai un. »

Le loup fut de bonne heure au rendez-vous et le renard l'emmena sur le chemin que le garde-chasse suivait chaque jour. Tout d'abord vint à passer un vieux soldat congédié. « Est-ce un homme ? demanda le loup. — Non, répondit le renard, c'en a été un. »

Ensuite vint un petit garçon. « Est-ce un homme ? — Non, il faut d'abord qu'il en devienne un. »

Enfin parut le garde-chasse, son fusil à deux coups en bandoulière et son couteau de chasse au côté. « Tiens, vois, là-bas vient un homme, c'est lui que tu dois attaquer. » Le loup courut donc sus à l'homme ; le garde-chasse quand il l'aperçut, dit : « Dommage de n'avoir pas chargé mon fusil à balle » ; il l'épaula et tira son petit plomb dans la face du loup. Le loup fit une énorme grimace mais il ne se laissa pas effrayer et avança ; alors le garde-chasse lui servit la seconde charge. Le loup ravala sa douleur et se porta contre le garde-chasse ; celui-ci dégaina son arme blanche et lui donna tant à droite qu'à gauche quelques coups, si bien que saignant de partout le loup tout hurlant repartit en courant où était le renard. « Eh bien, frère loup, dit le renard, comment t'es-tu accommodé de l'homme ? — Ah, répondit le loup, ce n'est pas ainsi que je me représentais la force de l'homme ; d'abord il a pris un bâton, qu'il a épaulé pour souffler dedans ; il m'est venu quelque chose à la face, ça me chatouillait affreusement ; ensuite, il a encore soufflé dans son bâton, ça m'est passé autour du museau comme le tonnerre et la grêle, et quand j'étais tout près il a tiré de son corps une côte luisante et m'a tapé dessus avec, peu s'en fallut : je restais pour mort. — Vois-tu, dit le renard, quel vantard tu es ; tu jettes la hache si loin que tu ne peux plus la rattraper. »

LE LOUP ET LE RENARD

Le loup avait chez lui le renard, et ce que voulait le loup, le renard devait le faire parce qu'il était le plus faible, et le renard se serait volontiers détaché de son maître. Il arriva que tous deux passent par la forêt. Alors le loup dit : « Rouquin, procure-moi à manger, ou bien je te mange. » Alors le renard répondit : « Je sais une ferme où sont quelques jeunes agneaux; si tu en as envie, allons en chercher un. » Le loup fut d'accord, ils y allèrent, et le renard vola l'agnelet, l'apporta au loup et s'en alla. Alors le loup le mangea, mais il n'en fut pas satisfait, il en voulait un deuxième en plus et alla le quérir. Mais parce qu'il s'y prit si maladroitement que la mère de l'agneau l'aperçut et se mit à crier et bêler lamentablement, si bien que les paysans accoururent. Ils trouvèrent le loup et le battirent si piteusement qu'il arriva chez le renard boiteux et hurlant : « Tu m'as bien trompé, dit-il, je voulais l'autre agneau, et les paysans m'ont surpris et rossé d'importance. » Le renard répondit : « Pourquoi es-tu si goinfre ? »

Le lendemain, ils se remirent en campagne; le

loup vorace dit encore : « Rouquin, apporte-moi à manger ou bien je te mange toi-même. » Alors le renard répondit : « Je sais une maison de paysans où la femme fera des crêpes ce soir ; nous irons en chercher. » Ils y allèrent et le renard fit discrètement le tour de la maison, reluqua et flaira si longtemps qu'il trouva l'endroit où était le plat, il en tira six crêpes et les apporta au loup. « Voilà à manger », lui dit-il, et il passa son chemin. Mais le loup eut en un instant avalé les crêpes et dit : « Elles sont excellentes », il y alla et fit tomber tout le plat par terre où il se brisa. Alors il y eut un violent tumulte, la femme sortit et quand elle vit le loup, elle appela les gens qui arrivèrent au pas de course et le frappèrent à tour de bras si bien qu'avec deux pattes blessées il retourna hurlant chez le renard dans la forêt. « Tu m'as vilainement trompé ! s'écria-t-il, les paysans m'ont surpris et m'ont tanné la peau. » Mais le renard répondit : « Pourquoi es-tu si goinfre ? »

Le troisième jour, comme ils étaient sortis ensemble et que le loup boitait, il reprit pourtant : « Rouquin, trouve-moi à manger ou bien je te mange toi-même. » Le renard répondit : « Je sais un homme qui a tué le cochon, et la viande salée est dans un tonneau à la cave ; nous irons en chercher. » Le loup : « Bon, allons-y tout de suite, mais tu m'aideras si je ne peux pas m'en tirer. — Ma foi », dit le renard, et il lui montra les cheminements par lesquels ils parvinrent enfin dans la cave. Il y avait là de la viande en abondance et le loup s'y attaqua aussitôt et pensa : « D'ici à ce que je m'arrête, il y faudra le temps. » Le renard se régalait aussi, ne cessait de regarder alentour, retournait sans cesse au trou par lequel ils étaient venus pour s'assurer que son ventre était encore assez mince pour s'y faufiler. Alors le loup : « Cher renard, dis-moi pourquoi cours-tu en tous sens et n'arrêtes pas de sortir et de rentrer ? — Il faut bien voir si quelqu'un vient, répondit le rusé, ne mange pas trop. »

Alors le loup dit : « Je ne partirai pas d'ici que le tonneau ne soit vide. »

Cependant le paysan vint, il avait entendu les sauts du renard et descendit à la cave. Le renard, à cette vue, fut dehors d'un bond, le loup voulut le suivre, mais il était devenu si gros à bâfrer qu'il ne pouvait plus passer et resta prisonnier. Alors le paysan vint avec une trique et l'assomma. Mais le renard s'en fut dans la forêt, bien content d'être débarrassé du vieux goinfre.

LE RENARD ET LA COMMÈRE

La louve mit au monde un petit et fit inviter le renard comme compère. « Il est de notre proche parenté, dit-elle, il a du bon sens et beaucoup d'adresse, il pourra enseigner à mon jeune fils et l'aider à faire son chemin dans le monde. » Le renard parut ainsi tout à fait honorable et dit : « Estimée Dame Commère, je vous remercie de l'honneur que vous m'avez marqué, et je veux me comporter de telle sorte que vous y trouviez votre joie. » Lors de la fête, il se régala et s'amusa beaucoup, ensuite il dit : « Chère Madame ma Commère, c'est notre devoir de prendre soin du petit enfant. Il vous faudra de bonne nourriture afin qu'il prenne des forces. Je sais une bergerie d'où nous pourrions aisément tirer un bon morceau. » La chanson plut à la louve et elle se rendit à la ferme avec le renard. De loin, il lui montra la bergerie et dit : « Là-bas, vous pourrez vous introduire sans être vue ; moi, pendant ce temps, je regarderai de l'autre côté si je peux attraper un poulet. » Or il n'y alla pas, mais se coucha à l'orée du bois, étira les pattes et se reposa. La louve se faufila dans la bergerie; il y avait là un chien qui donna l'alarme tant que les paysans arrivèrent en courant, prirent sur le fait la dame commère et lui balancèrent sur le poil une lessive de braises rouges. Enfin elle s'échappa et se traîna au-dehors; elle trouva le renard couché qui sur le ton de la plainte dit : « Ah, Chère Commère, quel n'a été mon malheur ! Les paysans me sont tombés dessus, m'ont rompu tous les membres; si vous ne voulez pas que je reste et crève sur place, il faut que vous m'emportiez. » La louve ne pouvait se mouvoir que lentement, pourtant elle prit grand soin du renard, le chargea sur son dos et rapporta son compère indemne lentement à son logis. Alors il lui lança ce propos : « Adieu, Chère Madame ma Commère, que le rôti vous profite » ; il se moqua d'elle et s'enfuit.

LE RENARD ET LE CHAT

Il arriva qu'en forêt le chat rencontra le renard et, comme il pensa : « Il est malin et plein d'expérience et passe pour quelqu'un dans le monde », il lui parla gentiment. « Bonjour, cher Monsieur du Renard, comment allez-vous ? Comment vous tirez-vous d'affaire par ces temps de vie chère ? » Le renard, plein d'arrogance, toisa le chat de la tête aux pieds, se demandant longtemps s'il devait répondre. Enfin il dit : « Misérable brosseur de moustaches, espèce de sot bigarré, famélique mangeur de souris, qu'est-ce qui te prend ? Tu te permets de me demander comment ça va ? Qu'as-tu appris ? Combien de tours connais-tu ? — Je ne m'entends qu'à un seul », répondit modestement le chat.

« Et qu'est-ce que ce tour ? » demanda le renard. « Quand les chiens sont après moi, je peux grimper dans un arbre et me sauver. — C'est tout ? dit le renard. Je suis le maître de cent tours et j'ai de plus un sac à malice. Tu me fais de la peine, viens avec moi, je vais t'apprendre comment on échappe aux chiens. »

Sur ce vint un chasseur avec quatre chiens. Le chat bondit lestement sur un arbre et se plaça au sommet où les ramures et le feuillage le cachaient complètement. « Ouvrez votre sac, Sire Renard, ouvrez votre sac », lui cria le chat, mais les chiens l'avaient déjà saisi et le tenaient ferme. « Hélas, Sire Renard, s'écria le chat, vous êtes en panne avec vos cent tours. Si vous aviez su grimper comme moi, ce n'en serait pas fait de votre vie. »

LE RENARD ET LES OIES

Le renard vint un jour sur une prairie où se trouvait un beau troupeau d'oies grasses; alors il rit et dit : « Je tombe à pic, vous êtes là gentiment rassemblées, je pourrai de la sorte vous manger l'une après l'autre. » Les oies cancanèrent de frayeur, se levèrent, se mirent à gémir et à demander lamentablement grâce de leur vie. Mais le renard ne voulut rien entendre et dit : « Il n'y a de grâce qui tienne, il vous faut mourir. » Enfin l'une d'elles reprit courage et dit : « S'il est vrai que nous autres pauvres oies devons quitter la vie si jeunes, accorde-nous une seule grâce et permets-nous encore une prière afin que nous ne mourions point dans nos péchés; ensuite nous nous mettrons sur un rang afin que tu puisses toujours choisir la plus grasse. — Oui, dit le renard, c'est juste et c'est une pieuse requête; priez, j'attendrai le temps qu'il faudra. »

Donc la première commença une longue prière, toujours : « Ga, Ga! », et comme elle n'en finissait pas, la deuxième n'attendit pas mais se mit aussi à faire : « Ga, Ga! » La troisième et la quatrième firent chorus et bientôt elles cancanèrent toutes ensemble. (Et quand elles auront fini de prier, on vous racontera la suite ; seulement elles continuent à prier sans jamais s'arrêter.)

LE VIEUX HILDEBRAND

Il était une fois un paysan et une paysanne, et la paysanne voyait d'un bon œil le curé du village, et alors il avait toujours souhaité passer une fois un jour entier bien gaiement avec la paysanne ; et la paysanne, ça lui plaisait bien. Donc un jour il a dit à la paysanne : « Hanzi, ma chère paysanne, voilà que j'ai étudié comment une fois nous pourrions passer une journée entière ensemble bien gaiement. Savez-vous, le mercredi on se met au lit et on dit à son mari qu'on est malade et on se lamente et on en remet tant qu'on peut, et ça continue jusqu'au dimanche quand je fais le sermon, et alors je vais prêcher que si on a un enfant malade, un mari malade, une femme malade, un père malade, une mère malade ou encore qui que ce soit, et qu'on aille au pèlerinage au Göckerliberg en pays welche, où pour un kreuzer on a une charge de laurier, alors l'enfant malade, le mari malade, la femme malade, le père malade, la mère malade, la sœur malade, et qui l'on voudra, guérira sur l'heure. — C'est ce qu'on va faire », a répondu la paysanne. Bon, là-dessus, le mercredi, la paysanne s'est mise au lit; et de se plaindre et de gémir comme si, et son mari lui a tout essayé ce qu'il savait, mais ça n'a servi à rien. Donc quand le dimanche est venu, la paysanne a dit : « Je me sens aussi misérable que si j'allais mourir tout de suite, mais j'aurais encore un désir avant ma fin : je voudrais entendre de Monsieur le Curé son sermon qu'il va faire aujourd'hui. — Ah ! Mon enfant, dit alors le paysan, n'en fais rien, tu pourrais te trouver plus mal si tu te levais. Tiens, je vas aller au sermon, je ferai bien attention et je te raconterai tout ce que Monsieur le Curé aura dit. — Bon, a dit la paysanne, fais bien attention et raconte-moi tout ce que tu auras entendu. »

Bon, et le paysan est allé au sermon et Monsieur le Curé a commencé à prêcher et a dit : si on a un enfant malade, un mari malade, une femme malade, un père malade, une mère malade, une sœur, un frère malade, ou qui on voudra à la maison, qu'on veuille faire un pèlerinage au Göckerliberg en pays welche où la branche de laurier coûte un kreuzer ; alors l'enfant malade, le mari malade, la femme malade, le père malade, la mère malade, la sœur, le frère malade ou qui l'on voudra encore, sera guéri sur l'heure et celui qui voudra entreprendre le voyage, qu'il vienne le trouver après la messe, il lui donnera un sac pour le laurier et un kreuzer. Personne de plus joyeux que le paysan et après la messe il est allé tout de suite voir le curé, et l'autre lui a donné le sac et le kreuzer. Là-dessus, il revient chez lui et dès la porte il a crié : « Jucheisa ! Chère femme, c'est tout comme si tu étais déjà guérie. Monsieur le Curé a prêché aujourd'hui que si on avait un enfant malade, un mari malade, une femme malade, un père malade, une mère malade, une sœur malade, un frère, ou qui l'on voudra encore, malade à la maison, on n'a qu'à faire le pèlerinage du Göckerliberg en pays welche où la branche de laurier coûte un kreuzer ; alors l'enfant malade, le mari malade, la femme malade, le père malade, la mère malade, la sœur malade, le frère ou bien qui encore on voudra est guéri sur l'heure ; et déjà j'ai été chez le curé chercher le sac et le kreuzer et je vais me mettre en route aussitôt pour que tu guérisses au plus vite. »

Et là-dessus il est parti. Mais il était à peine parti, que déjà la paysanne était sur pied et le curé là tout de suite. Mais maintenant nous les laissons les deux de côté pour aller avec le paysan. Il est parti tout à trac pour arriver d'autant plus tôt au Göckerliberg et tandis qu'il marche, il rencontre son compère. Son compère, il vendait des œufs et revenait justement du marché où il les avait vendus. « Loué sois-tu, dit son compère, où vas-tu donc si vite, compère ? — Pour l'éternité, compère, dit le paysan, ma femme est tombée malade et aujourd'hui j'ai entendu le sermon de Monsieur le Curé, et il a prêché que si on avait un enfant malade, un père malade, une mère malade, une sœur malade, un frère ou encore qui on voudra, on n'avait qu'à faire le pèlerinage du Göckerliberg en pays welche où la charge de laurier coûte un kreuzer ; et alors je suis allé chez le curé prendre le sac et le kreuzer, et maintenant je pars en voyage. — Mais diable, compère ! a dit le compère, êtes-vous assez bête pour croire une chose pareille ? Savez-vous quoi ? Le curé a envie de passer une journée entière à se divertir avec votre femme bien tranquillement ; c'est pourquoi il vous a bourré le crâne histoire de vous faire tirer des pieds ! — Ben, dit le paysan, j'aimerais savoir si c'est vrai. — Eh ben, a dit le compère, sais-tu, mets-toi dans ma corbeille à œufs, je vais te porter comme ça chez toi et là tu verras toi-même. »

Bon, ainsi fut fait, et il l'a porté jusque chez lui.

Quand ils sont arrivés à la maison, holà ! on y allait gaiement. La paysanne avait déjà égorgé tout ce qu'elle avait en basse-cour, et elle cuisait une carpe, et le curé aussi était déjà là et avait apporté son violon. Et alors le compère a frappé à la porte, et la paysanne a demandé qui était dehors. « C'est moi, commère, a dit le compère, ma foi, donnez-moi un logement cette nuit ; je n'ai pas vendu mes œufs au marché et maintenant, il faut que je les rapporte à la maison, et ils sont bien trop lourds, j'en viens pas à bout, il fait déjà sombre. — Oui, mon compère, répond la paysanne, tu m'arrives à la male heure. Bon, puisqu'on ne peut pas autrement, entre et mets-toi sur le banc du poêle. »

Alors le compère avec sa hotte sur le dos s'est assis sur le banc du poêle. Mais le curé et la fermière, ils étaient très gais. Enfin le curé commença et dit : « Hé ! Ma chère paysanne, vous savez chanter si bien, chantez-m'en une. — Ah, dit la paysanne, maintenant je ne sais plus chanter, oui, dans mes jeunes années, j'ai bien su, mais maintenant c'est passé. — Hé, reprend le curé, chantez quand même un peu. »

Bon, la paysanne commence et chante :

J'ai envoyé mon homme au loin
Au Göckerliberg en Italie.

Là-dessus, le curé chante :

Je voudrais qu'il y reste enfin;
De son laurier ne me soucie.

Maintenant c'est le compère qui s'y met par-derrière et qui chante (et ici il faut savoir que le paysan s'appelait Hildebrand) :

Hé, pauvre vieux Hildebrand,
Que fais-tu, assis sur ton banc?

Et maintenant c'est le paysan dans sa hotte qui chante :

Assez chanté! Hors de ma hotte,
Il faut à l'instant que je sorte.

Et il saute à bas de la hotte et à coups de trique chasse le curé hors de la maison.

LES TROIS OISEAUX

Il y a bien mille ans et davantage, il y avait ici dans le pays rien que des petits rois, il y en avait aussi un habitant sur le Keuterberg; il allait volontiers à la chasse. Un jour qu'avec ses chasseurs il descendait du château, trois filles gardaient leurs vaches au pied de la montagne, et comme elles virent le roi avec ses nombreuses gens, l'aînée appela les deux autres filles et montra le roi : « Hélo ! Hélo ! Si je n'attrape pas celui-là, je n'en veux pas d'autre. » Alors la deuxième répondit de l'autre côté du mont et montra celui qui marchait à la droite du roi : « Hélo ! Hélo ! Si je n'attrape pas celui-là, je n'en veux pas d'autre. » Alors la plus jeune appela en montrant celui qui marchait à main gauche : « Hélo ! Hélo ! Si je n'attrape pas celui-là, j'en veux aucun. » Or c'étaient les deux ministres. Le roi entendit tout et quand il fut rentré de la chasse, il fit venir à lui les trois filles et leur demanda ce qu'elles avaient dit la veille au pied de la montagne. Elles ne voulurent pas le dire; le roi questionna la plus âgée, lui demandant si elle le voulait bien pour mari. Alors elle dit oui et les deux autres sœurs épousèrent les deux ministres, car toutes trois étaient belles et nettes de visage, surtout la reine; elle avait des cheveux de lin.

Mais les deux sœurs n'eurent pas d'enfants, et quand le roi un jour dut s'absenter, il les fit venir vers la reine pour lui rendre courage, car elle était justement enceinte. Elle mit au monde un petit garçon qui avait une étoile rouge sur le front. Alors les deux sœurs se dirent qu'elles voulaient jeter à l'eau le joli petit garçon. Quand elles l'y eurent jeté (je crois que c'était dans la Weser) alors un petit oiseau s'envola qui chantait :

Enfant chéri,
Bouquet de lis,
Enfant gentil,
Reviendra-t-il ?

Quand les deux entendirent cela, elles craignirent pour leur vie et firent en sorte de s'éloigner. Quand le roi rentra chez lui, elles lui dirent que la reine avait mis au monde un chien. Alors le roi dit : « Ce que Dieu fait est bien fait. »

Mais il y avait, habitant au bord de l'eau, un pêcheur qui repêcha le petit garçon alors qu'il était encore vivant et comme sa femme n'avait pas d'enfants, ils l'élevèrent. Au bout d'un an, le roi était de nouveau parti en voyage, la reine eut encore un garçon; les deux sœurs malignes le prirent et le jetèrent aussi à l'eau; alors le petit oiseau prit son vol et chanta :

Enfant chéri,
Bouquet de lis,
Enfant gentil,
Reviendra-t-il ?

Et comme le roi fut de retour, elles lui dirent que la reine avait encore donné le jour à un chien, et il dit à nouveau : « Ce que Dieu fait est bien fait. » Mais le pêcheur tira aussi celui-là de l'eau et l'éleva.

Alors le roi partit encore en voyage, et la reine mit au monde une petite fille que les sœurs malignes jetèrent aussi à l'eau. Alors l'oiseau s'envola tout droit en l'air et chanta :

Enfant chéri,
Bouquet de lis,
Enfant gentil,
Reviendra-t-il ?

Et quand le roi rentra chez lui, elles lui dirent que la reine avait eu une chatte. Alors le roi fut fâché et fit jeter sa femme en prison ; elle y resta de longues années.

Cependant les enfants avaient grandi ; un jour le plus âgé sortit avec d'autres garçons pour aller à la pêche ; voilà que l'un des autres garçons ne voulait pas l'avoir parmi eux : « Espèce d'enfant trouvé, passe ton chemin. » Il en fut tout troublé et demanda au vieux pêcheur si c'était vrai. Il lui raconta qu'un jour étant à la pêche il l'avait pêché et tiré de l'eau. Alors il dit qu'il voulait partir à la recherche de son père. Le pêcheur le priait de rester encore, mais il ne se laissa pas ébranler, et finalement le pêcheur y consentit. Alors il se met en chemin et marche plusieurs jours de suite, enfin il arrive devant un énorme cours d'eau ; devant était une vieille femme qui pêchait.

« Bonjour, Mère, dit le jeune garçon. — Grand merci. — Tu pêcheras longtemps ici sans rien prendre. — Et toi tu chercheras longtemps sans trouver ton père. Comment penses-tu donc passer l'eau ? dit la femme. — Oh, Dieu peut le savoir. »

Alors la femme le prend sur son dos et le porte sur l'autre rive, et longtemps il cherche et ne peut trouver son père. Comme un an s'est écoulé, le second se met aussi en route pour chercher son frère. Désormais la fille était seule à la maison ; elle pleurait sur ses frères ; finalement elle pria le pêcheur de lui faire passer l'eau, elle voulait chercher ses frères. Elle aussi parvint à la grande eau ; alors elle dit à la vieille femme : « Bonjour, Mère. — Grand merci. — Dieu vous aide dans votre pêche. »

Lorsque la vieille femme entendit cela, elle devint tout aimable et la transporta de l'autre côté de l'eau et lui donna une baguette et lui dit : « À présent continue par le même chemin, ma fille, et quand tu viendras devant un grand chien noir, passe en silence et sans peur et sans rire et sans le frapper. Alors tu arriveras devant un grand château, sur le seuil il faudra laisser tomber la baguette et traverser le château tout droit pour sortir de l'autre côté ; là est une vieille fontaine, il y a poussé un grand arbre, un oiseau y est placé dans une cage; tu le prends; prends encore un verre d'eau à la fontaine et avec ceux-là suis le même chemin au retour; sur le seuil, ramasse la baguette et emporte-la et quand tu seras à nouveau devant le chien, frappe-l'en à la face, mais tâche de bien frapper et ensuite reviens vers moi. » Tout fut comme la femme avait dit, et au retour elle trouva ses deux frères qui avaient exploré la moitié du monde. Ils allèrent ensemble jusqu'où le chien noir était couché à côté du chemin; elle le frappa à la face, il devint un beau prince qui alla avec eux jusqu'à l'eau. Là était encore la vieille femme; elle se réjouit fort qu'ils fussent là tous les quatre et elle les porta tous sur l'autre rive et ensuite elle partit avec eux car elle était désormais délivrée. Mais les autres allèrent tous chez le vieux pêcheur et tous étaient heureux de se retrouver; quant à l'oiseau, ils le pendirent au mur dans sa cage.

Mais le second fils ne put rester à la maison et prit une arbalète et alla à la chasse. Comme il y était, il prit sa flûte et joua un petit air. Mais le roi qui était aussi à la chasse l'entendit; il vint et, quand il rencontra le jeune garçon, il lui dit : « Qui t'a permis de chasser ici ? — Personne. — D'où et de qui es-tu ? — Je suis le fils du pêcheur. — Il n'a pas d'enfants. — Si tu ne veux pas me croire, viens avec moi. »

C'est ce que fit le roi et il demanda au pêcheur qui lui raconta tout, et l'oiseau dans sa cage au mur se mit à chanter :

La mère est seule
Dans la prison.
Ô roi, noble sang,
Ce sont tes enfants.
Les deux sœurs malignes
Ont fait mal à tes enfants
En les jetant à l'eau ;
Où les trouva le pêcheur.

Alors tous sursautèrent, et le roi prit l'oiseau, le pêcheur et les trois enfants avec lui au château et fit ouvrir la prison et en tira sa femme qui était tombée malade et était devenue misérable. Alors la fille lui donna de l'eau de la fontaine à boire et elle fut fraîche et saine. Mais les deux sœurs malignes furent brûlées, et la fille épousa le prince.

L'ESPRIT DANS LA BOUTEILLE

Il était une fois un pauvre bûcheron qui travaillait du matin jusque tard dans la nuit. Quand il eut enfin mis de côté un peu d'argent, il dit à son garçon : « Tu es mon enfant unique ; je veux employer à t'instruire l'argent gagné à la sueur de mon front ; si tu apprends un honnête savoir, tu pourras me nourrir dans ma vieillesse quand mes membres seront devenus raides et que je devrai rester au foyer. » Alors le jeune homme alla dans une haute école et apprit avec zèle tant que ses maîtres le célébraient, et il y resta un certain temps. Quand il eut fait le tour de plusieurs écoles, mais sans qu'il y fût parfait en tout, le petit peu de pauvreté qu'avait acquis le père était épuisé et il dut rentrer chez lui. « Ah ! dit le père attristé, je ne peux plus rien te donner et par ces temps de cherté, je ne puis gagner plus que le pain quotidien. — Cher père, répondit le fils, ne vous faites pas de soucis à ce propos ; si telle est la volonté de Dieu, ça tournera pour mon plus grand bien ; je m'en arrangerai. »

Quand le père fut pour aller en forêt gagner un

peu sur le bois en pile (qu'on coupe et qu'on met à la longueur) le fils dit : « J'irai avec vous pour vous aider. — Oui, mon fils, dit le père, mais ça te serait pénible, tu n'as pas l'habitude du gros travail, tu n'y tiendras pas ; je n'ai qu'une hache et pas d'argent pour en acheter une de plus. — Allez seulement voir le voisin, répondit le fils, il vous prêtera sa hache tant que je n'en aurai pas gagné une. »

Alors le père emprunta une hache du voisin et le lendemain matin, au lever du jour, ils allèrent ensemble dans la forêt, le fils aidait le père et avec autant d'entrain que de vigueur. Quand le soleil fut au-dessus d'eux, le père dit : « Faisons la pause de midi ; ensuite ça ira deux fois mieux. » Le fils prit son pain à la main et dit : « Reposez-vous, père, je ne suis pas fatigué, je vais un peu courir le bois et chercher des nids d'oiseaux. — Gros malin, dit le père, que vas-tu partout courir, après tu seras fatigué et ne pourras plus lever un bras ; reste ici et assieds-toi vers moi. »

Mais le fils alla dans la forêt, mangea son pain, était de belle humeur et regardait entre les branches vertes si par hasard il découvrait un nid. Il alla en tous sens tant qu'il arriva à un gros chêne menaçant, âgé sûrement de plusieurs siècles et dont cinq hommes ensemble n'auraient pas embrassé le tronc. Il s'arrêta, regarda et pensa : « Bien des oiseaux doivent y avoir fait leur nid. » Alors il lui sembla tout à coup qu'on criait d'une voix sourde : « Fais-moi sortir, fais-moi sortir. » Il regarda aux alentours, mais ne put rien découvrir ; or il lui sembla que la voix venait de sous terre. Alors il s'écria : « Où es-tu ? » La voix répondit : « Je suis caché sous les racines du chêne. Fais-moi sortir, fais-moi sortir. » L'écolier se mit à fouiller sous l'arbre tant qu'enfin, dans une petite excavation, il trouva une bouteille de verre. Il la souleva, et la tint contre la lumière ; alors il vit un être fait comme une grenouille qui sautillait là-dedans. « Fais-moi sortir, fais-moi sortir », criait-il encore et l'écolier sans penser à mal ôta le bouchon de la bouteille. Aussitôt un esprit s'éleva et se mit à grandir et croissait si vite qu'en peu d'instants il était là devant l'écolier comme un horrible gaillard aussi grand que la moitié de l'arbre. « Sais-tu », cria-t-il d'une voix épouvantable, « ce que sera ta récompense pour m'avoir fait sortir ? — Non », répondit l'écolier, sans crainte, « comment puis-je le savoir ? — Eh bien je dois te le dire, s'écria l'esprit, je dois te rompre le cou. — Tu aurais dû me le dire plus tôt, répondit l'écolier, alors je t'aurais laissé dans la bouteille ; quant à ma tête, elle restera bien assise ou il faudra demander à plusieurs. — Plusieurs par-ci, plusieurs par-là, s'écria l'esprit, tu dois recevoir le salaire que tu mérites. Penses-tu que c'est par faveur que j'ai été si longtemps enfermé, non, c'était pour mon châtiment ; je suis le tout-puissant Mercurius, à quiconque me rend libre je dois rompre le cou. — Tout doux, répondit l'écolier, pas si vite, je dois d'abord savoir aussi que tu étais réellement enfermé dans la petite bouteille et si tu es le vrai esprit ; si tu peux y rentrer, je veux bien te croire et alors tu feras de moi ce que tu voudras. »

L'esprit, au comble de la présomption, dit : « Ce n'est qu'une petite affaire ». Il se resserra et se fit aussi petit, si mince qu'au début et rentra dans le col de la bouteille. À peine était-il dedans que l'écolier remettait le bouchon dessus et la bouteille à sa place sous les racines du chêne, et l'esprit était berné.

Donc l'écolier pensait rejoindre son père, mais l'esprit criait lamentablement : « Ah, laisse-moi donc sortir, laisse-moi donc sortir. — Non, répondit l'écolier, non pour la deuxième fois ; quand on en a voulu à ma vie, je ne lâche pas la proie pour l'ombre. — Si tu me rends libre, cria l'esprit, je te donnerai autant qu'il t'en faudra pour toute ta vie. — Non, répondit l'écolier, tu me tromperais comme la première fois. — Tu fais bon marché de ton bonheur, dit l'esprit, je ne te ferai rien sinon te récompenser richement. »

L'écolier pensa : « Je vais essayer, peut-être tiendra-t-il parole, et il ne peut rien me faire. » Alors il ôta le bouchon et l'esprit sortit comme la fois d'avant et se dilata, devenant grand comme un géant. « Maintenant voici ton salaire », dit-il, et tendit à l'écolier un petit lambeau d'étoffe grand comme un emplâtre et dit : « Si tu passes un bout sur une blessure, elle guérira ; et si tu passes l'autre bout sur l'acier ou le fer, il sera transformé en argent. — Il faut d'abord essayer », dit l'écolier, il alla à un arbre, entama l'écorce avec sa hache et passa dessus l'un des bouts de l'emplâtre ; aussitôt elle se referma comme intacte. « Bon, c'est exact, dit-il à l'esprit, maintenant nous pouvons nous séparer. » L'esprit le remercia de l'avoir déterré et l'écolier remercia l'esprit de son cadeau puis il retourna vers son père.

« Où es-tu allé traîner ? dit le père, pourquoi as-tu oublié le travail ? Je t'avais bien dit que tu n'arriverais à rien. — Paix, mon père, je vais me rattraper. — Rattraper, dit le père furieux, ça ne tient pas debout. — Attention, père, je vais abattre à l'instant l'arbre que voici ; ça va faire crac. »

Il prit son emplâtre, en frotta la hache et porta un coup violent ; mais comme le fer avait été transformé en argent, la lame se tordit. « Hé, père, voyez un peu quelle mauvaise hache vous m'avez donnée, elle est toute tordue. » Alors le père effrayé dit : « Qu'est-ce que tu as fait ! Voilà qu'il faut que je paie la hache et je ne sais avec quoi ; voilà le profit que j'ai de ton travail. — Ne vous fâchez pas, répondit le fils, je paierai la hache. — Jeune présomptueux, s'écria le père, avec quoi veux-tu payer ? Tu n'as rien que ce que je te donne ; ce sont là des craques d'étudiant que tu as en tête, mais quant au bûcheronnage tu n'y entends rien. »

Après un petit silence, l'écolier dit : « Père, je ne peux plus travailler, faisons dimanche. — Hé quoi, répondit-il, crois-tu que je peux me croiser les bras comme toi ? J'ai encore du travail, toi tu peux rentrer chez nous. — Père, c'est la première fois que je suis en forêt, je ne sais pas le chemin, viens avec moi. »

Sa colère apaisée, le père se laissa enfin persuader et rentra avec lui. Alors il dit à son fils : « Va vendre la hache faussée et regarde ce que tu en tireras ; le reste il me faudra le gagner pour payer le voisin. »

Le fils prit la hache et la porta en ville chez un orfèvre qui l'éprouva, la mit sur la balance et dit :

« Elle vaut quatre cents talers, je n'en ai pas tant. — Donnez-moi tout ce que vous avez, je vous prête le reste. »

L'orfèvre lui donna trois cents talers, et il resta en dette de cent. Puis l'écolier rentra chez lui et dit : « Père, j'ai de l'argent. Allez demander au voisin ce qu'il veut pour sa hache. — Je le sais déjà, répondit le père, un taler six groschens. — Eh bien, donnez-lui deux talers douze groschens ; c'est le double et c'est assez ; voyez-vous, j'ai de l'argent à profusion », et il donna au père cent talers et dit : « Vous n'aurez besoin de rien, vivez à votre convenance. — Mon Dieu, dit le vieux, comment es-tu parvenu à la richesse ? » Alors il lui raconta comment tout s'était passé et comment, confiant en sa chance, il avait fait une si riche prise.

Mais il repartit avec le reste de l'argent suivre une haute école et, parce qu'il avait un emplâtre pouvant guérir toutes les blessures, il devint le docteur le plus célèbre du monde.

L'HOMME À LA PEAU D'OURS

Il était une fois un jeune gars qui se laissa recruter comme soldat, se comporta vaillamment et fut toujours au premier rang quand il grêlait des pruneaux. Tant que dura la guerre, tout alla bien, mais quand la paix fut conclue, il reçut son congé, et le capitaine dit qu'il pouvait aller où il voudrait. Ses parents étaient morts; alors il alla chez ses frères et demanda qu'ils voulussent bien lui assurer le vivre et le couvert tant que ne recommencerait la guerre. Mais les frères avaient le cœur dur et dirent : « Que faire de toi ? Nous ne savons, tâche de te débrouiller. » Le soldat n'avait rien de plus que son fusil; il le mit sur l'épaule et voulut aller dans le monde. Il arriva sur une grande lande où l'on ne voyait rien qu'un cercle d'arbres; il s'assit dessous, bien triste, et réfléchit à son destin. « Je n'ai plus d'argent, pensa-t-il, je n'ai rien appris que le métier des armes, et maintenant, comme la paix est conclue, ils n'ont plus besoin de moi; je prévois qu'il me faudra mourir de faim. » Soudain, il entendit un grondement et, quand il regarda autour de lui, un homme inconnu était là qui portait un habit vert, avait un air cossu mais un vilain pied-bot. « Je sais déjà ce qui te manque, dit l'homme, tu auras argent et fortune autant que tu en pourras dissiper, mais il me faut d'abord savoir si tu as peur afin de ne pas dépenser en vain mon argent. — Un soldat et la peur, cela va-t-il ensemble ? répondit-il, tu peux me mettre à l'épreuve. — Eh bien, répondit l'homme, regarde derrière toi. »

Le soldat se retourna et vit un grand ours qui au trot arrivait sur lui en grognant. « Oho ! s'écria le soldat, je vais te chatouiller sous le nez pour te passer l'envie de grogner », il épaula et tira sur le museau de l'ours qui s'effondra et ne bougea plus. « Je vois bien, dit l'étranger, que tu ne manques pas de cran, mais il y a encore une condition seconde que tu dois remplir. — Si cela ne nuit au salut de mon âme », répondit le soldat qui voyait bien qui il avait devant lui, « sinon je ne m'accorde sur rien. — Tu le verras toi-même, répondit l'habit vert, tu ne pourras des sept prochaines années te laver, te peigner la barbe et les cheveux, te couper les ongles ni réciter un Notre-Père. Alors je te donnerai un habit et un manteau que tu devras porter tout ce temps. Si tu meurs en ces sept années, tu seras mien, mais si tu restes en vie, tu seras libre et de plus riche ta vie entière. »

Le soldat songeait à la grande détresse où il se trouvait et comme il avait défié la mort tant de fois, il voulut tenter l'affaire encore un coup et accepta. Le Diable ôta son habit vert, le donna au soldat et dit : « Si tu as l'habit sur le corps et plonges la main dans la poche, tu l'auras toujours pleine d'argent. Puis il dépouilla l'ours de sa peau et dit : « Que cela soit ton manteau et aussi ton lit, car tu devras y dormir et ne pourras avoir d'autre lit. Et à cause de ce costume, tu t'appelleras Peau-d'Ours. » Sur quoi le Diable disparut.

Le soldat mit l'habit, plongea aussitôt la main dans la poche et trouva que la chose avait du bon. Puis il jeta sur lui la peau d'ours, alla dans le monde, fut de bonne humeur et n'omit rien qui pût lui faire du bien à lui en mettant l'argent à mal. La première année, ce fut encore passable, mais dès la deuxième il eut l'air d'un monstre, les cheveux et le poil lui couvraient presque tout le visage, sa barbe semblait être un morceau de feutre grossier, ses doigts avaient des griffes et son visage était si couvert de crasse qu'en y semant de la salade elle aurait levé. Quiconque le voyait prenait la fuite, mais comme il donnait partout de l'argent aux pauvres pour qu'ils priassent pour lui afin qu'il ne mourût de sept ans, il trouvait pourtant toujours un logement. Dans la quatrième année, l'aubergiste ne voulut pas l'accueillir ni même lui faire place dans l'écurie, car il craignait que les chevaux n'en prissent ombrage. Mais quand l'homme à la peau d'ours mit la main à la poche et en tira une poignée de ducats, l'aubergiste se laissa fléchir et lui donna une chambre dans le bâtiment de derrière; mais il dut promettre de ne pas se laisser voir afin que sa maison n'encourût pas le qu'en-dira-t-on.

Une fois que l'homme à la peau d'ours se trouvait seul le soir et souhaitait de tout cœur avoir tiré ses sept ans, il entendit dans une chambre voisine quelqu'un se plaindre bruyamment. Il eut le cœur ému, ouvrit la porte et aperçut un vieil homme qui pleurait à chaudes larmes et se tenait la tête à deux mains. L'homme à la peau d'ours s'approcha, mais l'homme se leva et voulut fuir. Enfin, quand il entendit une voix humaine, il se laissa émouvoir et, par des propos amicaux, l'homme à la peau d'ours parvint à ce qu'il lui révélât le motif de ses plaintes. Sa fortune s'était évanouie peu à peu, lui et ses filles souffraient de disette, et il était si pauvre qu'il ne pouvait même pas payer le logeur et devait être mis en prison. « Si vous n'avez d'autre souci, dit l'homme à la peau d'ours, j'ai de l'argent à suffisance. » Il fit venir l'aubergiste, le paya et mit en sus dans la poche de l'homme une bourse pleine d'or.

Quand le vieil homme se vit délivré de ses soucis, il ne sut comment en marquer sa reconnaissance. « Viens avec moi, dit-il, mes filles sont des merveilles de beauté, choisis-en une pour femme. Si elle apprend ce que tu as fait pour moi, elle ne pourra refuser. Certes ton apparence est plutôt étrange, mais elle te remettra en ordre. » Cela plut fort à l'homme à la peau d'ours, et il le suivit. Quand l'aînée l'aperçut, elle eut un effroi si évident à voir sa face qu'elle jeta les hauts cris et s'en fut. La deuxième, certes, resta et le considéra de la tête aux pieds, mais ensuite elle dit : « Comment puis-je prendre un mari qui n'a plus forme humaine ? J'aimerais encore mieux l'ours rasé qui se fit voir un jour ici et se faisait passer pour un homme ; il avait au moins un dolman de hussard et des gants blancs. S'il n'était que laid, je pourrais m'habituer à lui. » Mais la plus jeune dit : « Cher père, ce doit être un homme bon qui vous a secouru dans le besoin ; vous lui avez promis une fiancée en échange, il faut que votre parole soit tenue. » Dommage que le visage de l'homme à la peau d'ours ait été couvert de crasse et de poils, sinon on aurait pu voir que son cœur lui rit dans le corps quand il entendit ces paroles. Il prit à son doigt une bague, la rompit en deux et en donna une moitié à la fille, gardant l'autre pour lui. Dans la moitié qu'il donna, il écrivit son nom à lui et dans l'autre son nom à elle, et il la pria de bien la garder. Puis il prit congé et dit : « Je dois encore voyager trois ans. Mais si je ne reviens pas, tu seras libre parce que je serai mort. Mais prie Dieu qu'il me garde en vie. »

La pauvre fiancée se vêtit toute de noir et, quand elle pensait à son époux, les larmes lui venaient aux yeux. De ses sœurs, elle n'éprouvait que dédain et raillerie. « Prends garde, disait l'aînée, si tu lui tends la main, il t'y donnera un coup de patte. — Garde-toi, disait la deuxième, les ours aiment les friandises et, si tu lui plais, il te mangera. — Tu devras ne faire jamais que ses volontés, reprenait l'aînée, sinon il va grogner. »

Et la deuxième poursuivait : « Mais la noce sera gaie ; les ours, ils dansent bien. »

La fiancée gardait le silence et ne se laissait pas détourner. Mais l'homme à la peau d'ours courait le monde d'un lieu à l'autre, faisait le bien où il pouvait et donnait largement aux pauvres afin qu'ils priassent pour lui. Enfin, quand se leva le dernier jour des sept années, il retourna sur la lande et s'assit sous le cercle d'arbres. À peu de là souffla le vent, et le Diable fut devant lui et le regarda d'un air triste; alors il lui jeta le vieil habit et exigea qu'on lui rendît son habit vert. « Nous n'en sommes pas encore là », répondit l'homme à la peau d'ours, « tu dois d'abord me nettoyer. » Que le diable voulût ou non, il dut aller tirer de l'eau, laver l'homme à la peau d'ours, lui peigner les cheveux et lui couper les ongles. Du coup, il apparut en vaillant guerrier, bien plus beau qu'auparavant.

Quand le Diable se fut heureusement retiré, l'homme à la peau d'ours se sentit le cœur bien léger. Il alla en ville, mit un riche habit de velours, prit place dans une voiture attelée de quatre chevaux blancs et alla à la maison de sa fiancée. Personne ne le reconnut, le père le prit pour un mestre de camp noble et le conduisit à la chambre où étaient ses filles. Il dut prendre place entre les deux aînées, elles lui versèrent du vin, lui servirent les meilleurs morceaux et opinèrent qu'elles n'avaient jamais vu plus bel homme au monde. Mais la fiancée vêtue de noir était assise en face de lui, les yeux baissés, et ne disait mot. Quand enfin il demanda au père s'il voulait bien lui donner pour femme une de ses filles, les deux aînées vite sur pied coururent à leur chambre et voulurent se richement vêtir car chacune s'imaginait qu'elle serait l'élue. L'étranger, dès qu'il fut seul avec sa fiancée, tira de sa poche la moitié de bague et la jeta dans un verre de vin qu'il lui tendit par-dessus la table. Elle le prit, mais quand elle eut bu et trouvé au fond la moitié de bague, le cœur lui battit. Elle prit l'autre moitié qu'elle portait au cou par un ruban, les mit l'une contre l'autre et il apparut que les deux parties s'ajustaient parfaitement. Alors il dit : « Je suis ton fiancé promis que tu as vu en peau d'ours, mais grâce à Dieu j'ai recouvré ma forme humaine et suis redevenu propre. » Il se leva, alla jusqu'à elle, l'embrassa et lui donna un baiser. À ce moment, les deux sœurs revenaient en grande toilette, et quand elles virent que le bel homme était revenu à la plus jeune, que c'était l'homme à la peau d'ours, pleines de colère et de fureur elles s'enfuirent, l'une se noya dans le puits, l'autre se pendit à un arbre. Le soir, quelqu'un frappa à la porte et, quand le marié ouvrit, c'était le Diable en habit vert qui dit : « Vois-tu, à présent j'ai deux âmes en échange de la tienne seule. »

LE ROITELET ET L'OURS

Au temps de l'été, un jour l'ours et le loup se promenaient dans la forêt, quand l'ours entendit un beau chant d'un oiseau et dit : « Frère loup, quel est l'oiseau qui si bien chante ? — C'est le roi des oiseaux, dit le loup, il nous faut nous incliner devant lui » ; or c'était le roitelet. « S'il en est ainsi, dit l'ours, je voudrais aussi voir son palais royal, viens et mène-m'y. — Ce ne sera pas si facile que tu le penses, dit le loup, tu devras attendre que vienne Madame la Reine. »

Bientôt vint Madame la Reine, et elle avait au bec des aliments, et Monsieur le Roi aussi, et ils voulaient nourrir leurs jeunes. L'ours aurait bien voulu suivre à l'instant, mais le loup le retint par la manche et dit : « Non, tu dois attendre que Monsieur le Roi et Madame la Reine soient repartis. » Donc ils jetèrent un œil sur le trou où était le nid et s'éloignèrent au trot. Mais l'ours n'eut de repos qu'il ne voulût voir le palais royal et, après peu de temps, il revint sur place : le roi et la reine s'étaient justement envolés ; il regarda à l'intérieur et vit cinq ou six jeunes qui y étaient blottis. « C'est ça le palais royal ! s'écria l'ours, c'est un misérable palais ! Vous n'êtes pas des enfants royaux, vous êtes des enfants illégitimes. » Quand les jeunes roitelets entendirent cela, ils se mirent dans une grande colère et crièrent : « Non, nous ne le sommes pas ; nos parents sont gens honorables ; Ours, nous réglerons ce compte avec toi. » L'ours et le loup eurent peur ; ils firent demi-tour et gagnèrent leurs retraites. Les jeunes roitelets continuaient à crier et à mener grand bruit et quand leurs parents revinrent avec la becquée, ils dirent : « Nous ne remuerons pied ni patte, quitte à crever de faim, tant que vous ne nous aurez pas démontré si nous sommes des enfants légitimes ou non ; l'ours est venu et nous a insultés. » Alors le vieux roi dit : « Soyez tranquilles, cela va être réglé. » Là-dessus, d'un coup d'aile, avec Madame la Reine, il fut devant la grotte de l'ours et cria vers l'intérieur : « Vieil ours grognon, pourquoi as-tu insulté mes enfants ? Tu t'en trouveras mal, nous allons régler ça par une guerre sanglante. » Donc la guerre fut déclarée à l'ours et tous animaux quadrupèdes : bœuf, âne, vache, cerf, chevreuil et tout ce que la terre porte. Le roitelet de son côté mit sur pied tout ce qui vole dans l'air, non seulement les oiseaux grands et petits, mais aussi les moucherons, les frelons, les abeilles et les mouches durent s'aligner.

Quand vint le temps où devait commencer la guerre, le roitelet envoya des éclaireurs pour savoir qui serait général en chef de l'ennemi. Le moucheron fut le plus rusé de tous, sillonna la forêt où l'ennemi se rassemblait et se plaça enfin sous une feuille sur l'arbre où le mot d'ordre était donné. Ici se trouvait l'ours, il manda le renard auprès de lui et dit : « Renard, tu es le plus malin de tous les animaux, tu seras général et nous conduiras. — Bien, dit le renard, mais de quel signal devons-nous convenir ? »

Personne ne savait. Alors le renard dit : « J'ai une belle, longue queue touffue, elle semble presque un panache roux ; si je tiens la queue en l'air, c'est que tout va bien, et il faut y aller ; si je la laisse pendre, sauve qui peut. » Quand le moucheron eut entendu cela, il rentra chez lui et révéla tout par le menu au roitelet. Quand se leva le jour où la bataille devait être livrée, hou ! voilà qu'arrive à grand bruit la gent quadrupède, la terre en tremblait ; le roitelet avec son armée arrivait par les airs, avec son armée en essaims grondants et criards, il y avait de quoi prendre peur ; et de part et d'autre on cherchait l'abordage. Mais le roitelet envoya le frelon à terre ; il devait se placer sous la queue du renard et le piquer de toutes ses forces. Quand le renard reçut la première piqûre, il sursauta, leva une patte, passa outre et tint sa queue en l'air ; à la deuxième piqûre, il dut baisser pavillon un instant ; mais à la troisième il n'y tint plus, cria, et mit sa queue entre ses jambes. Quand les animaux virent cela, il crurent que tout était perdu et se mirent à courir, chacun vers son logis ; et les oiseaux avaient gagné la bataille.

Alors Sire Roi et Dame Reine retournèrent vers leurs enfants et s'écrièrent : « Enfants, réjouissez-vous, mangez et buvez à cœur joie, nous avons gagné la guerre. » Mais les jeunes roitelets dirent : « Nous ne mangerons pas tant que l'ours ne vienne au nid faire amende honorable et dire que nous sommes des enfants légitimes. » Alors le roitelet se rendit devant le trou de l'ours et cria : « Ours grognon, tu dois venir devant le nid où sont mes enfants et faire amende honorable et dire qu'ils sont enfants légitimes, sinon tu auras les côtes broyées dans le corps. » Alors l'ours, dans sa grande angoisse, vint ramper et demander grâce. C'est alors seulement que les jeunes roitelets furent satisfaits, se mirent ensemble à table, mangèrent et burent et se divertirent jusque tard dans la nuit.

CONTES DU CRAPAUD

I

Il était une fois une petite enfant à qui sa mère donnait chaque après-midi une petite écuelle de lait et un morceau de pain blanc et l'enfant allait s'asseoir dehors dans la cour. Mais quand elle commençait à manger, arrivait le crapaud domestique sorti d'une fissure du mur; il plongeait la tête dans le lait et mangeait avec elle. L'enfant s'en réjouissait et, quand elle était assise là avec son écuelle et que le crapaud tardait à venir, elle lui chantait :

Crapaud, crapaud, viens-t'en vite,
Viens, petit crapaud joli;
Ta part de pain tu auras,
Du lait tu boiras

Alors le crapaud arrivait à toutes pattes et se régalait. Il montrait aussi sa reconnaissance car il apportait à l'enfant toutes sortes de belles choses tirées de son trésor secret : pierres brillantes, perles et jouets en or. Mais le crapaud ne faisait que boire du lait et ne touchait pas aux bouts de pain. Alors un jour l'enfant prit sa petite cuillère, l'en frappa doucement sur la tête et dit : « Chose, mange aussi du pain. » La mère qui était dans la cuisine entendit que l'enfant parlait à quelqu'un et quand elle vit qu'avec sa petite cuillère elle frappait un crapaud, elle sortit armée d'une bûche et tua le bon animal.

Dès lors, il y eut un changement chez l'enfant. Tant qu'elle avait mangé avec le crapaud, elle grandissait et forcissait, mais à présent, elle perdit ses belles joues rouges et dépérit. À peu de là, l'oiseau de mort se mit à crier, et le rouge-gorge amassa des rameaux et des feuilles pour une couronne mortuaire, et bientôt l'enfant gisait sur son lit de mort.

II

Une orpheline était assise au pied du mur de ville et filait; quand elle vit un crapaud sortir d'une ouverture au pied du mur. Vite, elle étala par terre près d'elle son foulard de soie bleue que les crapauds aiment beaucoup et sur quoi ils marchent, mais sur rien d'autre. Aussitôt que Crapaud l'aperçut, il fit demi-tour, revint sur ses pas et apporta une petite couronne d'or qu'il posa sur le foulard, et il s'en fut. La fillette prit la couronne; elle étincelait et était d'un délicat filigrane d'or entrelacé. À peu de là revint une seconde fois le crapaud; mais ne voyant plus la couronne, il rampa jusqu'au mur et, de tristesse, y heurta longtemps sa tête si bien qu'il en resta mort enfin. Si la fillette avait laissé la couronne sans y toucher, le crapaud lui aurait sans doute apporté davantage des trésors qu'il avait dans son trou.

III

Crapaud appelle : « Houhou ! Houhou ! » ; Enfant dit : « Viens, sors du trou », le crapaud sort, l'enfant alors lui demande ce qu'il en est de sa petite sœur : « N'as-tu pas vu fille-aux-bas-rouges ? » Crapaud dit : « Non, moi non plus ; et toi donc ? Houhou, houhou, houhou. »

LE COMPAGNON MEUNIER ET LA PETITE CHATTE

Dans un moulin vivait un vieux meunier qui n'avait ni femme ni enfants, et trois compagnons meuniers servaient chez lui. Comme ils avaient été chez lui déjà quelques années, un jour il leur dit : « Je suis vieux et veux m'asseoir derrière le poêle; partez, et celui d'entre vous qui me ramènera le meilleur cheval, je lui donnerai le moulin, et en échange il devra prendre soin de moi jusqu'à ma mort. » Or le troisième des compagnons était le petit valet; les autres le tenaient pour un niais; ils ne pensaient pas que le moulin lui reviendrait; et lui-même n'en voulait pas. Alors tous trois se mirent en route et comme ils passaient au village, les deux dirent à Hans le Niais : « Tu n'as qu'à rester ici; de ta vie tu n'auras un cheval. » Mais Hans alla avec eux et quand il fit nuit, ils arrivèrent à une grotte, ils s'y couchèrent pour dormir; les deux malins attendirent que Hans fût endormi, puis se levèrent, partirent et laissèrent Hans dormir et croyaient s'y être pris adroitement; eh bien! Vos affaires n'en iront pas mieux! Quand le soleil se leva et que Hans s'éveilla, il était au fond d'une grotte ; il regarda partout et s'écria : « Ah ! Dieu où suis-je ? » Alors il se leva et remonta la pente, alla dans la forêt et pensa : « Je suis ici tout seul et abandonné, comment faire pour avoir un cheval ? » Comme il allait pensif, il rencontra une petite chatte tricolore qui lui dit bien gentiment : « Hans, où veux-tu aller ? — Ah ! Tu ne peux m'être d'aucun secours. — Je sais bien ce que tu désires, dit la chatte, tu veux avoir un joli cheval. Viens avec moi et sois sept ans durant mon fidèle serviteur, je t'en donnerai un plus beau que tu n'en as jamais vu de ta vie. — Eh bien, voilà une chatte étrange, pensa Hans, mais je veux voir si ce qu'elle dit est vrai. »

Alors elle l'emmena dans son château enchanté et elle avait là quantité de petites chattes à son service ; elles grimpaient et dévalaient les escaliers, étaient gaies et de bonne humeur. Le soir, quand ils se mettaient à table, trois d'entre elles jouaient de la musique : l'une frottait la contrebasse, l'autre le violon, la troisième embouchait la trompette et gonflait les joues tant qu'elle pouvait. Quand ils avaient mangé, la table était emportée et la chatte disait : « Allons viens, Hans, et danse avec moi. — Non, répondait-il, je ne danse pas avec une minette, je ne l'ai encore jamais fait. — Eh bien mettez-le au lit », dit-elle aux chatonnes. Alors l'une d'elles lui tint la lampe pour le mener à sa chambre à coucher, une autre lui ôta ses souliers, une ses bas et pour finir souffla la lumière. Le lendemain matin, elles revinrent et l'aidèrent à sortir du lit ; une lui enfila ses bas, une autre noua ses jarretières, une apporta ses souliers, une le débarbouilla, et une lui essuya le visage avec sa queue. « C'est bien doux », dit Hans. Mais il devait aussi servir la chatte et, tous les jours, faire du petit bois ; à cet effet, il reçut une hache d'argent et les coins et la scie en argent, et le merlin était de cuivre. Bon ! Il fit du petit bois, resta dans la maison, il avait bonne table et boisson, mais ne voyait personne que la chatte tricolore et son train. Un jour, elle lui dit : « Va et fauche ma prairie et fane l'herbe », et elle lui donna une faucille d'argent et une pierre à aiguiser en or, mais lui ordonna de tout rendre comme il fallait. Alors Hans alla et fit ce qui lui était commandé ; le travail accompli, il rapporta la faucille, la pierre à aiguiser et le foin au logis et demanda si elle ne voulait pas encore lui donner son salaire. « Non, dit la chatte, tu dois d'abord me faire encore une chose ; voici du bois d'œuvre en argent, une hache de charpentier, une équerre et ce qu'il faut, tout en argent, construis-m'en une petite maison. » Alors Hans fournit la maison et dit qu'à présent il avait tout fait et n'avait pas encore de cheval. Pourtant les sept années s'étaient écoulées comme la moitié d'une. La chatte demanda s'il voulait voir ses chevaux. « Oui », dit Hans. Alors elle lui ouvrit la petite maison et tandis qu'elle ouvre la porte, voilà douze chevaux, de fière allure, luisants et miroitants, à vous en réjouir le cœur dans la poitrine. Alors elle lui donna à manger et à boire et dit : « Rentre au logis, je ne te donne pas ton cheval à emmener avec toi ; mais dans trois jours je viendrai et te l'amènerai. »

Donc Hans se mit en route, et elle lui montra le chemin du moulin. Or elle ne lui avait même pas donné un vêtement neuf, mais il dut garder sa vieille biaude en guenilles qu'il avait apportée et qui, en sept ans, était devenue trop courte de partout. Quand il arriva au logis, les deux autres compagnons meuniers étaient de retour ; chacun avait amené son cheval mais celui de l'un était aveugle, celui de l'autre boiteux. « Hans ! Où as-tu ton cheval ? — Il arrivera dans trois jours. »

Alors ils se mirent à rire et dirent : « Oui, Hans, tu vas déterrer un cheval, ce sera du joli. » Hans entra dans la chambre à feu ; le meunier dit qu'il ne serait pas admis à table, tant il était déchiré et déguenillé ; on aurait honte si quelqu'un venait. Alors ils lui donnèrent une maigre pitance dehors et, le soir, quand ils allèrent se coucher, les deux autres ne voulurent pas lui donner de lit, et il dut pour finir se glisser dans le têt aux oies et se coucher sur un peu de paille dure. Le matin, quand il se réveilla, les trois jours sont achevés et voilà qu'arrive un coche à six chevaux, hé, de poil brillant, c'était beau à voir ; et un valet en livrée qui en amenait encore un septième ; c'était pour le pauvre compagnon meunier. Mais du coche descendit une superbe fille de roi qui entra au moulin, et la fille de roi était la petite chatte tricolore que le pauvre Hans avait servie durant sept ans. Elle demanda au meunier où était le compagnon, le petit valet. Alors le meunier dit : « Nous ne pouvons pas le recevoir au moulin tant il est loqueteux, il est dans le têt aux oies. » Alors la fille de roi dit qu'on allât le chercher sur l'heure. Donc ils le firent sortir et il tirait sur lui sa biaude en loques pour s'en couvrir. Alors le valet en livrée déballa de superbes habits et dut le laver et l'habiller et quand il fut prêt, il n'était fils de roi qui pût avoir plus belle mine. Ensuite la demoiselle demanda à voir les chevaux que les autres valets de mouture avaient ramenés; l'un était aveugle et l'autre boitait. Alors elle ordonna à ses valets de pied d'amener le septième; quand le meunier le vit, il dit qu'il n'en avait jamais vu de pareil entrer dans sa cour; « Et c'est pour le troisième valet de mouture », dit-elle. — Qu'il ait le moulin », dit le meunier, mais la fille du roi lui dit que le cheval étant fourni, il devait garder son moulin, et elle prit avec elle son fidèle Hans et l'emmena dans son équipage. Ils gagnèrent d'abord la maisonnette qu'il avait construite avec les outils d'argent; c'était un grand château, et tout là-dedans était d'argent et d'or; et là elle l'a épousé, et il fut riche, si riche qu'il eut son comptant sa vie entière. C'est pourquoi personne ne doit dire, si quelqu'un est niais, qu'il n'arrivera à rien de bon pour si peu.

DEUX DU VOYAGE

Les montagnes ne se rencontrent pas, mais les hommes si, surtout les mauvais et les bons. Ainsi un jour un cordonnier et un tailleur d'habits firent leur tour ensemble. Le tailleur était un petit homme bien fait, toujours gai et de bonne humeur. Il vit le cordonnier arriver de l'autre côté et, comme il voyait à son balluchon de quel métier il était, il lui lança un quolibet :

Couds-moi la couture,
Tire-moi le fil,
Passe la poix à gauche à droite,
Cloue-moi mon chiquet !

Mais le cordonnier ne pouvait supporter aucune plaisanterie ; il se rembrunit comme s'il avait bu du vinaigre et fit mine de happer au collet le menu tailleur. Mais le luron se mit à rire, lui tendit sa gourde et dit : « Ce n'était pas par méchanceté, bois un coup et ravale ta bile. » Le cordonnier but un long trait, et l'orage de sa face commença de se dissiper. Il rendit la gourde au tailleur et dit : « On blâme les grands buveurs mais c'est qu'ils ont grand-soif. Marchons-nous ensemble ? — Ça me va, répondit le tailleur, si seulement tu as envie d'aller dans une grande ville où le travail ne manque pas. — C'est justement là que je voulais aller moi aussi, dit le cordonnier, dans un trou il n'y a rien à gagner, et à la campagne, les gens préfèrent aller pieds nus. » Ils marchèrent donc ensemble et mirent toujours un pied devant l'autre comme la fouine dans la neige.

Tous deux avaient du temps à suffisance, mais peu à grignoter et à rompre. Quand ils arrivaient dans une ville, ils faisaient le tour et donnaient le bonjour aux gens de métier, et comme le petit tailleur avait l'air si gaillard et en train et avait de si jolies joues rouges, chacun lui donnait volontiers, et quand la chance était bonne la fille du maître, sous la porte de la maison, lui donnait en plus un baiser en guise de congé. Quand il se retrouvait avec le cordonnier, il avait toujours davantage dans son paquet. Le cordonnier grognon faisait la grimace et se disait : « À plus grand coquin meilleure chance. » Mais le tailleur se mettait à rire et à chanter et partageait avec son camarade tout ce qu'il recevait. Si quelques sous tintaient dans sa poche, il faisait servir et, de joie, tapait sur la table à faire danser les verres, et chez lui telle était la règle : « Vite gagné, vite parti. »

Quand ils eurent marché quelque temps, ils vinrent dans une grande forêt par où menait le chemin de la ville royale. Il y avait deux sentiers, l'un de sept journées, l'autre de deux, mais aucun des deux ne savait lequel était le plus court. Les deux voyageurs s'assirent sous un chêne et délibérèrent : comment se pourvoir et combien de journées de pain emporter. Le cordonnier dit : « Il faut penser plus loin qu'on ne marche; je veux emporter sept jours de pain. — Quoi, dit le tailleur, trimbaler à dos sept journées de pain, comme une bête de somme et sans regarder alentour? Je m'en remets à Dieu et je m'en moque. L'argent que j'ai en poche est aussi bon l'été que l'hiver, mais le pain sèche par la chaleur et de plus il moisit. Mon habit non plus ne dépasse pas la cheville. Pourquoi ne pas trouver le bon chemin? Pain pour deux jours suffit. »

Donc chacun acheta son pain et ensuite, au petit bonheur, ils entrèrent dans la forêt. Dans la forêt régnait un silence d'église. Pas un souffle de vent, pas un ruisseau bruissant, pas un oiseau chanteur et pas un rayon de soleil perçant les branches au feuillage épais. Le cordonnier ne disait mot, le poids du pain lui pesait sur le dos tant que la sueur ruisselait sur son visage grognon et sombre. Mais le tailleur était tout à fait d'attaque, allait courant, sifflait sur une feuille ou chantait un couplet et pensait : « Dieu dans le ciel doit se réjouir que je sois si gai. » Deux jours ils allèrent ainsi, mais au troisième la forêt n'avait pas de fin, et le tailleur avait mangé tout son pain; et son cœur de tailleur lui tomba plus bas d'une aune; pourtant il ne perdit pas courage, mais s'en remit à Dieu et à la bonne fortune. Le troisième jour, il se coucha le soir, affamé sous un arbre et se releva le lendemain ayant toujours aussi faim. Ainsi marchèrent-ils le quatrième jour encore et quand le cordonnier s'asseyait sur un arbre tombé et mangeait son repas, le tailleur n'avait plus qu'à regarder. S'il demandait une bribe de pain, l'autre avec un rire dédaigneux lui disait : « Tu as toujours été gai, là tu peux voir une fois ce que ça fait quand on n'est pas gai ; les oiseaux qui chantent trop tôt le matin, l'autour les croque le soir », bref il était sans pitié. Mais au cinquième jour le pauvre tailleur ne put plus se lever, et dans sa lassitude à peine pouvait-il proférer un mot ; ses joues étaient blanches et ses yeux rouges. Alors le cordonnier lui dit : « Je veux te donner aujourd'hui un morceau de pain, mais en échange je veux te crever l'œil droit. » Le malheureux tailleur qui tenait à garder la vie, ne put s'en tirer autrement ; il pleura encore une fois des deux yeux et les présenta ; le cordonnier qui avait un cœur de pierre, d'un couteau tranchant, lui ôta l'œil droit. Le tailleur se rappela alors ce que sa mère lui avait dit quand il chipait dans la réserve : « Manger tant qu'on peut et souffrir tant qu'il faut. » Quand il eut consommé son pain cher payé, il se remit debout sur ses jambes, oublia son malheur et se consola de voir toujours assez clair d'un seul œil. Mais au sixième jour la faim s'annonça de nouveau et pour un peu lui aurait mangé le cœur. Le soir il s'abattit au pied d'un arbre et, le septième jour, il ne put se lever tant il était las, et la mort était sur sa nuque. Alors le cordonnier dit : « Je veux user de charité et te donner du pain encore une fois ; mais par pour rien : je t'ôte l'autre œil en échange. » Alors le tailleur se rendit compte qu'il vivait à l'étourdie, demanda pardon au Bon Dieu et dit : « Fais ce que tu dois ; je veux souffrir ce que je dois ; mais songe que notre Seigneur Dieu ne juge pas sur-le-champ et qu'une autre heure viendra où sera vengé l'acte mauvais que tu commets sur ma personne et que nul tort à ton égard n'a mérité. Dans les bons jours, j'ai partagé avec toi ce que j'avais. Mon métier est qu'un point chasse l'autre. Si je n'ai plus d'yeux et ne peux plus coudre, il me faudra mendier. Si je suis aveugle, ne me laisse pas ici seul sinon je mourrai de misère. » Mais le cordonnier qui de son cœur avait chassé Dieu prit le couteau et lui ôta encore l'œil gauche. Puis il lui donna un morceau de pain à manger, lui remit une canne et l'emmena derrière lui.

Quand le soleil se coucha, ils sortirent de la forêt et, devant la forêt, en rase campagne se dressait une potence. Le cordonnier y mena le tailleur aveugle, l'y fit coucher et passa son chemin. La fatigue, la douleur et la faim firent que le malheureux s'endormit et dormit toute la nuit. Quand le jour pointait, il se réveilla mais ne savait pas où il était. À la potence pendaient deux pauvres pécheurs, et sur la tête de chacun était perchée une corneille. Alors l'un d'eux se mit à parler : « Frère, es-tu réveillé ? — Oui, je veille », répondit le deuxième. — Alors je veux te dire quelque chose, reprit le premier, la rosée qui cette nuit est tombée de la potence rend les yeux à quiconque s'en lave. Si les aveugles savaient ça, plus d'un qui croit la chose impossible, pourrait recouvrer la vue. »

Quand le tailleur entendit cela, il prit son mouchoir, le pressa contre l'herbe et quand il l'eut mouillé de rosée il en lava ses orbites. Aussitôt s'accomplit ce que le pendu avait dit, et une paire d'yeux neufs et valides remplirent ses orbites. En peu de temps, le tailleur vit le soleil monter derrière les montagnes ; devant lui, dans la plaine, la grande ville royale s'étendait avec ses portes superbes et cent clochers, et les boutons et les croix qui étaient sur les toits se mirent à briller. Il distinguait chaque feuille des arbres, apercevait les oiseaux qui passaient et les moucherons qui dansaient dans l'air.

Il chercha une aiguille dans son bagage et, quand il put y passer le fil, aussi bien qu'il savait le faire auparavant, son cœur sauta de joie. Il se jeta à genoux, remercia Dieu pour la grâce effectuée et prononça la prière du matin ; il n'oublia pas de prier pour les pauvres pécheurs qui pendaient là comme le battant dans la cloche et que le vent entrechoquait. Ensuite il prit son balluchon sur son dos, oublia bientôt la peine subie et se remit en route tout chantant et sifflant.

Le premier qu'il rencontra fut un poulain alezan qui s'ébrouait librement dans la campagne. Il le prit à la crinière, voulant monter dessus et aller ainsi à cheval dans la ville. Mais le poulain demanda sa liberté : « Je suis encore trop jeune, dit-il, même un tailleur léger comme toi me brisera l'échine, laisse-moi courir jusqu'à ce que je sois devenu fort. Il viendra peut-être un temps où je pourrai t'en récompenser. — Va, dit le tailleur, je vois, tu es aussi un galopin. »

Il lui donna encore un coup de baguette sur l'échine, tant que l'autre de joie fit une ruade, bondit par-dessus haies et fossés et s'enfuit dans la campagne. Mais le petit tailleur n'avait rien mangé depuis la veille. « Le soleil, dit-il, m'emplit certes les yeux, mais le pain ne m'emplit pas la bouche. La première chose mangeable que je rencontrerai en chemin devra y passer. » Cependant une cigogne s'avançait gravement sur la prairie. « Halte ! Halte ! » s'écria le tailleur en la prenant par une patte, « je ne sais si tu es mangeable, mais ma faim ne me permet pas de longuement choisir ; je vais te couper la tête et te rôtir. — N'en fais rien, répondit la cigogne, je suis un oiseau sacré à qui personne ne fait de mal et qui est pour les hommes d'une grande utilité. Si tu me laisses ma vie, je peux un jour te le revaloir. — Eh bien va-t'en, Cousine Longue-Patte », dit le tailleur.

La cigogne prit son essor, laissa pendre ses longues pattes et s'envola tranquillement.

« Qu'en va-t-il sortir ? » dit le tailleur à part soi. « Ma faim grandit sans cesse et mon estomac est de plus en plus vide. Tout ce que je rencontrerai est perdu. » Cependant il vit quelques jeunes canards nager sur un étang. « Vous arrivez à point », dit-il ; il en attrapa un et voulait lui tordre le cou. Alors une vieille cane qui se tenait cachée dans les joncs se mit à crier très fort, arriva nageant le bec ouvert et l'implora, suppliante, de prendre en pitié ses enfants. « Ne songes-tu donc pas, dit-elle, à ta mère, comme elle se lamenterait si on venait te prendre et voulait te faire couic ? — Tais-toi, dit le tailleur débonnaire, tu garderas tes enfants », et il remit le captif dans l'eau.

Quand il se retourna, il se trouvait devant un vieil arbre qui était creux et vit des abeilles entrer et sortir. « Je vais trouver ici à l'instant le salaire de ma bonne action, dit le tailleur, le miel va me réconforter. » Mais le roi des abeilles sortit, menaçant, et dit : « Si tu touches à mon peuple et détruis mon nid, nos aiguillons t'entreront dans la peau comme dix mille aiguilles ardentes. Mais si tu nous laisses en paix et poursuis ta route, nous te rendrons une autre fois un service en retour. »

Le petit tailleur vit qu'ici aussi il n'y avait rien à faire. « Trois écuelles vides, dit-il, et rien non plus dans la quatrième, c'est un méchant repas. » Donc, l'estomac vide, il se traîna dans la ville et, comme justement sonnait midi, on avait déjà cuisiné pour lui dans une hôtellerie, et il put se mettre à table aussitôt. Quand il fut rassasié, il dit : « Eh bien maintenant je vais travailler. » Il fit le tour de la ville, cherchant un maître, et trouva bientôt une bonne place. Mais comme il avait appris son métier à fond il ne dura guère qu'il ne fût célèbre, et chacun voulait avoir son habit neuf fait par le petit tailleur. Tous les jours, sa réputation allait croissant. « Je ne peux aller plus loin dans mon art, disait-il, et pourtant cela va de mieux en mieux chaque jour. » Enfin le roi le requit d'être son tailleur de la Cour.

Mais comment va le monde ! Le même jour, son ancien camarade le cordonnier était devenu cordonnier de la Cour. Quand celui-ci aperçut le tailleur et vit qu'il avait à nouveau deux yeux valides, sa conscience le gêna : « Avant qu'il ne tire vengeance de moi, pensa-t-il, je dois lui creuser une fosse. » Mais quiconque creuse une fosse aux autres y tombe lui-même. Le soir, quand il avait rangé ses outils et que tombait le crépuscule, il s'introduisit chez le roi et dit : « Sire Roi, le tailleur est un sujet présomptueux et a osé dire qu'il retrouverait la couronne royale qui a été perdue aux temps anciens. — Cela serait mon bon plaisir », dit le roi ; le lendemain, il fit mander devant lui le tailleur et lui ordonna de recouvrer la couronne ou de quitter la ville pour toujours. « Oho ! pensa le tailleur, un coquin en donne plus qu'il n'en a. Si le roi à lubies exige de moi ce que nul homme ne peut, je n'attendrai pas jusqu'à demain, mais dès aujourd'hui je quitte la ville. » Donc il ficela son paquet, mais quand il eut passé la porte, il fut peiné d'abandonner sa fortune et de regarder de dos la ville où il s'était trouvé si bien. Il arriva au bord de l'étang où il avait fait connaissance avec les canards ; s'y trouvait justement la vieille cane à laquelle il avait laissé ses petits ; elle était sur la rive et lissait son plumage de son bec. Elle le reconnut aussitôt et lui demanda pourquoi il laissait ainsi pendre sa tête. « Tu ne t'étonneras pas d'entendre ce qui m'est arrivé », répondit le tailleur, et de lui raconter son destin. « S'il ne s'agit que de cela, dit la cane, nous pouvons y pourvoir. La couronne est tombée dans l'eau et gît sur le fond ; nous l'aurons bientôt remontée. Tu n'as qu'à étendre ton mouchoir sur la rive. » Elle plongea avec ses douze petits, et au bout de cinq minutes elle revenait à la surface, installée au milieu de la couronne qui reposait sur ses ailes, et les douze petits nageaient alentour, avaient placé leurs becs sous la couronne et l'aidaient à la porter. Ils nagèrent jusqu'à la rive et posèrent la couronne sur le mouchoir. On ne croirait pas à quel point la couronne était splendide; quand le soleil donnait dessus, elle brillait autant que cent mille escarboucles. Le tailleur noua son mouchoir aux quatre coins et la porta au roi qui fut dans une joie et passa une chaîne d'or au cou du tailleur.

Quand le cordonnier vit que son mauvais coup avait échoué, il en médita un second, parut devant le roi et dit : « Sire Roi, le tailleur est redevenu présomptueux au point qu'il se dit capable de modeler dans la cire le palais royal entier avec tout ce qui y est, libre ou fixe, dedans et dehors; et s'il n'y arrivait pas ou qu'il manquât un clou au mur, il finirait sa vie dans un cul-de-basse-fosse. » Le tailleur pensa : « Ça empire sans arrêt, il n'y a homme qui y tienne ! » Il mit son balluchon sur son dos et s'en alla. Quand il fut devant l'arbre creux, il s'assit la tête basse. Les abeilles sortirent et le roi des abeilles lui demanda s'il avait un torticolis pour tenir ainsi la tête basse. « Hélas non, dit le tailleur, c'est autre chose qui me pèse », et il raconta ce que le roi avait exigé de lui. Les abeilles commencèrent à bourdonner entre elles et le roi des abeilles dit : « Rentre chez toi; reviens demain matin à cette heure et apporte un grand drap; tout ira bien. » Il s'en retourna, et les abeilles volèrent jusqu'au château royal, entrèrent droit par les fenêtres ouvertes, se faufilèrent dans tous les coins et examinèrent tout avec la plus grande exactitude. Plus elles rentrèrent et modelèrent le château en cire avec tant de rapidité qu'on aurait cru le voir grandir à vue d'œil. Dès le soir, tout était prêt et, quand le tailleur revint le lendemain matin, une superbe construction s'élevait, et il n'y manquait pas un clou au mur et pas une tuile sur le toit; de plus, tout était fin et blanc comme neige et sentait doucement le miel. Le tailleur l'enveloppa soigneusement dans son drap et l'apporta au roi mais celui-ci ne put s'étonner assez; il le mit dans sa plus grande salle et donna au tailleur pour sa peine une grande maison de pierre.

Mais le cordonnier ne lâchait pas prise; une troisième fois, il alla trouver le roi et dit : « Sire Roi, il est venu aux oreilles du tailleur que l'eau ne veut pas jaillir dans la cour du château; il s'est fait fort de la faire monter dans la cour à hauteur d'homme et claire comme le cristal. » Alors le roi fit amener le tailleur et dit : « Si demain un jet d'eau ne jaillit pas dans ma cour comme tu l'as promis, le bourreau, dans cette même cour, te raccourcira d'une tête. » Le pauvre tailleur ne réfléchit pas longtemps et courut aux portes; les larmes lui ruisselaient sur les joues. Tandis qu'il allait ainsi tristement, un poulain survint bondissant, celui auquel un jour il avait fait don de sa liberté et qui était devenu un joli alezan. « Voici venue l'heure, lui dit-il, où je peux te rendre ton bienfait. Je sais déjà ce qui te manque mais il y sera bientôt paré; monte seulement sur mon dos : il peut en porter deux comme toi. » Le cœur revint au tailleur, et le cheval courut à fond de train, entra dans la ville, droit vers la cour du château. Là, il en fit trois fois le tour, rapide comme l'éclair et à la troisième il s'abattit. Mais à l'instant il y eut un bruit formidable : un morceau de terre, au milieu de la cour, sauta en l'air comme un boulet et par-dessus le château, et l'instant d'après s'éleva un jet d'eau aussi haut qu'un homme à cheval et l'eau était pure comme le cristal, et les rayons du soleil se mirent à y danser. Quand le roi vit cela, il s'en leva d'étonnement, vint et embrassa le petit tailleur à la face de tout le monde.

Mais la fortune ne dura pas longtemps; le roi avait abondance de filles, l'une plus belle que l'autre, mais pas de fils. Alors le méchant cordonnier se rendit une quatrième fois chez le roi et dit : « Sire Roi, le tailleur ne démord pas de son orgueil. Voici qu'il s'est fait fort, s'il le voulait, d'apporter au Sire roi un fils par la voie des airs. » Le roi fit appeler le tailleur et dit : « Si sous neuf jours tu me fais apporter un fils, tu auras pour femme ma fille aînée. » « La récompense est certes forte, pensa le petit tailleur, on en ferait pas mal pour la peine, mais les cerises sont trop haut perchées pour moi : si j'y grimpe, une branche se rompt et patatras. »

Il rentra chez lui, s'assit en tailleur sur ses jambes croisées sur sa table de travail et se demanda que faire. « Ça ne va pas ! » s'écria-t-il enfin, « je veux partir, je ne peux ici vivre en paix. » Il ficela son balluchon et courut à la porte de la ville. Quand il arriva dans les prés humides, il aperçut sa vieille amie la cigogne qui, là, plantée comme un poteau indicateur, tantôt marchait, tantôt demeurait immobile, prenait en visière une grenouille et finalement l'avalait. La cigogne vint à lui et le salua. « Je vois, commença-t-elle, que tu as ton havresac sur le dos, pourquoi veux-tu quitter la ville ? » Le tailleur lui raconta ce que le roi avait exigé de lui et qu'il ne pouvait accomplir, et plaignit son infortune. « Ne t'en fais pas des cheveux gris, dit la cigogne, je te tirerai d'affaire. Il y a longtemps que j'apporte en ville les enfants au maillot ; je peux bien pour une fois tirer de la fontaine un petit prince. Rentre au logis et tiens-toi tranquille. Sous neuf jours de ce jour, rends-toi au château royal ; j'y viendrai. » Le petit tailleur rentra chez lui et fut à l'heure dite au château. À peu de là vint la cigogne qui frappa à la fenêtre. Le tailleur lui ouvrit, et Cousine Longue-Patte descendit avec précaution de l'appui et, d'un pas plein de gravité, s'avança sur le carreau de marbre poli ; mais elle avait un enfant dans son bec ; il était beau comme un ange et tendait à la reine ses petites mains. Elle le lui déposa sur les genoux et elle de le serrer sur son cœur et de l'embrasser ; de joie, elle était comme hors d'elle-même. La cigogne, avant de s'envoler, ôta de son épaule sa sacoche de messagère et la remit à la reine. Il y avait dedans des cornets pleins de pastilles au sucre qui furent distribués aux petites princesses. Seule l'aînée ne reçut rien, mais se vit mariée au joyeux tailleur. « Il me semble, dit le tailleur, avoir gagné le gros lot. Ma mère avait bien raison qui disait toujours que Dieu aidant et avec de la chance, on ne peut sombrer. »

Le cordonnier dut faire les chaussures que le petit tailleur mit pour danser à la noce ; ensuite il lui fut commandé de quitter à jamais la ville. Le chemin de la forêt passait par la potence. De colère, de fureur et fatigué par la forte chaleur du jour, il se jeta à terre. Mais quand il ferma les yeux et voulut dormir, les deux corneilles quittant les têtes des pendus descendirent à grands cris et lui arrachèrent les yeux. Insensé, il courut dans la forêt et doit y avoir péri de misère, car personne ne l'a jamais revu ni personne entendu parler de lui.

LE JUIF DANS LES ÉPINES

Il était une fois un homme riche; il avait un valet qui le servait avec zèle et honnêteté, sautait du lit le premier le matin et y rentrait le dernier le soir, et quand il y avait un rude travail dont personne ne voulait, il s'y mettait toujours le premier. Pourtant il ne se plaignait jamais, mais était content de tout et était toujours gai. Quand il eut fini son année, le maître ne lui donna pas de salaire et se dit : « C'est ce qu'il y a de plus sage; ainsi j'épargne une somme et il ne me quittera pas mais restera gentiment à mon service. » Le valet ne dit rien, fit son travail la seconde année comme la première et quand à la fin de celle-là, encore une fois, il ne reçut pas de salaire, il s'en accommoda et resta encore. Quand la troisième année fut tirée, le maître réfléchit, mit la main à sa poche, mais n'en retira rien. Alors enfin le valet se mit à parler : « Maître, je vous ai honnêtement servi trois années, soyez assez bon pour me donner ce qui me revient de droit; j'aimerais m'en aller et voir le monde plus loin. » Alors le grigou répondit : « Oui, mon cher valet, tu m'as servi franchement, tu en seras récompensé généreusement », il remit sa main à sa poche et compta au valet trois hellers un à un, « ainsi pour chaque année tu as un heller, c'est un grand et riche salaire comme tu n'en aurais pas reçu chez plus d'un maître. » Le bon valet qui n'entendait rien à l'argent empocha son capital et pensa : « Maintenant tu as les poches pleines, pourquoi t'en faire et continuer à t'abrutir à de gros travaux. »

Donc il partit, route qui monte, qui descend, il chantait et dansait selon son désir. Or il arriva qu'il passa devant un buisson de broussailles d'où sortit un petit homme qui lui lança : « Où t'en vas-tu frère Joyeux ? Je vois que tu as un mince fardeau de soucis. — Pourquoi serais-je triste, répondit le valet, j'ai empoché en espèces sonnantes le salaire de trois années. — Combien vaut ton trésor ? » lui demanda le petit homme. « Combien ? Trois hellers comptant, bien comptés. — Écoute, dit le nain, je suis un pauvre homme dans le besoin, donne-moi tes trois hellers ; je ne peux plus travailler, mais toi tu es jeune et peux facilement gagner ton pain. »

Et comme le valet avait bon cœur et avait pitié du petit homme, il lui tendit ses trois hellers et dit : « Au nom de Dieu, je n'en aurai pas manqué. » Alors le petit homme dit : « Parce que je vois ton bon cœur, je t'accorde trois vœux, un pour chaque heller, qui seront exaucés. — Aha, dit le valet, tu en es un qui connais la musique. Eh bien ! S'il doit en être ainsi, je souhaite d'abord une canardière qui touche tout ce que je vise ; deuxièmement un violon, quand j'en jouerai tout le monde qui l'entendra devra danser; et troisièmement quand je ferai à quelqu'un une demande, on ne pourra la refuser. — Tu auras tout », dit le petit homme; il mit la main dans le buisson et, croyez-moi si vous voulez, déjà le violon et le fusil étaient prêts comme sur commande. Il les donna au valet en disant : « Quoi que tu demandes, il n'y a homme au monde qui te le refusera. »

« Cœur, que désires-tu encore ? » se dit le valet et il repartit gaiement. À peu de là, il rencontra un Juif à la longue barbe de chèvre qui était arrêté et écoutait le chant d'un oiseau perché tout en haut sur la cime d'un arbre. « Merveille de Dieu ! s'écria-t-il, un si petit animal et une voix si cruellement forte ! S'il était à moi ! Qui lui mettra du sel sur la queue ? — Si ce n'est que ça, dit le valet, l'oiseau sera bientôt abattu » ; il épaula et toucha net et l'oiseau tomba dans les haies d'épines. « Va, misérable, dit-il au Juif, et va chercher l'oiseau. — Ma foi, dit le Juif, si Monsieur laisse là l'oiseau, un chien le prendra; je vais ramasser l'oiseau puisque vous l'avez touché », il se mit à quatre pattes et s'efforça de pénétrer dans le buisson. Comme il était au beau milieu des épines, le bon valet fut pris d'une idée sotte, il saisit son violon et se mit à en jouer un air. Aussitôt le Juif se mit à lever les jambes et à sauter en l'air; et plus le valet jouait de l'archet, d'autant mieux allait la danse. Mais les épines lui déchiraient sa robe râpée, lui peignaient sa barbe de chèvre et le lardaient sur tout le corps. « Aïe, criait le Juif, à quoi bon le violon ! Monsieur cesse de jouer, je n'ai pas envie de danser. »

Mais le valet n'arrêtait pas et pensait : « Tu as assez écorché les gens, la haie d'épines ne te traite pas mieux » et de recommencer à jouer du violon tant que le Juif sautait de plus en plus haut, et les lambeaux de son habit restaient accrochés aux épines. « Aïe, houla ! criait le Juif, je donne à Monsieur, s'il arrête de jouer, une bourse entière pleine d'or. — Si tu es si dépensier, dit le valet, je veux bien arrêter ma musique ; mais je dois t'en rendre hommage, tu danses à ravir. » Là-dessus il prit la bourse et passa son chemin.

Le Juif demeura sur place et le suivit du regard jusqu'à ce que le valet fût loin et échappât à sa vue ; alors il cria de toutes ses forces : « Misérable musicien, violoneux saoul ; attends si je t'attrape. Je vais te chasser, tu en perdras les semelles ; misérable, mets un groschen dans ta bouche pour valoir six hellers » et il continua d'invectiver tant qu'il pouvait. Et quand il se fut soulagé et eut repris son souffle, il courut en ville trouver le juge. « Monsieur le Juge, à cri, à cri ! Voyez comment en pleine route un homme sans foi ni loi m'a pillé et accommodé : une pierre du sol en aurait pitié. Les vêtements en lambeaux ! Le corps piqué et écorché ! Mon petit peu de pauvreté pris avec ma bourse ! Rien que des ducats, une pièce plus belle que l'autre : pour l'amour de Dieu, faites jeter cet homme en prison. »

Le juge : « Était-ce un soldat qui t'a ainsi traité à coups de sabre ? — Dieu m'en garde ! dit le Juif, il n'avait pas d'épée nue, mais un tube à feu sur l'échine et un violon pendu au cou ; le coquin est facile à reconnaître. »

Le juge envoya ses gens ; ils trouvèrent le bon valet qui avait très lentement continué son chemin, et trouvèrent aussi la bourse avec l'or. Quand il fut présenté au tribunal, il dit : « Je n'ai pas touché le Juif et ne lui ai pas pris d'argent, il me l'a offert spontanément pour que je cesse de jouer du violon, parce qu'il ne pouvait pas supporter ma musique. — Dieu me garde ! cria le Juif, il attrape les mensonges comme les mouches contre le mur. »

Mais le juge ne le croyait pas non plus et dit : « C'est une mauvaise excuse, il n'y a pas un Juif qui le ferait » et il condamna le bon valet, puisqu'il avait commis un vol sur la voie publique, à la potence. Mais quand on l'emmenait, le Juif cria encore : « Propre à rien, musicien des chiens, maintenant tu reçois un salaire bien mérité. » Le valet bien tranquillement gravit l'échelle avec le bourreau ; mais sur le dernier échelon, il se tourna et dit au juge : « Accordez-moi encore une demande avant que je meure. — Oui, dit le juge, si tu ne demandes pas ta vie. — Pas question de ma vie, répondit le valet, je demande qu'on me laisse jouer un de mes airs sur mon violon. »

Le Juif se mit à brailler : « Pour l'amour de Dieu, ne le permettez pas, ne le permettez pas. » Seulement le juge dit : « Pourquoi ne pas lui accorder ce bref plaisir : il lui est accordé et il sera procédé à exécution. » D'ailleurs il ne pouvait le lui refuser à cause du don qui avait été conféré au valet. Mais le Juif criait : « Aïe, aïe, aïe ! Qu'on m'attache, m'attache solidement. »

Alors le bon valet prit son violon à son cou, le mit en position et comme il donnait le premier coup d'archet, tout le monde se mit et à guinguer et à branler, le juge, les greffiers et les huissiers de justice ; et la corde tomba de la main qui voulait lier le Juif ; au deuxième coup d'archet, tous levèrent les jambes, et le bourreau lâcha le bon valet et entra dans la danse ; au troisième, tout le monde sauta en l'air et se mit à danser et le juge avec le Juif étaient devant et tous deux sautaient le mieux. Bientôt tout le monde entra dans la danse, jeunes et vieux, gros et maigres ensemble ; même les chiens qui avaient suivi la troupe se dressaient sur leurs pattes de derrière. Et plus il jouait et plus haut sautaient les danseurs ; ils se cognaient les têtes et se mirent à crier lamentablement. Enfin le juge hors d'haleine s'écria : « Je te donne ta vie, mais cesse de jouer. » Le bon valet se laissa émouvoir, déposa son violon, le remit à son cou et descendit l'échelle. Alors il s'approcha du Juif qui, gisant par terre, cherchait son souffle et dit : « Filou, maintenant avoue d'où tu as l'argent, ou bien je prends mon violon et recommence à jouer. — Je l'ai volé, je l'ai volé, cria-t-il, mais tu l'as honnêtement gagné. »

Alors le juge fit mener le Juif à la potence pour qu'on le pendît comme voleur.

LE FLÉAU VENU DU CIEL

Un jour, un paysan partit labourer avec une paire de bœufs. Quand il arriva sur le terrain, voilà que les cornes des deux bêtes se mirent à pousser, à pousser et, quand il voulut rentrer, elles étaient si grandes qu'il ne put repasser sous le porche. Par chance survint alors un boucher; il les lui donna, et ils firent un marché selon lequel il devait apporter au boucher une mesure de graines de rave; l'autre lui paierait pour chaque grain un taler de Brabant. Ça s'appelle avoir bien vendu! Le paysan rentra chez lui et apporta le sac de graines de rave sur son dos; mais en chemin il perdit une graine tombée du sac. Le boucher le paya comme convenu; si le paysan n'avait pas perdu une graine, il aurait eu un taler de Brabant en sus. Cependant, comme il était sur le chemin du retour, un arbre avait poussé de la graine, et il montait jusqu'au ciel. Alors le paysan se dit: « Puisque l'occasion se présente, il faut voir ce que les anges font là-haut et les regarder pour une fois entre quatre z-yeux. » Donc il grimpa au sommet et vit les anges qui battaient une avoine, et il les regarda faire;

tout en regardant, il s'aperçut que l'arbre où il était monté commençait à branler ; il regarda en bas et vit qu'il y avait justement quelqu'un qui voulait l'abattre. « Si tu tombes de là, ce sera mauvais », pensa-t-il, et dans son besoin il ne sut se débrouiller autrement : il prit les pailles d'avoine qui gisaient là en tas et en tordit une corde ; il ramassa aussi une houe et un fléau qui traînaient dans le ciel et se laissa glisser le long de la corde. Mais il toucha terre en plein dans un trou profond, profond et là ce fut vraiment un coup de chance qu'il eût la houe, car il s'en tailla un escalier, le gravit et rapporta le fléau comme preuve, histoire que personne ne pût plus mettre son récit en doute.

L'ENFANT REBELLE

Il était une fois un enfant entêté qui ne faisait pas ce que voulait sa mère. C'est pourquoi le Bon Dieu ne l'aimait pas et le fit tomber malade, et aucun médecin ne put le secourir et en peu de temps il fut sur son petit lit de mort. Or quand il fut descendu dans la tombe et recouvert de terre, soudain son petit bras reparut et s'éleva en l'air, et quand ils le rabattirent et mirent de la terre fraîche par-dessus, ce fut en vain, et le petit bras ressortait toujours. Alors la mère elle-même dut aller à la tombe et frapper le bras d'un coup de baguette, et quand elle l'eut fait il se replia, et l'enfant eut seulement alors son repos dans la terre.

LES TROIS BARBIERS

Trois barbiers voyageaient dans le monde, croyant savoir le fin mot de leur art, et ils vinrent dans une auberge où ils voulaient passer la nuit. L'hôte demanda d'où ils étaient et où ils voulaient aller. « Nous parcourons le monde pour exercer notre art. — Montrez-moi donc une fois ce que vous savez faire », dit l'hôte. Alors le premier parla : il voulait couper sa main et la recoller le lendemain matin ; le second dit qu'il voulait s'arracher le cœur et le recoller le lendemain matin ; le troisième dit qu'il voulait s'arracher les yeux et se les remettre le lendemain matin. « Si vous savez faire ça, dit l'hôte, vous êtes passés maîtres. » Mais ils avaient un onguent ; ce qu'ils en enduisaient se ressoudait guéri, et le flacon où il était, ils le portaient constamment sur eux. Alors ils se retranchèrent la main, le cœur et l'œil du corps comme ils avaient dit, les mirent ensemble sur une assiette et les donnèrent à l'hôte ; l'hôte les donna à une fille qui devait les mettre au placard et en prendre soin. Mais la fille avait en secret un petit ami, c'était un soldat. Alors la fille ouvrit le placard et y prit quelque chose pour lui et, par excès d'amour, oublia de fermer la porte du placard, s'assit à table avec son amant, et ils devisaient ensemble. Comme elle était là toute réjouie et ne pensait pas à malheur, le chat entra sans bruit, trouva le placard ouvert, prit la main, le cœur et les yeux des trois barbiers et s'enfuit avec. Or quand le soldat eut mangé et que la fille voulut ranger le couvert et fermer l'armoire, elle vit bien que l'assiette que l'hôte lui avait donnée à garder était vide. Alors, effrayée, elle dit à son ami : « Ah ! Pauvre fille que je suis, que faire ? La main est partie, le cœur et les yeux aussi, qu'est-ce que je vais prendre demain matin ? — Calme-toi, dit-il, je vais te tirer d'affaire : il y a dehors un voleur pendu à la potence, je vais lui couper la main ; laquelle était-ce ? — La droite. »

Alors la fille lui donna un couteau bien aiguisé, et il alla couper la main du pauvre diable et l'apporta. Puis il saisit le chat et lui ôta les yeux ; ne manquait plus que le cœur. « Vous n'avez pas tué le cochon, et y a-t-il de la viande de porc à la cave ? — Oui, dit la fille. — Eh bien, c'est bon », dit le soldat ; il descendit chercher un cœur de porc. La fille mit tout ensemble sur l'assiette et la rangea dans le placard, et quand son amant eut ensuite pris congé, elle se mit tranquillement au lit.

Le matin, quand les barbiers se levèrent, ils dirent à la fille de leur apporter l'assiette où étaient la main, le cœur et les yeux. Alors elle la tira du placard et le premier se colla la main du voleur et l'enduisit de son onguent, aussitôt elle lui fut recollée. Le deuxième prit les yeux du chat et les remit en bon état; le troisième fixa le cœur de porc. Mais l'hôte était là, il admira leur art et dit qu'il n'avait jamais rien vu de pareil; il les vanterait et les recommanderait à tout le monde. Là-dessus ils payèrent leur écot et continuèrent leur voyage.

Comme ils s'en allaient ainsi, celui qui avait le cœur de porc ne restait pas avec eux, mais là où il y avait un recoin, il y courait et reniflait autour comme font les porcs. Les autres voulaient le retenir par le pan de son habit mais c'était en vain, il s'arrachait à eux et courait là où il y avait le plus gros d'immondices. Le second se tenait aussi étrangement, il se frottait les yeux et disait à l'autre : « Camarade, qu'est cela ? Ce ne sont pas mes yeux, je ne vois rien; qu'on me guide, sinon je tombe. » Ils marchèrent alors péniblement jusqu'au soir où ils arrivèrent à une autre auberge. Ils entrèrent ensemble dans la salle d'auberge; il y avait là un riche seigneur assis à une table qui comptait de l'argent. Celui qui avait la main de voleur le contourna, agita quelques fois le bras, enfin, comme le seigneur se retournait, il mit la main dans le tas et en ramena une poignée d'argent. L'un d'eux le vit et dit : « Camarade, que fais-tu ? Tu ne dois pas voler, honte à toi ! — Hé ! dit-il, qu'y puis-je ? J'ai des élancements dans la main, il faut que je prenne, que je le veuille ou non. »

Ils se couchèrent ensuite pour dormir et, comme ils étaient couchés, il faisait si noir qu'on ne pouvait voir sa main devant ses yeux. Tout à coup, celui qui avait les yeux de chat se réveilla, réveilla les autres et dit : « Frères, regardez, voyez-vous les souris blanches qui courent çà et là ? » Les autres se dressèrent, mais ne purent rien voir. Alors il dit : « Il y a chez nous quelque chose de travers, nous n'avons pas repris ce qui était à nous, il faut retourner chez l'aubergiste qui nous a trompés. » Donc le lendemain matin ils y allèrent et dirent à l'aubergiste qu'ils n'avaient pas reçu leurs vrais organes ; l'un avait une main de voleur, l'autre deux yeux de chat et le troisième un cœur de porc. L'hôte dit que ce devait avoir été la faute de la fille, et il voulait l'appeler, mais quand elle avait vu venir les trois, elle s'était sauvée par la petite porte de derrière et ne revint pas. Alors les trois dirent qu'il devait leur donner beaucoup d'argent, sinon ils lui mettraient le coq rouge sur sa maison ; il donna ce qu'il avait et qu'il put seulement rassembler, et les trois partirent avec. Cela suffit pour leur vie entière, mais ils auraient mieux aimé avoir gardé leurs vrais organes.

LES TROIS COMPAGNONS

Ils étaient trois compagnons qui étaient convenus de rester ensemble dans leur tour d'Allemagne et de travailler toujours dans une seule ville. Mais à la longue, ils ne trouvèrent plus rien à gagner chez leurs maîtres, si bien qu'enfin ils étaient tout déguenillés et n'avaient rien pour vivre. Alors l'un dit : « Que devons-nous faire ? Nous ne pouvons demeurer ici plus longtemps ; nous allons repartir et si, dans la ville où nous arriverons, nous ne trouvons pas de travail, nous ferons un arrangement avec le père-aubergiste, disant que nous lui écrirons où nous sommes, afin que l'un puisse avoir des nouvelles de l'autre, et maintenant nous allons nous séparer » ; les autres furent d'avis que ce serait le mieux. Ils partirent, quand sur le chemin un homme richement vêtu leur demanda qui ils étaient. « Nous sommes des compagnons de métier et cherchons du travail, mais si nous n'en trouvons pas, nous pensons nous séparer. — Il n'en est pas besoin, dit l'homme, si vous voulez faire ce que je vous dis, vous ne manquerez ni d'argent ni de travail; voire, vous deviendrez de grands seigneurs et roulerez carrosse. »

L'un dit : « Si cela ne nuit à notre âme et à notre salut, nous le ferons. — Non, répondit l'homme, je ne vous demande rien de tel. »

Mais l'autre avait regardé ses pieds et, comme il aperçut un pied d'homme et un pied de cheval, il ne voulait pas accepter l'offre. Mais le Diable dit : « Tenez-vous pour satisfaits, ce n'est pas vous qui êtes visés, mais l'âme d'un autre qui m'appartient déjà pour moitié et dont la mesure ne doit qu'être remplie. » Étant désormais à l'abri, ils consentirent, et le Diable leur dit ce qu'il demandait; le premier devait à toute question répondre : « Nous trois ensemble », le deuxième : « Pour de l'argent », et le troisième : « Et c'était à bon droit. » Ils devaient toujours le dire l'un après l'autre, mais sinon ne dire mot et, s'ils outrepassaient le commandement, tout l'argent aurait disparu aussitôt; mais tant qu'ils le suivraient, leurs poches seraient toujours pleines. Pour commencer, il leur en donna autant qu'ils en pouvaient porter et leur dit d'aller en ville à l'auberge. Ils entrèrent; l'aubergiste vint au-devant d'eux et demanda : « Voulez-vous manger quelque chose? » Le premier répondit : « Nous trois ensemble. — Oui, dit l'aubergiste, c'est ce que je pensais. »

Le deuxième : « Pour de l'argent. — Cela s'entend », dit l'aubergiste.

Le troisième : « Et c'était à bon droit. — Bien sûr, à bon droit », dit l'aubergiste.

On leur servit donc du meilleur à manger et à

boire, et le service était soigné. Après le repas, il fallait payer ; alors l'aubergiste présenta la note à l'un qui dit : « Nous trois ensemble » ; le deuxième : « Pour de l'argent » ; le troisième : « Et c'était à bon droit. — Bien sûr, dit l'aubergiste, à bon droit, et sans argent je ne peux rien vous donner. »

Mais ils payèrent encore plus qu'il n'en avait réclamé. Les clients qui voyaient cela dirent : « Ces gens doivent être fous. — Oui, ils le sont, dit l'aubergiste, ils n'ont pas toute leur tête. »

Ils restèrent ainsi quelque temps dans l'auberge et ne dirent rien sinon : « Nous trois ensemble », « Pour de l'argent », « Et c'était à bon droit. » Mais ils voyaient et savaient tout ce qui s'y passait. Il arriva qu'un gros marchand vint avec beaucoup d'argent et dit : « Monsieur l'aubergiste, mettez-moi mon argent à l'abri ; il y a là les trois toqués de compagnons, ils pourraient me le voler. » C'est ce que fit l'aubergiste. Comme il portait le sac de voyage dans sa chambre à feu, il sentit qu'il était pesant d'or. Là-dessus il donna aux trois compagnons à coucher en bas, mais il mit le marchand en haut dans une chambre particulière. Quand il fut minuit et que l'aubergiste pensa qu'ils dormaient tous, il vint avec sa femme, et ils avaient une hache à bois dont ils frappèrent à mort le riche marchand ; le meurtre accompli, ils se recouchèrent. Quand il fit jour, il y eut grande alarme, le marchand gisait mort dans son lit et baignait dans son sang. Alors tous les clients se rassemblèrent, mais l'aubergiste dit : « Ce sont les trois compagnons fous qui l'ont fait. » Les clients confirmèrent et dirent :

« Ce ne peut avoir été personne d'autre. » Mais l'aubergiste les fit appeler et leur dit : « Avez-vous tué le marchand ? » « Nous trois ensemble », dit le premier, « Pour de l'argent », dit le second, « Et c'était à bon droit », dit le troisième.

« Là, vous l'entendez, dit l'aubergiste, ils l'avouent d'eux-mêmes. »

Ils furent donc mis en prison et devaient être jugés. Quand ils virent que la situation devenait grave, ils eurent peur, mais, la nuit, le Diable vint et dit : « Tenez encore une journée et ne gâtez pas votre chance, on ne vous touchera pas un cheveu. » Le lendemain, ils furent conduits devant le tribunal ; là, le juge dit : « Est-ce vous les meurtriers ? — Nous trois ensemble. — Pourquoi avez-vous assassiné le marchand ? — Pour de l'argent. — Coquins, dit le juge, n'avez-vous pas redouté le péché ? — Et c'était à bon droit. — Ils ont avoué et de plus ils persistent, dit le juge, menez-les à la mort aussitôt. »

On les amena dehors et l'aubergiste dut entrer avec eux dans le cercle. Comme ils étaient saisis par les valets de bourreau et étaient conduits sur l'échafaud où l'exécuteur des hautes œuvres se tenait l'épée nue, voici qu'arriva un carrosse attelé de quatre chevaux rouge sang et qui roulait tant que le feu en jaillissait des pavés ; mais à la portière quelqu'un agitait un drap blanc. Alors le bourreau dit : « La grâce arrive », et du carrosse on criait : « Grâce ! Grâce ! » Alors le Diable en descendit sous l'aspect d'un seigneur très distingué, aux vêtements luxueux, et dit : « Vous trois êtes innocents ; vous pouvez désormais parler, dites ce que vous avez vu et entendu. » Alors le plus âgé parla : « Nous n'avons pas tué le marchand; le meurtrier est là dans le cercle », et il montrait l'aubergiste, « pour être sûr, allez dans sa cave; il y en a bien d'autres pendus là qu'il a tués. » Alors le juge envoya les valets de bourreau qui trouvèrent comme il était dit, et quand ils eurent fait leur rapport au juge, il fit amener l'aubergiste sur l'échafaud pour qu'on lui coupât la tête. Alors le Diable dit aux trois : « Eh bien, j'ai l'âme que je voulais avoir, mais vous êtes libres et avez de l'argent pour la vie. »

LA VIEILLE DANS LA FORÊT

Un jour une pauvre servante avec ses maîtres traversait en voiture une grande forêt et, quand ils furent au milieu, des brigands sortirent des fourrés et tuèrent tout ce qu'ils trouvèrent. Alors tous périrent sauf la fille qui dans sa peur avait sauté à bas de la voiture et s'était cachée derrière un arbre. Quand les brigands se furent éloignés avec leur butin, elle s'approcha et vit le grand désastre. Alors elle se mit à pleurer amèrement et dit : « Pauvre fille, que faire ? Je ne sais pas comment sortir de la forêt, il n'y habite âme qui vive ; je vais sûrement mourir de faim. » Elle alla de-ci de-là, cherchant un chemin, mais n'en put trouver. Quand ce fut le soir, elle s'assit sous un arbre se recommanda à Dieu et voulut rester assise là sans partir, advînt que pourrait. Mais quand elle fut un temps demeurée assise, vint se poser un pigeon qui avait au bec une petite clé d'or. Il lui mit la clé dans la main et dit : « Vois-tu là-bas le grand arbre ; il a une petite serrure, ouvre-la avec la petite clé, tu y trouveras assez d'aliments et ne souffriras plus de faim. » Alors elle alla à l'arbre et l'ouvrit, et trouva du lait dans une petite écuelle et du pain blanc pour l'y tremper si bien qu'elle put se rassasier. Quand elle fut rassasiée, elle dit : « Voici l'heure où les poules rentrent au poulailler, je suis si lasse, si je pouvais aussi coucher dans un lit. » Alors vint le pigeon qui lui apportait une autre petite clé d'or dans son bec et dit : « Ouvre cet arbre-là et tu trouveras un lit. » Alors elle l'ouvrit et trouva un beau lit moelleux ; alors elle pria le Bon Dieu, se coucha et s'endormit. Le matin, le pigeon vint pour la troisième fois, apportant encore une petite clé et dit : « Ouvre cet arbre-là, tu trouveras des habits », et comme elle l'ouvrait, elle trouva des habits cousus d'or et de pierreries, si magnifiques que nulle fille de roi n'en a. Elle vécut ainsi un certain temps et le pigeon venait tous les jours et veillait à tous ses besoins, et c'était une calme, bonne vie.

Mais un jour le pigeon vint et dit : « Veux-tu me faire plaisir ? — De bon cœur », dit la fille.

Alors le pigeon parla : « Je vais te conduire à une petite maison, entres-y, au beau milieu près de l'âtre, une vieille femme sera assise et te dira bonjour. Mais sur ta vie ne lui fais pas de réponse, elle peut aussi faire ce qu'elle voudra, mais toi prends par sa droite et avance, il y a une porte, ouvre-la, tu entreras dans une chambre à feu où une quantité de bagues de toute sorte est étalée sur la table, parmi elles il en est de superbes aux pierreries étincelantes ; celles-là laisse-les et cherches-en une très simple qui doit s'y trouver aussi dans le nombre et rapporte-la-moi le plus vite que tu pourras. »

La fille alla à la petite maison et entra par la porte; là était assise une vieille qui fit de grands yeux quand elle l'aperçut et dit : « Bonjour, mon enfant. » Mais elle ne répondit pas et marcha vers la porte du fond. « Où vas-tu ? » s'écria la vieille en la happant à la jupe pour la retenir, « c'est ma maison, personne n'y doit entrer si je ne le veux. » Mais la fille garda le silence, se défit d'elle et entra droit dans la chambre à feu. Il y avait là sur la table une immense quantité de bagues qui luisaient et reluisaient à ses yeux; elle les remua en tous sens, cherchant la bague très simple, mais ne put la trouver.

Tandis qu'elle cherchait, elle vit la vieille qui à pas de loup emportait une cage à oiseaux et voulait s'en aller avec. Alors elle marcha sur elle et lui prit des mains la cage et quand elle la souleva et regarda à l'intérieur, elle y vit perché un oiseau qui avait la bague très simple dans son bec. Alors elle prit la bague et partit joyeuse de la maison et crut qu'allait arriver le pigeon venant chercher la bague; mais il ne vint pas. Alors elle s'appuya à un arbre et voulut attendre le pigeon et comme elle était là debout, immobile, il lui sembla que l'arbre devenait souple et flexible et abaissait ses rameaux. Et tout à coup les rameaux se réunirent autour d'elle et c'étaient deux bras et quand elle se retourna, l'arbre était un bel homme qui la tenait embrassée, la baisa et dit : « Tu m'as délivré et affranchi du pouvoir de la vieille qui est une méchante sorcière. Elle m'a transformé en un arbre, et tous les jours j'étais pour quelques heures une blanche colombe, et tant qu'elle retenait la bague, je ne pouvais recouvrer ma forme humaine. » Là ses serviteurs et ses chevaux étaient aussi libres de l'enchantement qui les avait changés en arbres et ils se tenaient près de lui. Alors ils se rendirent au loin dans son royaume, car il était le fils d'un roi, et ils se marièrent et vécurent heureux.

LES TROIS FRÈRES

C'était un homme qui avait trois fils et comme fortune rien de plus qu'une maison où il habitait. Or chacun aurait aimé avoir la maison après sa mort; mais le père aimait l'un autant que l'autre; alors il ne savait pas comment s'y prendre pour n'en brimer aucun; il ne voulait non plus vendre la maison, parce qu'elle venait de ses grands-parents, sinon il aurait partagé l'argent entre eux. Enfin il vit une issue et dit à ses fils : « Allez dans le monde et soyez entreprenants, que chacun apprenne un métier; quand vous reviendrez, celui qui fera le meilleur chef-d'œuvre aura la maison. »

Les fils en furent d'accord, et l'aîné devint maréchal-ferrant, le deuxième barbier, et le troisième maître d'escrime. Là-dessus ils fixèrent le moment où ils se réuniraient à la maison. Il arriva aussi que chacun trouva un maître capable chez qui il apprit honnêtement le métier. Le forgeron eut pour tâche de ferrer les chevaux du roi et pensa : « Maintenant c'est dans la poche, tu auras la maison. » Le barbier ne rasait que des messieurs distingués et pensa aussi que la maison était déjà sienne. Le maître d'armes reçut plus d'un coup, mais serra les dents et ne se laissa pas décourager, car il pensait à part soi : « Si tu as peur de prendre un coup, tu n'auras jamais la maison. » Quand le délai imparti fut écoulé, ils se retrouvèrent chez leur père; mais ils ne savaient comment trouver la meilleure occasion de montrer leur savoir-faire et, assis ensemble, ils délibéraient. Comme ils y étaient, soudain un lièvre passa tout courant. « Hé ! dit le barbier, il vient comme si on l'avait appelé », il prit le plat à barbe et le savon, le fit mousser tant que le lièvre vint à proximité, puis il le savonna en pleine course et le rasa ainsi en pleine course en lui laissant une barbiche pointue, et ce faisant il ne le coupa pas et ne lui gâta pas un poil. « Voilà qui me plaît, dit le père, si les autres ne s'y prennent pas plus vigoureusement, la maison est tienne. » À peu de temps de là, voici un monsieur dans un coche lancé à fond le train. « Eh bien vous allez voir, père, ce que je sais faire », dit le maréchal-ferrant, il courut après le coche, ôta au cheval qui continuait sa course les quatre fers et lui en mit quatre neufs, toujours au galop. « Tu es un fameux bougre, dit le père, tu t'y prends aussi bien que ton frère; je ne sais à qui donner la maison. » Alors le troisième dit : « Père, laissez-moi aussi faire mes preuves » et, comme il commençait à pleuvoir, il tira son épée et la brandit à la volée au-dessus de sa tête si bien que pas une goutte ne tomba sur lui; et quand la pluie forcit et fut enfin aussi forte que si du haut du ciel on vidait de pleines cuves, il fit des moulinets de plus en plus rapides et demeura sec, comme s'il était sous un vrai toit. Quand le père vit cela, étonné, il dit : « Tu as fait le meilleur chef-d'œuvre, la maison est à toi. »

Les deux autres frères y consentirent comme ils l'avaient juré précédemment et, comme ils s'aimaient, tous trois restèrent ensemble dans la maison et firent leur métier ; et comme ils avaient été à bonne école et étaient si adroits, ils gagnèrent beaucoup d'argent. Ils vécurent ainsi contents jusqu'à leur vieillesse et quand l'un d'eux tomba malade et mourut, les autres en eurent un tel chagrin qu'eux aussi tombèrent malades et bientôt moururent. Alors comme ils s'égalaient en habileté et s'étaient tant aimés, tous trois furent mis ensemble dans une seule tombe.

LE DIABLE ET SA GRAND'MÈRE

C'était une grande guerre et le roi avait beaucoup de soldats, mais leur donnait une maigre solde si bien qu'ils ne pouvaient pas en vivre. Alors trois se mirent ensemble pour déserter. L'un dit à l'autre : « Si on nous prend, on nous pendra au gibet. Que faire ? » L'autre dit : « Voyez là-bas le grand champ de blé ; si nous nous y cachons, personne ne nous trouvera ; l'armée n'a pas le droit d'y entrer et doit repartir demain. » Ils rampèrent dans le blé ; or l'armée ne partit pas, mais resta cantonnée alentour. Ils restèrent dans le blé deux jours et deux nuits et avaient grand-faim au point d'en manquer mourir ; mais s'ils en sortaient leur mort était certaine. Alors ils dirent : « À quoi bon déserter, nous allons crever misérablement ici. » À ce moment arriva par les airs un dragon de feu volant qui se posa vers eux et leur demanda pourquoi ils s'étaient cachés là. Ils répondirent : « Nous sommes trois soldats en rupture de ban, parce que notre solde était maigre ; maintenant nous allons mourir de faim si nous restons, ou bien nous nous balancerons à la potence si nous sortons.

— Si vous voulez me servir sept ans, dit le dragon, je vous conduirai à travers toute l'armée sans que personne ne vous attrape. — Nous n'avons pas le choix et devons accepter », répondirent-ils.

Alors le dragon les saisit dans ses serres, les emporta par les airs au-dessus de l'armée et les reposa par terre bien plus loin ; mais le dragon n'était autre que le Diable. Il leur donna un petit fouet et dit : « Fouettez et claquez avec, et vous verrez danser autour de vous autant d'argent que vous désirez ; vous pourrez alors vivre en grands seigneurs, avoir des chevaux et rouler carrosse ; mais après sept ans écoulés vous serez à moi. » Ensuite il leur présenta un registre où ils durent signer tous les trois. « Pourtant je veux, dit le Diable, vous poser encore une devinette ; si vous devinez, vous serez libres et relevés de mon pouvoir. » Alors le dragon s'envola, et ils reprirent la route avec leur petit fouet, avaient de l'argent à profusion, se firent faire des habits de seigneurs et firent le tour du monde. Là où ils étaient, ils vivaient dans le luxe et les plaisirs, roulaient carrosse, mangeaient et buvaient mais ne faisaient rien de mal. Le temps leur passa rapidement, et quand les sept ans tirèrent à leur fin, il y en eut deux qui avaient une peur terrible ; mais le troisième prit la chose à la légère et dit : « Frères, n'ayez crainte, je ne suis pas tombé sur la tête, je devinerai l'énigme. » Ils gagnèrent la campagne, ils étaient assis par terre, et les deux faisaient triste mine. Quand vint à passer une vieille femme qui demanda pourquoi ils étaient si tristes. « Ah ! Qu'est-ce que ça peut vous faire, vous n'y pouvez rien. — Qui sait? répondit-elle, confiez-moi donc votre souci. »

Alors ils lui racontèrent qu'ils étaient les serviteurs du Diable depuis bientôt sept ans; il leur avait fourché l'argent comme du foin, mais ils s'étaient engagés par écrit et seraient sa proie si après les sept ans écoulés ils ne devinaient pas une énigme. La vieille dit : « S'il faut vous venir en aide, l'un d'entre vous doit aller dans la forêt; il arrivera devant une paroi rocheuse écroulée qui a l'air d'une petite maison; qu'il y entre et il trouvera du secours. » Les deux tristes pensèrent : « Ce n'est pas ce qui nous sauvera », et restèrent assis; mais le troisième se mit en route et s'enfonça dans la forêt si loin qu'il trouva la cabane de pierre. Mais dans la cabane il vit assise une très vieille femme qui était la grand'mère du Diable et lui demanda d'où il venait et ce qu'il cherchait. Il lui raconta tout ce qui était arrivé et, parce qu'il lui plut bien, elle voulut lui venir en aide. Elle souleva une grosse pierre qui cachait une cave et dit : « Cache-toi là, tu pourras entendre tout ce qui se dira; reste tranquille et ne bouge pas; quand le dragon viendra, je le questionnerai sur l'énigme; il me dit tout; et alors prends garde à ce qu'il répondra. » À douze heures de la nuit, le dragon volant arriva et demanda son repas. La grand-mère mit la table et servit les aliments et la boisson; il en fut tout réjoui, et ils mangèrent et burent ensemble. Tout en devisant, elle lui demanda comment s'était passée la journée et combien d'âmes il avait attrapées. « Ça ne marchait pas très fort aujourd'hui, répondit-il, mais j'ai saisi trois soldats, dit-il, c'est dans la poche. — Oui, trois soldats, dit-elle, ils ont encore une chance, ils peuvent encore se sauver. »

Le Diable ricana : « Ils sont à moi, car je leur poserai une énigme qu'ils ne pourront jamais résoudre. — Quel genre d'énigme ? demanda-t-elle. — Je vais te le dire. Dans la grande mer du Nord il y a un chat de mer mort qui doit être leur rôti ; et une côte de baleine sera leur cuillère d'argent ; et un vieux pied creux de cheval sera leur verre à vin. » Quand le Diable fut allé au lit, la grand-mère souleva la pierre et fit sortir le soldat. « As-tu tout bien retenu ? — Oui, dit-il, j'en sais assez et je m'en tirerai. »

Là-dessus, il dut partir par un autre chemin, passer sans bruit par la fenêtre et rejoindre en toute hâte ses compagnons. Il leur raconta comment le Diable avait été trompé par la vieille grand-mère et comment il avait appris de lui la solution de l'énigme. Alors ils furent tous de belle humeur, prirent le fouet et en tirèrent tant d'argent qu'il en jaillissait par terre. Quand les sept ans furent exactement achevés, le Diable vint avec le livre, leur montra les signatures et dit : « Je vais vous emmener en Enfer, vous y percevrez un repas, tâchez de deviner ce que vous aurez à manger en guise de rôti, alors vous serez libres et pourrez conserver le petit fouet. »

Alors le premier soldat commença : « Dans la grande mer du Nord gît un chat de mer mort, cela sera sans doute le rôti. » Le Diable contrarié fit : « Hum ! Hum ! Hum » et interrogea le second : « Mais que sera votre cuillère ? — Une côte de baleine sera notre cuillère d'argent. » Le Diable fit une grimace, grogna encore trois fois « Hum ! Hum ! Hum » et dit au troisième : « Savez-vous aussi ce que sera votre verre à vin ? — Un vieux pied de cheval, ce sera notre verre à vin. »

Alors le Diable s'envola en poussant un grand cri, et il n'avait plus de pouvoir sur eux ; mais les trois gardèrent le petit fouet, en battirent monnaie tant qu'ils voulurent et vécurent dans les plaisirs jusqu'à leur fin.

LA BELLE KATHRINELLE
ET PIF PAF POLTRIE

« Bonjour père Tire-la-Cane ! — Grand merci, Pif Paf Poltrie. — Pourrais-je avoir votre fille ? — Oh oui, si seulement la mère Trait-la-Vache, le frère Fier-à-Bras, la sœur Presse-Fromage et la belle Kathrinelle le veulent, alors ça peut se faire.

— Où donc est Mère Trait-la-Vache ?

— À l'étable et trait la vache. »

« Bonjour mère Trait-la-Vache ! — Grand merci, Pif Paf Poltrie. — Pourrais-je avoir votre fille ? — Oh oui, si le père Tire-la-Cane, le frère Fier-à-Bras, la sœur Presse-Fromage et la belle Kathrinelle le veulent, alors ça peut se faire.

— Où est frère Fier-à-Bras ?

— À la cave et coupe du bois. »

« Bonjour, frère Fier-à-Bras. — Grand merci, Pif Paf Poltrie. — Pourrais-je avoir votre sœur ? — Oh oui, si le père Tire-la-Cane, la mère Trait-la-Vache, la sœur Presse-Fromage et la belle Kathrinelle le veulent, alors ça peut se faire.

— Où est la sœur Presse-Fromage ?
— Au jardin qui tire des raves. »

« Bonjour, sœur Presse-Fromage. — Grand merci, Pif Paf Poltrie. — Pourrais-je avoir votre sœur ? — Oh oui, si le père Tire-la-Cane, la mère Trait-la-Vache, le frère Fier-à-Bras et la belle Kathrinelle le veulent, alors ça peut se faire.

— Belle Kathrinelle est où ?

— Dans sa chambre et compte ses sous. »

« Bonjour, belle Kathrinelle. — Grand merci, Pif Paf Poltrie. — Veux-tu être ma chérie ? — Oh oui, si le père Tire-la-Cane, la mère Trait-la-Vache, le frère Fier-à-Bras, la sœur Presse-Fromage le veulent, alors ça peut se faire.

— Belle Kathrinelle, qu'as-tu pour dot et trousseau ?

— Quatorze pfennigs comptant, deux groschens et demi de dette, une demi-livre de pommes sèches, une poignée de cretons, une poignée de racines, et le reste à l'avenant. N'est-ce pas là suffisant ? »

« Pif Paf Poltrie, comme métier, que sais-tu faire ? Es-tu tailleur ? — Encore bien mieux. — Cordonnier. — Encore bien mieux. — Laboureur. — Encore bien mieux. — Menuisier. — Encore bien mieux. — Forgeron. — Encore bien mieux. — Meunier. — Encore bien mieux. — Peut-être faiseur de balais ? — Oui, voilà ce que je suis, n'est-ce pas un beau métier ? »

LA FIANCÉE BLANCHE ET LA NOIRE

Une femme alla aux champs couper du fourrage avec sa fille et sa fillâtre. Alors vint le Bon Dieu déguisé en pauvre homme qui leur demanda : « Où est le chemin qui mène au village ? — Si vous voulez le savoir, dit la mère, cherchez-le vous-même », et la fille ajouta : « Si vous craignez de ne pas trouver, prenez un guide. » La belle-fille, quant à elle, dit : « Pauvre homme, je vais te conduire. Viens avec moi. » Alors le Bon Dieu fut pris de colère contre la mère et la fille, tourna le dos et les maudit : elles devaient devenir noires comme la nuit et laides comme le péché. Mais Dieu fut clément avec la pauvre belle-fille et alla avec elle et quand ils furent proches du village, il prononça sur elle une bénédiction et dit : « Choisis trois choses, je te les accorderai. » Alors la jeune fille parla : « J'aimerais devenir belle et pure comme le soleil » ; aussitôt elle devint blanche et belle comme le jour. « Ensuite, je voudrais avoir une bourse qui ne serait jamais vide » que le Bon Dieu lui donna aussi, mais il dit : « N'oublie pas le souverain bien. » Elle dit : « Je souhaite troisièmement aller dans l'éternel empire des cieux après ma mort. » Cela lui fut aussi accordé et alors le Bon Dieu se sépara d'elle.

Quand la marâtre avec sa fille rentra au logis et vit que toutes deux étaient noires comme le charbon et laides, mais la fillâtre blanche et belle, la malice s'enfla dans leur cœur et elles n'eurent d'autre pensée que de lui faire du mal. Mais la fille avait un frère du nom de Reginer qu'elle aimait beaucoup et elle lui racontait tout ce qui était arrivé. Alors Reginer lui parla un jour : « Chère sœur, je veux peindre ton portrait afin de t'avoir constamment sous les yeux, car mon amour pour toi est si grand que je voudrais te regarder toujours. » Alors elle répondit : « Mais je te prie, ne laisse personne voir l'image. » Il peignit donc sa sœur et accrocha le tableau dans sa chambre ; or il habitait le palais du roi, parce qu'il était cocher à son service. Tous les jours il allait se mettre devant et remerciait Dieu du bonheur de sa chère sœur. Or précisément le roi, chez qui il servait, venait de perdre son épouse et elle avait été si belle qu'on n'en pouvait trouver aucune qui lui ressemblât, et de ce fait le roi était dans une grande tristesse. Mais les serviteurs de la cour remarquèrent que le cocher s'arrêtait chaque jour devant la belle image, l'envièrent et le dirent au roi. Alors celui-ci se fit apporter l'image, et quand il vit qu'en tout elle ressemblait à sa défunte femme, qu'elle était seulement plus belle, il s'éprit d'elle à en mourir. Il fit comparaître le cocher et demanda qui représentait le tableau. Le cocher dit que c'était sa sœur ; alors le roi résolut de n'en prendre aucune autre pour épouse, lui donna coche et chevaux et de superbes robes d'or et l'envoya chercher la fiancée qu'il avait choisie. Quand Reginer arriva porteur du message, sa sœur se réjouit; seulement la noire fut jalouse de cette chance, s'irrita au-delà de toute mesure et dit à sa mère : « À quoi bon tous vos pouvoirs, puisque vous ne pouvez me procurer une chance pareille. — Tais-toi, dit la vieille, je tournerai ça en ta faveur. »

Et par ses artifices de sorcière elle troubla la vue du cocher si bien qu'il fut à demi aveugle et à la blanche elle boucha les oreilles si bien qu'elle fut à moitié sourde. Là-dessus, elles montèrent dans la voiture, d'abord la fiancée en superbes vêtements royaux, puis la belle-mère avec sa fille, et Reginer était sur le siège du cocher pour conduire. Alors qu'ils étaient en route depuis quelque temps, le cocher s'écria :

Couvre-toi, ma petite sœur,
Que la pluie ne te mouille,
Que le vent ne te poudre
Pour venir belle devant le roi.

La fiancée demanda : « Que dit mon cher frère? — Ah ! dit la vieille, il a dit que tu devais ôter la robe dorée et la donner à ta sœur. »

Alors elle l'ôta et la donna à la noire qui lui donna en échange un méchant sarrau gris. Ils poursuivirent ainsi leur route; au bout d'un instant, le frère s'écria encore :

Couvre-toi, ma petite sœur,
Que la pluie ne te mouille,
Que le vent ne te poudre
Pour venir belle devant le roi.

La fiancée demanda : « Que dit mon cher frère ?
— Ah ! dit la vieille, il a dit que tu regardes hors de la voiture. »

Mais justement ils passaient sur un pont franchissant une eau profonde. Comme la fiancée se leva et se pencha hors de la voiture, les deux la poussèrent dehors si bien qu'elle tomba au milieu de l'eau. Quand elle fut engloutie, au même instant une cane blanche surgit du miroir d'eau et descendit la rivière à la nage. Le frère ne s'était aperçu de rien et continua sa route jusqu'à l'arrivée à la cour. Là il amena au roi la noire comme étant sa sœur et crut qu'elle l'était vraiment, car il avait comme un voile devant les yeux et qu'il voyait pourtant luire les habits dorés. Le roi, quand il aperçut la laideur sans fond de sa prétendue fiancée, fut très fâché et commanda qu'on jetât le cocher dans une fosse pleine de couleuvres et de reptiles. La vieille sorcière sut cependant à tel point captiver le roi et, par ses pouvoirs, lui aveugler les yeux qu'il la garda avec sa fille, car elle lui semblait, ma foi, passable et qu'il l'épousa pour de bon.

Un soir, pendant que la mariée noire était sur les genoux du roi, une cane blanche entra dans la cuisine à la nage par la rigole de l'évier et dit au marmiton :

Petit garçon, allume du feu, allume,
Que je me réchauffe les plumes.

C'est ce que fit le marmiton ; et il alluma un feu sur l'âtre ; alors la cane vint se placer à côté, se secoua et lissa ses plumes avec son bec. Pendant qu'elle était là à se prélasser, elle demanda :

Que fait mon frère Reginer ?

Le marmiton répondit :

Dans la fosse ; il est dedans
Avec couleuvres et serpents.

Elle demanda encore :

Que fait la sorcière noire au logis ?

Le marmiton répondit :

Le roi dans son lit la tient
et la mignarde bien.

Dit la cane : « Dieu les garde ! », et s'en alla par la rigole d'évier.

Le lendemain soir, elle revint et posa les mêmes questions et le troisième soir encore une fois. Alors le marmiton ne put garder cela plus longtemps sur le cœur ; il alla trouver le roi et lui découvrit tout. Mais le roi voulut voir lui-même, y alla le lendemain et, quand la cane passa la tête par la rigole d'évier, il prit son épée et lui coupa le cou ; alors soudain elle fut changée en la plus belle des jeunes filles et ressemblait exactement au portrait que son frère avait fait d'elle. Le roi fut plein de joie ; et parce qu'elle était là toute mouillée, il fit apporter des vêtements précieux et l'en fit vêtir. Alors elle lui raconta comment elle avait été abusée par dol et tromperie et finalement précipitée dans la rivière, et sa première prière fut que son frère fût retiré de la fosse aux serpents. Et quand le roi eut exaucé cette prière, il alla dans la chambre où était la vieille sorcière et demanda : « Que mérite quiconque a fait ceci et cela ? » Et il raconta ce qui était arrivé. Elle fut aveuglée au point qu'elle ne se douta de rien et dit : « Elle mérite qu'on la mette nue dans un tonneau plein de clous, qu'on attelle un cheval au tonneau et qu'on envoie le cheval au loin. » Tout cela fut fait pour elle et sa fille noire. Mais le roi épousa la blanche et belle fiancée et récompensa le fidèle frère en faisant de lui un homme riche et considéré.

LA FILLE DE BRAKEL

Un jour, une fille de Brakel alla à la chapelle de Sainte-Anne qui est au pied de la Hinnenburg et comme elle désirait avoir un mari et croyait aussi qu'il n'y avait personne d'autre dans la chapelle, elle chanta :

Ô Sainte Anne, je t'en prie,
Bientôt donne-moi un mari;
Tu le connais bien,
Il habite devant la porte de Suttmer,
Il a des cheveux jaunes;
Tu le connais bien.

Mais le sacristain était derrière l'autel et l'entendit; alors il s'écria d'une voix toute changée : « Tu ne l'auras pas, tu ne l'auras pas. » La fille de son côté crut que l'enfant Marie qui se tient à côté de sa mère Anne avait parlé; alors elle se mit en colère et cria : « Taratata, petite sotte, ferme ton bec et laisse parler ta mère ! »

LE MONT SIMELI

Ils étaient deux frères, l'un était riche, l'autre pauvre. Mais le riche ne donnait rien au pauvre, et il devait se nourrir chichement du commerce de grains; et ses affaires allaient souvent si mal qu'il n'avait pas de pain pour sa femme et ses enfants. Un jour qu'avec son chariot il passait dans la forêt, il aperçut sur le côté un grand mont chauve et, comme il ne l'avait jamais encore vu, il s'arrêta et le considéra avec étonnement. Comme il était arrêté là, il vit arriver douze grands hommes sauvages; croyant que c'étaient des brigands, il poussa son chariot dans les broussailles, monta sur un arbre et attendit ce qui allait arriver. Or les douze hommes allèrent au mont chauve et crièrent : « Mont Semsi, Mont Semsi, ouvre-toi. » Aussitôt le mont chauve s'ouvrit et les douze y entrèrent, et quand ils furent dedans, le mont se referma. Mais peu de temps après il se rouvrit, et les hommes en sortirent portant sur leurs dos de lourds sacs et, quand tous furent à la lumière du jour, ils dirent : « Mont Semsi, Mont Semsi, ferme-toi. » Alors la montagne se referma et on n'y voyait plus d'entrée, et les douze s'éloignèrent. Quand il les eut tout à fait perdus de vue, le pauvre descendit de l'arbre, et fut curieux du secret qui était sans doute caché dans le mont. Donc il se plaça devant et dit : « Mont Semsi, Mont Semsi, ouvre-toi », et le mont s'ouvrit devant lui. Il entra, et toute la montagne était une grande caverne pleine d'argent et d'or, et plus loin gisaient de grands tas de perles et de pierreries étincelantes, jetées là comme du blé. Le pauvre ne savait que faire, se demandant s'il pouvait prendre une part des trésors ; finalement, il remplit ses poches d'or, laissant là perles et pierreries. Quand il ressortit, il dit de même : « Mont Semsi, Mont Semsi, ferme-toi » ; alors le mont se referma et il rentra au logis avec son chariot. Désormais il n'eut plus de soucis et put, de son or, acheter du pain pour femme et enfants, et même du vin en sus, vécut joyeux et honnête, donna aux pauvres et fit du bien à chacun. Mais quand il fut au bout de son argent, il alla chez son frère, emprunta un boisseau et retourna se fournir ; mais il ne toucha pas aux grands trésors. Comme il voulait y aller une troisième fois, il emprunta encore le boisseau à son frère. Mais le riche était depuis longtemps envieux de sa fortune et du beau ménage qu'il s'était monté, et ne pouvait concevoir d'où venait la richesse ni ce que son frère faisait du boisseau. Alors il conçut une ruse et enduisit de poix le fond du boisseau et quand la mesure revint, une pièce d'or y était restée collée. Aussitôt il alla trouver son frère et lui demanda : « Qu'as-tu mesuré avec le boisseau ? — Du blé et de l'avoine », dit l'autre.

Alors il lui montra la pièce d'or et le menaça, s'il ne disait pas la vérité, de l'accuser devant le tribunal. Il lui raconta donc tout comme cela s'était passé. Mais le riche fit atteler une voiture, partit, voulant mieux mettre à profit l'occasion et rapporter d'autres trésors. Quand il arriva devant le mont, il cria : « Mont Semsi, Mont Semsi, ouvre-toi. » La montagne s'ouvrit et il entra. Devant lui s'étalaient toutes les richesses, et longtemps il ne sut à quoi s'attaquer en premier ; enfin il chargea des pierres précieuses tant qu'il put en porter. Il voulait emporter sa charge au-dehors, mais son cœur et sa tête étaient si pleins de trésors qu'il en avait oublié le nom de la montagne et cria : « Mont Simeli, Mont Simeli, ouvre-toi. » Mais ce n'était pas le vrai nom et la montagne ne bougea pas, resta close. Alors il eut peur, mais plus il réfléchissait, plus ses pensées devenaient confuses, et tous ses trésors ne lui étaient plus d'aucun secours. Le soir, la montagne s'ouvrit et les douze brigands y entrèrent et, quand ils le virent, ils rirent et dirent : « Bel oiseau, nous te tenons enfin ; crois-tu qu'on ne s'était pas aperçu que tu étais venu deux fois, mais nous ne pûmes te prendre ; la troisième, tu n'en ressortiras pas. » Alors il s'écria : « Ce n'était pas moi, c'était mon frère », mais il eut beau demander la vie sauve et dire ce qu'il voulait, ils lui coupèrent la tête.

L'ENGEANCE DU SEIGNEUR ET DU DIABLE

Le Seigneur Dieu avait créé tous les animaux et choisi en guise de chiens les loups; il n'avait oublié que la chèvre. Alors le Diable voulut s'y mettre, créer aussi, et il fit les chèvres avec de longues queues. Mais quand elles allaient paître, elles restaient accrochées par leurs queues dans les haies d'épines; alors le Diable devait y entrer et les détacher à grand-peine. Cela finalement l'irrita, il vint et d'un coup de dents coupa la queue à toutes les chèvres, comme cela se voit encore aujourd'hui à leurs moignons.

Désormais il les laissa paître seules, mais il aimait que le Seigneur Dieu les vît tantôt ronger un arbre à fruits, tantôt endommager les nobles raisins, tantôt gâter d'autres tendres plantes. Cela lui fendait le cœur si bien que dans sa bonté et sa grâce il lâcha les loups qui bientôt mirent en pièces les chèvres qui y allaient. Quand le Diable apprit cela, il comparut devant le Seigneur et dit : « Ta créature m'a déchiré la mienne. » Le Seigneur répondit : « Que n'avais-tu pas créé pour un désastre! » Le Diable dit : « Je ne pourrais autrement; de même que ma pensée va au

désastre, de même ce que j'ai créé ne pouvait avoir une autre nature et tu dois me la payer un bon prix.
— Je te paierai dès que tomberont les feuilles de chêne; alors viens; ton argent est déjà compté. »

Quand le feuillage des chênes fut tombé, le Diable vint réclamer son dû. Mais le Seigneur dit : « Dans l'église de Constantinople, il y a un grand chêne qui a encore toutes ses feuilles. » Le Diable s'en fut jurant et sacrant; il voulait chercher le chêne; il erra six mois dans le désert avant de le trouver et, quand il revint, entre-temps tous les autres chênes s'étaient couverts de feuilles vertes. Alors il dut laisser tomber sa créance; dans sa fureur, il creva les yeux à toutes les chèvres et leur donna les siens. C'est pourquoi toutes les chèvres ont des yeux diaboliques et des queues rognées, et qu'il prend volontiers leur forme.

LES HELLERS VOLÉS

Un jour, un père était attablé à midi avec sa femme et ses enfants, et un bon ami qui était venu en visite mangeait avec eux. Et comme ils étaient à table et que douze coups sonnaient, le visiteur vit la porte s'ouvrir et entrer un petit enfant pâle tout habillé de blanc. Il ne regarda pas autour de lui, ne dit mot, mais alla droit à la chambre voisine. Il revint bientôt et s'en alla sans bruit par la porte. Le deuxième et le troisième jour, il vint de la même manière. Alors enfin le visiteur demanda au père à qui était ce bel enfant qui allait dans la chambre tous les midi. « Je ne l'ai pas vu, répondit-il, et je ne saurais dire à qui il pourrait être. » Le lendemain, quand il revint, le visiteur le montra au père, mais celui-ci ne le voyait pas, et la mère et les enfants ne voyaient rien non plus. Alors le visiteur se leva, alla dans la chambre, ouvrit un peu la porte et regarda à l'intérieur. Il vit l'enfant assis par terre qui grattait et fouillait les lames du plancher; mais quand il aperçut l'étranger, il disparut. Alors il raconta ce qu'il avait vu et décrivit l'enfant exactement; alors la mère le reconnut et dit : « Ah ! C'est mon cher enfant qui est mort il y a quatre semaines. » Ils fendirent les lames du plancher et trouvèrent deux hellers que l'enfant avait un jour reçus de sa mère pour les donner à un pauvre homme, mais il avait pensé : « Tu peux t'en acheter un biscuit » ; il avait gardé les hellers et les avait cachés dans les fentes du plancher ; et alors il n'avait pas eu de repos dans la tombe et était revenu chercher les hellers. Alors les parents donnèrent l'argent à un pauvre, et ensuite l'enfant n'a plus été revu.

LE CHOIX D'UNE FIANCÉE

C'était un jeune berger qui aurait aimé se marier et connaissait trois sœurs, dont l'une était aussi belle que l'autre si bien que le choix lui devint difficile et qu'il ne put se résoudre à préférer l'une d'entre elles. Alors il demanda conseil à sa mère qui dit : « Invite-les toutes les trois et sers-leur du fromage et prends garde à la façon dont elles le coupent. » C'est ce que fit le jeune homme ; or la première avala le fromage avec la croûte, la seconde détacha la croûte du fromage mais si précipitamment qu'elle en laissa beaucoup de bon à manger et le jeta avec la croûte ; la troisième détacha proprement la croûte, ni trop ni trop peu. Le berger raconta tout à sa mère ; alors elle dit : « Prends pour femme la troisième. » Ce qu'il fit, et il vécut content et heureux avec elle.

LE CONTE DU PAYS DE COCAGNE

Au temps de Cocagne, je suis allé et j'ai vu Rome et le Latran pendus à un fil, et un homme sans jambes battait à la course un cheval rapide, et une épée tranchante fendait un pont. Là j'ai vu un jeune âne au nez d'argent poursuivant deux lièvres rapides, et un tilleul qui était large : il y venait des crêpes chaudes. Là j'ai vu une bique maigre, elle avait sur le corps cent foudres de saindoux et soixante foudres de sel. N'est-ce pas assez de mensonges ? Là j'ai vu labourer une charrue sans cheval ni bœufs, et un enfant d'un an qui lançait quatre meules de Ratisbonne jusqu'à Trèves et de Trèves à Strasbourg, et un autour traversait le Rhin à la nage : il faisait ça tout droitement. Là j'ai entendu des poissons mener grand vacarme ensemble, tant que ça montait jusqu'au ciel, et un doux miel coulait comme l'eau du fond de la vallée sur une haute montagne ; c'étaient là d'étranges histoires. Il y avait là deux corneilles qui fauchaient un pré, et j'ai vu deux moustiques bâtir un pont, et deux pigeons mettaient en pièces un loup, deux enfants mettaient bas deux chevreaux, mais deux grenouilles battaient ensemble des céréales. Là j'ai vu deux souris ordonner un évêque, deux chats qui à eux deux arrachaient la langue à un ours. Là-dessus un escargot arrivait tout courant et assommait deux lions farouches. Il y avait là un barbier qui rasait la barbe à une femme, et deux enfants au sein faisaient taire leur mère en la faisant téter. Là j'ai vu deux lévriers qui tiraient de l'eau un moulin, et il y avait là une vieille haridelle bonne à équarrir qui disait que c'était banal. Et dans la cour il y avait deux chevaux qui battaient le blé à toute force, et deux chèvres qui chargeaient le fourneau. Alors un coq s'écria : « Kikeriki, le conte est fini, Kikeriki ! »

LE CONTE MENSONGER
DE DIETHMARSCH

Je vais vous raconter quelque chose. J'ai vu voler deux poules rôties, elles volaient vite et avaient le ventre tourné vers le Ciel, le dos vers l'Enfer, et une enclume avec une meule traversait le Rhin à la nage, lentement et sans bruit, et une grenouille était là qui, à la Pentecôte, mangeait un soc de charrue à même la glace. Étaient là trois gars qui voulaient prendre un lièvre, ils marchaient à renfort de béquilles et d'échasses, l'un était sourd, l'autre aveugle, le troisième muet et le quatrième ne pouvait remuer pied ni patte. Voulez-vous savoir comment c'est arrivé? L'aveugle le premier a vu le lièvre courir à travers champs; le muet l'a crié au paralytique, et le paralytique l'a pris au collet; ils voulaient naviguer sur terre, hissèrent la voile au vent, et voguèrent sur de grands labours, là ils franchirent une haute montagne où ils se noyèrent misérablement. Une écrevisse chassait un lièvre, et en haut du toit était une vache qui y était grimpée. Dans le pays, les mouches sont aussi grosses que chez nous les chèvres. Ouvre la fenêtre que les mensonges s'envolent.

HEINZ LE PARESSEUX

Heinz était paresseux et, bien qu'il n'eût rien d'autre à faire qu'à mener chaque jour sa chèvre à la pâture, il soupirait quand même quand le soir il rentrait au logis après avoir accompli sa journée. « C'est en vérité un lourd fardeau, disait-il, et une occupation fatigante de mener ainsi une chèvre bon an, mal an aux champs jusqu'à l'arrière-saison. Et si encore on pouvait ce faisant se coucher et dormir! Mais non, il faut ouvrir l'œil histoire qu'elle n'abîme pas les jeunes arbres, n'entre pas dans un jardin ou se sauve. Comment trouver son repos et se réjouir de sa vie? » Il s'assit, rassembla ses pensées et médita comment il pourrait soulager ses épaules de ce fardeau. Longtemps toute réflexion fut en vain; soudain les écailles lui tombèrent pour ainsi dire des yeux. « Je sais ce que je vais faire, s'écria-t-il, j'épouse la grosse Catherine; elle a aussi une chèvre et peut emmener la mienne avec; ainsi je n'aurai pas besoin de me tourmenter davantage. »

Donc Heinz se leva, mit en mouvement ses membres las, traversa la rue, car ce n'était pas plus loin, là où habitaient les parents de la grosse Catherine et demanda la main de leur laborieuse et vertueuse fille. Les parents ne réfléchirent pas longtemps. « Qui se ressemble s'assemble », pensèrent-ils et ils consentirent. Donc la grosse Catherine était la femme de Heinz et menait les deux chèvres. Mais Heinz l'avait bonne et n'avait à se reposer d'autre travail que de sa propre paresse. De temps à autre seulement il allait à la pâture et disait : « C'est seulement pour que le repos me semble meilleur après; autrement on perd tout sentiment de la chose. »

Mais la grosse Catherine n'était pas moins paresseuse. « Cher Heinz, dit-elle un jour, pourquoi faut-il sans nécessité nous gâter la vie et rancir notre meilleure jeunesse? Il vaudrait sans doute mieux donner les deux chèvres qui nous réveillent le matin par leurs chevrotements à notre voisin qui nous donnerait une ruche en échange? Nous mettrons la ruche dans un endroit ensoleillé derrière la maison sans nous en occuper davantage, les abeilles n'ont pas besoin d'être gardées ni menées aux champs; elles s'envolent, trouvent d'elles-mêmes le chemin du logis et amassent du miel sans qu'on se donne le moindre mal. — Tu as parlé comme une femme raisonnable, répondit Heinz, nous allons mettre ton propos en œuvre sans tarder; de plus, le miel a meilleur goût que le lait de chèvre et se conserve plus longtemps. »

Le voisin donna volontiers une ruche pour les deux chèvres. Les abeilles, inlassables, sortaient et rentraient du petit matin au soir tardif et remplissaient la ruche du plus beau miel si bien que Heinz, à l'automne, put en remplir une cruche.

Ils mirent la cruche sur un rayon en haut du mur de leur chambre à coucher et, comme ils craignaient qu'il ne leur fût volé ou que les souris pussent tomber dessus, Trine apporta un gros bâton de noisetier et le mit près de son lit afin, sans se lever inutilement, de l'atteindre d'une main et d'en chasser du lit les hôtes inopportuns.

Heinz le paresseux n'aimait pas sortir du lit avant midi. « Qui se lève le matin, disait-il, ruine son bien. » Un matin qu'en plein jour il était encore dans les plumes et se reposait de son long sommeil, il dit à sa femme : « Les femmes aiment le sucré, et tu raffoles de miel ; il vaudrait mieux, avant que tu l'aies fini seule, acheter une oie avec un jeune oison. — Mais, dit Catherine, pas avant d'avoir un enfant qui les garde. Faut-il que je me ronge les sangs pour de jeunes oies et y use ainsi mes forces inconsidérément. — Penses-tu, dit Heinz, que le garçon gardera les oies ? De nos jours, les enfants n'obéissent plus : ils n'en font qu'à leur tête parce qu'il se croient plus malins que les parents, tout comme ce valet parti chercher la vache et qui chassait trois merles. — Oh, répondit Catherine, celui-là n'aura pas bon temps s'il ne fait pas ce que je dis. Je vais prendre un bâton et lui tanner la peau sans compter les coups. Vois-tu, Heinz », s'écria-t-elle dans son emportement, et elle prit le bâton avec lequel elle chassait les souris, « vois-tu, c'est comme ça que je lui taperai dessus. » Elle brandit le bâton, mais frappa malencontreusement le pot de miel qui était au-dessus du lit, le pot alla donner contre le mur et dégringola en tessons par terre et le beau miel se répandit sur le sol. « Voici à bas l'oie avec son jeune oison, dit Heinz, et plus besoin de les garder. — Mais c'est une chance que le pot ne me soit pas tombé sur la tête ; nous avons lieu d'être contents de notre sort. »

Et comme il avait vu qu'il restait un peu de miel dans un tesson, il en prit et dit tout réjoui : « Le petit reste, femme, nous allons le goûter et après la peur qu'on a eue on va se reposer un peu, qu'est-ce que ça fait si nous nous levons un peu plus tard que d'habitude, la journée est toujours assez longue. — Oui ! répondit Catherine, on arrive toujours à temps. Sais-tu, l'escargot était un jour invité à une noce ; il se mit en route, mais arriva pour le baptême. Arrivé devant la maison, il tomba en sautant une haie et dit : "Fait pas bon se presser." »

LE PAUVRE LABOUREUR AU CIEL

Il était mort une fois un pauvre laboureur, et il arrive devant la porte du Ciel. En même temps, il y avait aussi un riche, riche personnage qui était là et voulait aussi entrer au Ciel. Alors vint saint Pierre avec sa clé et il a ouvert et fait entrer le monsieur; mais le laboureur, à ce qu'il paraît, il ne l'a pas vu et a refermé la porte. Alors le laboureur qui était resté dehors a entendu comment le monsieur était accueilli au Ciel en toute allégresse, et qu'à l'intérieur on jouait de la musique et chantait. Puis le silence est revenu, et saint Pierre vient, ouvre la porte du Ciel et laisse entrer le laboureur : le laboureur aurait cru qu'on allait maintenant jouer de la musique et chanter quand il arrivait, mais tout est resté silencieux; on l'a bien sûr accueilli en toute affection, mais personne n'a chanté. Alors le laboureur a demandé à saint Pierre pourquoi on ne chantait pas pour lui comme pour le monsieur riche; à ce qu'il paraissait, il en allait au Ciel comme sur Terre, on était partial. Alors saint Pierre dit : « Non, l'ami, on t'aime autant que tous les autres et tu goûteras toute joie céleste comme le monsieur riche, mais vois-tu, de pauvres laboureurs comme tu es, il en vient tous les jours au Ciel, mais un monsieur riche comme ça, ça n'entre ici que tous les cent ans. »

LISE LA MAIGRE

Tout autrement que Heinz le paresseux et que la grosse Catherine qui ne se laissaient par rien détourner de leur calme, tout autrement pensait Lise la maigre. Elle trimait du matin au soir et donnait tant de travail à son mari, Lenz le long, qu'il en avait plus lourd à porter qu'un âne avec trois sacs. Mais tout ça pour des prunes, ils n'avaient rien et n'arrivaient à rien. Un soir qu'elle était au lit, si lasse qu'elle pouvait à peine remuer un membre, ses pensées ne la laissaient pas s'endormir. Elle donna du coude dans le flanc de son mari et dit : « Entends-tu, Lenz, ce que j'ai pensé ? Si je trouvais un florin et qu'on m'en donne un, je voudrais en emprunter un autre et tu m'en donnerais un aussi; dès que j'aurais réuni les quatre florins, je voudrais acheter une jeune vache. » Cela plut beaucoup au mari : « À vrai dire je ne sais pas où je vais chercher le florin que tu veux recevoir de moi en cadeau, mais si tu réunis l'argent quand même et peux acheter une vache en échange, tu feras bien de mener à bien ton projet. Je me réjouirai, ajouta-t-il, si la vache a un veau : je pourrai aussi quelquefois obtenir un verre de lait pour me réconforter. — Le lait n'est pas pour toi, dit la femme, nous laisserons le veau téter afin qu'il devienne grand et gras et qu'on puisse le vendre un bon prix. — Assurément, dit le mari, mais nous prendrons pourtant un peu de lait, ça ne nuira pas. — Qui t'a appris à soigner les vaches? dit la femme. — Que cela nuise ou non, je n'en veux pas et quand tu marcherais sur la tête tu n'auras pas de lait. Dis-donc, toi, Lenz le long, parce que tu ne peux te rassasier, tu penses que tu voudrais manger ce que je gagne à grand'peine. — Femme, dit le mari, tais-toi ou bien je te mets une muselière. — Quoi, s'écria-t-elle, tu veux me menacer, goinfre, corde de potence, paresseux. »

Elle allait le prendre aux cheveux, mais Lenz le long se dressa, serra d'une main les deux bras décharnés de Lise la maigre, de l'autre il lui enfonça la tête dans l'oreiller, la laissant jurer, et la tint de la sorte si longtemps qu'elle se fût endormie de tant de fatigue. Quant à savoir si, le lendemain, au réveil, elle continua la dispute ou bien sortit pour chercher le florin qu'elle voulait trouver, je n'en sais rien.

LA MAISON EN FORÊT

Un pauvre bûcheron vivait avec sa femme et trois filles dans une petite loge à l'orée d'une forêt solitaire. Un matin, comme il allait se rendre à son travail, il dit à sa femme : « Fais-moi porter le pain de midi par l'aînée des enfants en forêt, sinon je n'en viendrai pas à bout. Et afin qu'elle ne s'égare, ajouta-t-il, je vais emporter un sac de grains de mil et semer les graines sur mon chemin. » Quand donc le soleil fut au milieu sur la forêt, la fille se mit en route avec un pot plein de soupe. Mais les moineaux des champs et des bois, les alouettes et pinsons, les merles et les chardonnerets avaient depuis longtemps picoré le mil, et la fille ne put trouver la trace. Alors elle marcha au petit bonheur droit devant, jusqu'au moment où le soleil baissa et que la nuit vint : les arbres bruissaient dans l'obscurité, et elle se mit à avoir peur. Alors elle aperçut au loin une lumière qui clignotait entre les arbres. « Il doit y avoir des gens qui habitent là-bas, pensa-t-elle, qui pourront me garder pour la nuit. » À peu de là, elle vint devant une maison dont les fenêtres étaient éclairées. Elle frappa, et une voix rude cria de l'intérieur : « Entrez ! » La fille franchit l'entrée obscure et frappa à la porte de la chambre à feu. « Entrez seulement ! » cria la voix, et quand elle ouvrit, elle vit assis à la table un vieil homme grisonnant, le visage appuyé sur ses deux mains, et sa barbe blanche coulant par-dessus la table allait presque jusqu'à terre. Mais près du poêle étaient couchés trois animaux : une poulette, un coquelet et une vache tachetée. La fille raconta au vieillard son destin et lui demanda un gîte pour la nuit. L'homme dit :

Belle poulette
Beau coquelet
Et toi, vache tachetée
Qu'en dis-tu ?

« Duks ! » répondirent les animaux, et cela voulait sans doute dire : « Nous en sommes contents », car le vieillard reprit : « Il y a profusion de tout ici, va sur l'âtre et cuis-nous un repas », et la fille trouva dans la cuisine abondance de tout et prépara un bon mets ; seulement elle ne pensa pas aux animaux. Elle apporta l'écuelle pleine sur la table, s'assit auprès de l'homme gris, mangea et apaisa sa faim. Quand elle fut rassasiée, elle dit : « Mais maintenant je suis lasse, où y a-t-il un lit où je me couche et dorme ? » Les animaux répondirent :

Tu as mangé avec lui,
Tu as bu avec lui,

De nous tu n'as eu souci,
Va voir ailleurs pour la nuit.

Alors le vieillard dit : « Monte seulement l'escalier, tu trouveras une chambre à deux lits, secoue-les et couvre-les de lin blanc ; je viendrai aussi me coucher pour dormir. » La fille monta l'escalier et quand elle eut secoué et rafraîchi la literie, elle se coucha dans un des lits sans davantage attendre le vieillard. Au bout de quelque temps, l'homme gris vint, éclaira la fille avec la chandelle et hocha la tête. Et quand il vit qu'elle dormait, il ouvrit une trappe et la fit glisser dans la cave.

Le bûcheron rentra sur le tard au logis et fit des reproches à sa femme car elle l'avait laissé tout le jour sur sa faim. « Je n'y suis pour rien, répondit-elle, la fille est partie avec le repas de midi, elle doit s'être perdue : elle reviendra sûrement demain. » Mais le bûcheron s'était levé avant le jour et demanda que cette fois la seconde fille lui apportât le repas. « Je vais prendre un sac plein de lentilles ; les grains en sont plus gros que le mil, la fille les verra mieux et ne peut manquer le chemin. » À l'heure de midi, la fille emporta le manger, mais les lentilles avaient disparu ; les oiseaux des bois, comme la veille, les avaient picorées sans en laisser une. La fille erra dans la forêt jusqu'à la tombée de la nuit ; puis, pareillement, elle vint à la maison du vieillard, fut invitée à entrer et demanda le vivre et le gîte. L'homme à la barbe blanche à nouveau questionna les animaux :

Belle poulette
Beau coquelet
Et toi, vache tachetée
Qu'en dis-tu ?

Les animaux répondirent encore une fois : « Duks ! » et tout fut comme la veille. La jeune fille prépara un bon repas, mangea et but avec le vieillard et ne se soucia pas des animaux. Et quand elle s'informa d'une couche pour la nuit, ils répondirent :

Tu as mangé avec lui,
Tu as bu avec lui,
Tu n'as pas pensé à nous,
Pour la nuit, va n'importe où.

Quand elle fut endormie, le vieillard vint, la regarda en hochant la tête et l'envoya dans la cave.

Le matin du troisième jour, le bûcheron dit à sa femme : « Envoie-moi aujourd'hui notre plus jeune enfant avec le repas; elle a toujours été bonne et obéissante, elle restera dans le droit chemin et n'ira pas vagabonder comme ses faux-bourdons de sœurs. » La mère ne voulut pas et dit : « Dois-je perdre aussi ma plus chère enfant? — Sois sans inquiétude, répondit-il, la fille ne s'égarera pas; elle est trop sage et raisonnable; par surcroît, je vais emporter des pois et les semer; ils sont encore plus gros que les lentilles et lui montreront le chemin. »

Mais quand la fille partit avec son panier au bras, les pigeons ramiers avaient déjà les pois dans le jabot, et elle ne savait pas où tourner ses pas. Elle était bien soucieuse et songeait sans cesse comment son pauvre père allait jeûner, et se lamenter sa pauvre mère, si elle restait au loin. Enfin, quand il fit sombre, elle aperçut la petite lumière et vint à la maison des bois. Elle pria bien gentiment qu'on voulût l'héberger pour la nuit, et l'homme à la barbe blanche questionna derechef les animaux :

Belle poulette
Beau coquelet
Et toi, vache tachetée
Qu'en dis-tu ?

« Duks ! » dirent-ils. Alors la fille s'approcha du poêle, là où étaient couchés les animaux, caressa la poulette et le coquelet en passant la main sur leurs plumes luisantes et gratta la vache tachetée entre les cornes. Et quand sur l'ordre du vieillard elle eut préparé une bonne soupe et mis l'écuelle sur la table, elle dit ces mots : « Dois-je me rassasier, et les bonnes bêtes ne rien avoir ? Il y a dehors profusion de tout, je commencerai par les servir. » Elle alla chercher de l'orge et le répandit pour la poulette et le coquelet, et apporta à la vache toute une brassée de foin odorant. « Régalez-vous, chers animaux, dit-elle, et si vous avez soif, vous aurez aussi une boisson fraîche. » Alors elle apporta un seau plein d'eau, et poulette et coquelet se perchèrent sur le bord, plongèrent leur becs et levèrent ensuite très haut la tête, comme boivent les oiseaux, et la vache pie but aussi un grand coup. Quand les animaux furent affouragés, la fille se mit à table avec le vieillard et mangea ce qu'il lui avait laissé. Peu après, poulette et coquelet commencèrent à mettre la tête sous l'aile, et la vache pie clignait des yeux. Alors la fille dit : « Ne faut-il pas prendre du repos ? »

Belle poulette
Beau coquelet
Et toi, vache tachetée
Qu'en dis-tu ?

Les animaux répondirent :

Duks,
Tu as mangé avec nous,
Tu as bu avec nous,
Tu nous as tous bien soignés ;
Nous te souhaitons bonne nuit.

Alors la fille monta l'escalier, secoua les édredons et mit des draps frais, et quand elle eut fini, le vieillard vint se coucher dans l'un des lits, et sa barbe blanche lui descendait jusqu'aux pieds. La fille se coucha dans l'autre, dit sa prière et s'endormit.

Elle dormit en paix jusqu'à minuit, puis le trouble devint si fort dans la maison que la fille se réveilla. Ça se mit à grincer et craquer dans tous les coins, et la porte s'ouvrit brusquement et frappa le mur ; les poutres grondaient comme sorties de leurs jointures et on aurait dit que l'escalier s'écroulait, et enfin il y eut un crac ! comme si tout le toit s'effondrait. Et comme le calme revint et que la fille n'avait aucun mal, elle resta tranquillement au lit et se rendormit. Mais au matin, par un clair soleil, quand elle se réveilla, qu'aperçurent ses yeux ? Elle était dans une grande salle et alentour tout luisait d'un éclat royal : aux murs, sur fond de soie verte, grimpaient des fleurs d'or et le plafond était de velours rouge, et sur une chaise à côté du lit se trouvait une paire de pantoufles brodées de perles. La jeune fille crut que c'était un rêve, mais trois valets chamarrés entrèrent et demandèrent les ordres. « Allez seulement, répondit la jeune fille, faire une soupe au vieillard et aussi nourrir poulette, coquelet et vache pie. » Elle pensait que le vieillard était déjà levé, et regarda vers son lit, mais il n'y était pas : il y avait là un homme inconnu. Et quand elle le regarda de plus près et vit qu'il était jeune et beau, il se réveilla, se dressa et dit : « Je suis un fils de roi et j'avais été maudit par une méchante sorcière, réduit à vivre dans les bois sous l'aspect d'un vieil homme grisonnant ; personne ne devait m'entourer sauf mes trois serviteurs sous la forme d'une poulette, d'un coquelet et d'une vache pie. Et la malédiction ne devait cesser qu'une jeune fille ne vînt à nous, si bonne de cœur qu'elle se montrerait charitable non seulement envers hommes, mais aussi envers animaux, et ce fut toi, et aujourd'hui à minuit tu nous a délivrés, et la vieille maison dans la forêt a été retransformée en mon palais royal. » Et quand ils furent levés, le fils de roi dit aux trois serviteurs qu'ils devaient aller chercher le père et la mère de la jeune fille pour la noce. « Mais où sont mes deux sœurs? » demanda la jeune fille. « Je les ai enfermées dans la cave, et demain elles seront conduites dans la forêt et devront servir un charbonnier comme servantes jusqu'à s'être repenties et à ne plus laisser sur leur faim les pauvres animaux. »

PARTAGER LA JOIE ET LA PEINE

Il était une fois un tailleur qui était querelleur, et sa femme qui était bonne, active et pieuse, elle ne pouvait rien faire qui lui convînt. Quoi qu'elle fît, il était mécontent, grognait, pestait, la prenait aux cheveux et la battait. Quand enfin l'autorité en entendit parler, elle le fit citer à comparoir et mettre en prison afin qu'il se corrigeât. Il fut quelque temps au pain et à l'eau, puis fut remis en liberté, mais dut promettre solennellement de ne plus battre sa femme, mais de vivre en paix avec elle, de partager la joie et la peine comme il est de règle entre époux. Quelque temps, cela marcha bien, mais ensuite il retomba dans sa manière ancienne, fut grognon et querelleur. Et comme il ne pouvait plus la battre, il voulait seulement la prendre aux cheveux et la houspiller. La femme lui échappait et se sauvait dans la cour mais il lui courait après avec l'aune et les ciseaux, la pourchassait et lui lançait l'aune et les ciseaux et tout ce qui lui tombait sous la main. Quand il l'atteignait, il riait et, quand il la manquait, il jurait et blasphémait. Il en fit tant que les voisins vinrent au secours de la femme. Le tailleur fut à nouveau convoqué devant l'autorité et rappelé à sa promesse. « Chers Messieurs, répondit-il, j'ai tenu ce que j'ai juré ; je ne l'ai pas battue, mais partagé avec elle la joie et la peine. — Comment cela se peut-il ? dit le juge, puisqu'on élève à nouveau haute plainte contre vous ? — Je ne l'ai pas battue mais seulement, parce qu'elle avait un air si bizarre, voulu lui peigner les cheveux avec ma main ; mais elle m'a échappé et m'a par malice abandonné. Alors je lui ai couru après et, afin qu'elle rentrât dans son devoir, en guise de bienveillant souvenir, jeté ce que j'avais justement en main. J'ai ainsi partagé avec elle la joie et la peine car chaque fois que j'ai visé juste, j'en ai eu la joie et elle de la peine ; mais quand je la manquais, elle en avait de la joie et moi de la peine. » Les juges ne furent pas satisfaits de cette réponse, mais lui firent payer rubis sur l'ongle le salaire qu'il méritait.

LE ROITELET

Aux temps anciens, tout son avait encore un sens et une signification. Quand le marteau du forgeron retentissait, il criait : « Frappe et me forge ! » Quand le rabot du menuisier grinçait, il disait : « Ro-Hisse ! Ro-Hisse ! Ro-Hisse ! » Quand les roues du moulin commençaient leur tic-tac, il disait : « Dieu, mon Dieu ! Dieu, mon Dieu ! » Et si le meunier était un filou et mettait le moulin en marche, il parlait haut-allemand et questionnait d'abord lentement : « Qui va là ? Qui va là ? » Puis il répondait vite : « Le meunier ! Le meunier ! » Et enfin très vite : « Vas-y, vole, vas-y, d'un boisseau vole trois setiers. »

À cette époque, les oiseaux avaient aussi leur propre langage que tout le monde comprenait ; de nos jours, ce n'est plus qu'un gazouillis, un crâlement ou un sifflement, et chez quelques-uns, une musique sans paroles. Mais il vint à la pensée des oiseaux qu'ils ne voulaient pas vivre plus longtemps sans maître et qu'ils choisiraient parmi eux un roi. Un seul d'entre eux, le vanneau, était contre : il avait vécu libre et voulait mourir libre, et volant inquiet de-ci de-là, il criait : « Où suis-je ? Où suis-je ? » Il se retira dans des marais solitaires peu fréquentés et ne se montra plus parmi ses parents.

Or les oiseaux voulaient délibérer de l'affaire, et un beau matin de mai ils arrivèrent venant des forêts et des champs, aigle et chouette et corneille, alouette et moineau, faut-il les nommer tous ? Même le coucou était venu et la huppe, son sacristain, qui s'appelle ainsi parce qu'il se fait toujours entendre quelques jours plus tôt ; ainsi, un tout petit oiseau qui n'avait pas encore de nom s'était mêlé à la foule. La poule qui, par hasard, n'avait pas entendu parler de toute l'affaire, s'étonna de ce grand rassemblement : « Quoi, quoi, quoi c'est que ça ? » caquetait-elle ; mais le coq rassura sa chère poule en disant : « Ils ont des sous ! » Il lui raconta aussi ce qu'ils voulaient faire. Mais il fut décidé que devait être roi celui qui pourrait voler le plus haut. Une rainette qui était perchée dans les buissons s'écria, quand elle entendit cela, en manière d'avertissement : « Flac, flac, flac ! » car elle croyait qu'on en verserait des larmes. Mais la corneille dit : « Crois-tu ! » tout se passerait dans la paix.

Il fut donc décidé qu'ils prendraient leur vol par ce beau matin même afin que personne ne pût dire après coup : « J'aurais bien volé plus haut, mais le soir venait, je ne pouvais plus. » À un signal donné, toute la troupe s'éleva dans les airs. La poussière montait du sol, c'était un grondement et un battement d'ailes, et on aurait dit d'un nuage noir qui passait. Mais les petits oiseaux restèrent bientôt en arrière, ne pouvant aller plus loin, et retombèrent sur la terre. Les plus grands tinrent plus longtemps, mais aucun ne put égaler l'aigle qui monta si haut qu'il aurait pu arracher les yeux au soleil. Et quand il vit que les autres ne pouvaient monter jusqu'à lui, il pensa : « À quoi bon voler plus haut, tu es bien le roi », et il se mit à redescendre. Les oiseaux au-dessous de lui lui crièrent tous ensemble : « Tu seras notre roi; personne n'a volé plus haut que toi. — Sauf moi », s'écria le petit sans nom qui s'était caché dans les plumes de poitrine de l'aigle. Et comme il n'était pas fatigué, il monta et monta si haut qu'il put voir Dieu sur son trône. Arrivé là, il replia ses ailes, descendit et, en bas, il cria de sa voix perçante : « Roi je suis ! Roi je suis ! — Toi, notre roi ? » s'écrièrent les oiseaux en colère, « c'est par l'intrigue et la ruse que tu y es parvenu. » Ils posèrent une autre condition : serait leur roi qui pourrait descendre le plus profondément sous terre. Comme l'oie fit flac en arrivant au sol avec sa large poitrine ! Comment le coq fit-il vite un trou en grattant ! C'est le canard qui s'en tira le plus mal; il sauta dans un fossé, mais se fit une entorse aux pattes et s'en alla boitillant à la mare la plus proche en s'exclamant : « Fichu gâchis ! Fichu gâchis ! » Mais le petit sans nom chercha un trou de souris, s'y faufila et s'écria de sa voix fine : « Roi je suis ! Roi je suis ! »

— Toi, notre roi ? » s'écrièrent les oiseaux encore plus en colère, « crois-tu que tes ruses vont prévaloir ? » Ils décidèrent de le tenir prisonnier dans son trou et de l'affamer. La chouette fut placée en sentinelle ; elle ne devait pas laisser sortir le coquin si elle tenait à la vie. Mais quand le soir fut venu et que les oiseaux fatigués d'avoir volé éprouvèrent une grande fatigue, ils allèrent se coucher avec femme et enfants. La chouette resta seule devant le trou de souris et y plongeait le regard assuré de ses grands yeux. Cependant elle aussi était fatiguée et pensait : « Tu peux sûrement fermer un œil, tu veilleras toujours de l'autre et le petit malin ne doit pas sortir de son trou. » Donc elle ferma un œil et garda l'autre fixé sur le trou de souris. Le petit bonhomme passa la tête et fut pour s'enfuir, mais la chouette fit un pas en avant et il rentra sa tête. Alors la chouette ouvrit un œil et ferma l'autre et voulait ainsi alterner toute la nuit. Mais en fermant un œil elle oublia d'ouvrir l'autre, et dès que les deux yeux furent fermés, elle s'endormit. Le petit le remarqua aussitôt et s'enfuit.

Depuis lors, la chouette ne peut plus se laisser voir en plein jour, sinon les autres oiseaux sont après elle et lui volent dans la plume. Elle ne sort que la nuit mais hait et poursuit les souris parce qu'elles font les sales trous que l'on sait. Le petit oiseau non plus n'aime pas se laisser voir car il craint d'être pris au collet si on l'attrapait. Il se faufile dans les haies et, quand il est bien à l'abri, il s'écrie encore parfois : « Roi je suis ! » Et c'est pourquoi les autres oiseaux l'appellent par moquerie le *roi des haies*.

Mais personne ne fut plus joyeux que l'alouette de n'avoir pas à obéir au roitelet. Quand le soleil se laisse voir, elle monte dans les airs et crie : « Ah ! Que c'est beau ! C'est beau ! Beau ! Beau ! Ah ! Que c'est beau ! »

LA SOLE

Il y avait belle heure que les poissons étaient mécontents qu'il ne régnât pas d'ordre dans leur empire. Aucun ne s'adressait à l'autre, on nageait à droite et à gauche comme il plaisait, on passait entre ceux qui voulaient rester ensemble, ou bien on leur barrait le chemin, et le plus fort donnait au plus faible un coup de queue pour le chasser, ou bien il l'avalait sans autre forme de procès. « Comme ce serait beau si nous avions un roi qui exerçât chez nous le droit et la justice », dirent-ils; et ils se réunirent pour choisir comme leur seigneur celui qui fendrait les flots le plus vite et pourrait venir en aide au faible.

Ils se mirent donc en ligne devant le rivage et le brochet fit un signe de la queue, sur quoi tous s'élancèrent. Le brochet fila comme une flèche et avec lui le hareng, le gardon, la perche, la carpe et tous autant qu'ils sont. Même la sole nageait, espérant atteindre le but.

Tout d'un coup, on cria : « Le hareng est en tête, le hareng est en tête. — Qui est en tête? » s'écria vexée la sole plate, peu avantagée, qui était restée loin en arrière. « Qui est en tête ? — Le hareng, le hareng », fut la réponse. « Le hareng tout nu ? s'écria l'envieuse, le hareng tout nu ? »

Depuis ce temps, la sole, pour sa punition, a la bouche de travers.

LE BUTOR ET LA HUPPE

« Où préférez-vous mener paître votre troupeau ? » demandait-on à un vieux vacher. — Ici, Monsieur, où l'herbe n'est ni trop grasse ni trop maigre ; sinon ça ne vaut rien. — Pourquoi rien ? demanda le monsieur. — N'entendez-vous pas là-bas cet appel sourd ? répondit le vacher, c'est le butor qui était jadis vacher et la huppe l'était aussi. Je vais vous raconter l'histoire : le butor gardait son troupeau sur de grasses prairies vertes où les fleurs étaient à profusion ; ses vaches en devenaient rudes et farouches. La huppe en revanche menait le bétail sur de hautes montagnes arides où le vent joue avec le sable, et ses vaches devenaient maigres et ne prenaient pas de forces. Quand c'était le soir et que les bergers ramenaient au bercail, Butor ne pouvait rassembler ses vaches, elles étaient remuantes et détalaient. Il criait : « Hou ! Hou ! Hou ! » mais en vain, elles n'obéissaient pas à son appel. Mais Huppe ne pouvait mettre ses bêtes sur pied tant elles étaient devenues lasses et inertes. « Up ! Up ! Up ! » criait-elle, mais c'était en vain, elles restaient couchées sur le sable. Il en est ainsi quand on ne garde pas de mesure. Encore aujourd'hui où ils ne gardent plus de troupeau, Butor crie « Hou! Hou! Hou! » et la Huppe « Up! Up! Up! ».

LA LUNE

Jadis, il y avait un pays où la nuit était toujours obscure et le ciel étalé par-dessus comme un drap noir, car la lune ne s'y levait jamais, et aucune étoile ne luisait dans les ténèbres. Lors de la création du monde, la lueur nocturne avait suffi. Un jour, quatre jeunes gars partirent de ce pays pour un tour du monde et ils arrivèrent dans un autre royaume où, le soir, quand le soleil avait disparu derrière les montagnes, il y avait sur un chêne une sphère brillante qui répandait au loin une douce lumière. On y voyait très clair et l'on pouvait tout distinguer, quoiqu'elle fût moins éclatante que le soleil. Les voyageurs firent halte et demandèrent à un paysan qui passait avec sa charrette, quel genre de lumière c'était. « C'est la lune, répondit l'autre, notre maire l'a achetée trois talers et l'a attachée au chêne. Il faut chaque jour y remettre de l'huile et la nettoyer afin qu'elle reste claire. Pour ce service, il reçoit de nous chaque semaine un taler. »

Quand le paysan fut parti, l'un d'eux dit : « Nous pourrions nous servir de cette lampe ; nous avons chez nous un chêne aussi grand; on pourrait l'y pendre. Ce serait une joie de ne pas tâtonner la nuit dans l'obscurité. — Savez-vous, dit le deuxième, nous allons amener charrette et chevaux et enlever la lune. Ceux d'ici pourront s'en racheter une autre. — Je sais bien grimper, dit le troisième, je vais la descendre. »

Le quatrième amena une voiture à chevaux, et le troisième grimpa dans l'arbre, fit un trou dans la lune, y passa une corde et la descendit. Quand la boule brillante fut placée dans la voiture, et ils la recouvrirent d'un drap afin que personne ne remarquât le vol. Ils l'amenèrent heureusement dans leur pays et la placèrent sur un chêne élevé. Vieux et jeunes se réjouirent quand la lampe nouvelle répandit sa lumière sur tous les champs et en remplit les chambres à feu et les chambres à coucher. Les nains sortirent de leurs antres rocheux, et les petits lutins en habits rouges dansèrent la ronde sur les prés.

Les quatre fournissaient la lune en huile, nettoyaient la mèche et percevaient chaque semaine leurs talers. Mais ils devinrent de grands vieillards, et l'un tomba malade et prévit sa mort; il ordonna qu'un quart de la lune, étant sa propriété, fût mis avec lui dans sa tombe. Quand il fut mort, le maire monta dans l'arbre et, à l'aide d'un sécateur, il retrancha un quart de la lune qu'on mit dans le cercueil. La lumière de la lune diminua, mais restait appréciable. Quand mourut le deuxième, on lui donna le second quart à emporter, et la lumière diminua. Encore plus faible après la mort du troisième qui emporta aussi sa part, et quand mourut le quatrième, l'ancienne obscurité revint. Quand les gens sortaient le soir sans lanterne, ils s'entrecassaient la tête.

Mais quand, dans le monde inférieur, les parties de la lune se rejoignirent, là où l'obscurité avait toujours régné, les morts s'agitèrent et s'éveillèrent de leur sommeil. Ils s'étonnèrent de voir clair à nouveau : la lumière lunaire leur suffisait, car leurs yeux étaient affaiblis au point qu'ils n'auraient pas supporté la lumière du soleil. Ils se levaient, pleins d'entrain, et recommençaient leur façon de vivre. Une partie allait jouer et danser, d'autres couraient aux auberges où ils commandaient du vin, se saoulaient, menaient grand bruit et se prenaient de querelle et enfin brandissaient leurs gourdins pour se battre. Le vacarme était sans cesse pire et monta finalement jusqu'au Ciel.

Saint Pierre qui surveille la porte du Ciel crut que le monde inférieur était entré en rébellion et convoqua les milices célestes qui devaient reconduire chez lui le Méchant Ennemi si l'envie lui prenait, avec ses complices, de prendre d'assaut le séjour des bienheureux. Mais comme ils ne venaient pas, il monta son cheval et, franchissant la porte du Ciel, se rendit dans le monde inférieur. Là il rappela au calme les morts, les fit recoucher dans leurs tombes et emporta avec lui la lune qu'il accrocha en haut du Ciel.

LA DURÉE DE LA VIE

Quand Dieu ayant créé le monde voulut déterminer pour chaque créature sa durée de vie, l'âne vint et demanda : « Seigneur, combien de temps dois-je vivre ? — Trente ans, répondit Dieu, cela te convient-il ? — Ah ! Seigneur, repartit l'âne, c'est un long temps. Considère ma pénible existence : du matin à la nuit porter de lourds fardeaux, véhiculer des sacs de grain au moulin, afin que d'autres mangent le pain, n'être encouragé et rafraîchi qu'à coups de trique et de pied ! Fais-moi grâce d'une partie de ce long temps. »

Alors Dieu eut pitié et lui accorda dix-huit ans. L'âne s'en alla consolé, et le chien parut. « Combien de temps veux-tu vivre ? lui demanda Dieu, l'âne trouve que trente ans sont trop, mais tu en seras satisfait. — Seigneur, répondit le chien, est-ce ta volonté ? Songe que je dois courir, mes pattes n'y tiendront pas ; et quand j'aurai perdu la voix pour aboyer et les dents pour mordre que me restera-t-il sinon de traîner d'un coin à l'autre et de grogner ? »

Dieu vit qu'il avait raison et le dispensa de douze

ans. Puis vint le singe. « Tu veux sans doute vivre trente ans ? lui dit le Seigneur, tu n'as pas besoin de travailler comme l'âne et le chien, et tu es toujours de bonne humeur. — Ah ! Seigneur, répondit-il, telle est l'apparence, mais il en est autrement. Quand il pleut de la bouillie de mil, je n'ai pas de cuiller. Je dois faire sans arrêt des tours drôles, des grimaces pour faire rire les gens et, quand ils m'offrent une pomme et que j'y mords, elle est acide. Que de fois la tristesse se cache derrière la gaieté ! Je n'y tiendrai pas trente ans. »

Le Seigneur fut clément et lui fit cadeau de dix ans. Enfin parut l'homme ; il était gai, bien portant, plein d'entrain et demanda à Dieu de lui fixer son temps. « Tu vivras trente ans, dit le Seigneur, cela t'agrée-t-il ? — Quelle courte durée ! s'écria l'homme. Quand j'aurai bâti ma maison et que le feu brûlera dans mon propre foyer, quand j'aurai planté les arbres qui fleuriront et porteront des fruits et que je penserai à être content de ma vie, il me faudra mourir ! Ô Seigneur, prolonge mon temps. — Je t'ajouterai les dix-huit ans de l'âne, dit Dieu. — Ce n'est pas assez, répondit l'homme. — Tu auras aussi les douze années du chien. — Toujours trop peu. — Eh bien, dit Dieu, je veux te donner les dix années du singe, mais tu n'obtiendras pas davantage. »

L'homme s'en alla, mais il n'était pas satisfait.

Donc l'homme vit soixante-dix ans. Les trente premières sont ses années d'homme ; elles passent vite ; alors il est bien portant, gai, travaille avec plaisir et se réjouit de son existence. Viennent ensuite les dix-huit années de l'âne ; alors il se voit accablé d'un fardeau après l'autre ; il doit porter le grain qui nourrit autrui et coups de trique et de pied sont le salaire de ses loyaux services. Viennent ensuite les douze années du chien ; alors il gît dans les coins, grogne et n'a plus de dents pour mordre. Et quand le temps s'est écoulé, les dix années du singe font la clôture. Alors l'homme est sot et extravagant, il fait des niaiseries et devient la dérision des enfants.

MAÎTRE PFRIEM

Maître Pfriem était un petit homme sec, mais il n'avait pas un instant de repos. Son visage où ne faisait saillie qu'un nez retroussé était grêlé et blême, ses cheveux gris et laineux, ses yeux petits, mais qui n'arrêtaient pas de jeter des éclairs à droite et à gauche. Il observait tout, blâmait tout, savait tout mieux et avait raison en tout. S'il marchait dans la rue, il ramait énergiquement des deux bras et un jour, à une fille qui portait de l'eau, il fit sauter le seau si haut en l'air qu'il en fut lui-même arrosé. « Bourrique, lui cria-t-il, tu ne pouvais pas voir que je venais derrière toi ? » De son métier, il était cordonnier et, quand il travaillait, il tirait si fort sur le fil qu'il donnait du poing dans les côtes à quiconque ne se tenait pas assez loin. Pas un compagnon ne restait chez lui plus d'un mois car il avait toujours quelque chose à reprocher au meilleur travail. Tantôt les points n'étaient pas égaux, tantôt un soulier était plus long, tantôt un talon plus haut que l'autre, tantôt le cuir n'était pas assez battu. « Attends, disait-il à l'apprenti, je vais te montrer comment on ramollit la peau », il allait chercher le tire-pied et lui en donnait quelques coups sur l'échine. Il les traitait tous de feignants. Mais lui-même n'en faisait pas lourd parce qu'il ne restait pas assis un quart d'heure. Si sa femme s'était levée de bon matin pour allumer du feu, il sautait à bas du lit et courait pieds nus à la cuisine. « Voulez-vous me mettre le feu à la maison? criait-il, voilà un feu à y faire rôtir un bœuf! Ou bien le bois ne coûte-t-il pas de l'argent? » Si les servantes étaient au cuveau, riant et se racontant ce qu'elles savaient, il les prenait à partie : « Voilà les oies qui cancanent et, à bavarder, elles oublient leur travail. Et à quoi bon du savon frais? C'est un gaspillage sans nom et par-dessus le marché une paresse honteuse : elles veulent ménager leurs mains et ne pas frotter le linge comme il faut. » Il s'en allait tout courant, mais culbutait un seau de lessive si bien que toute la cuisine en était inondée. Si on prenait les mesures d'une maison neuve, il courait à la fenêtre et regardait : « Voilà encore qu'ils maçonnent le grès rouge, s'écriait-il, qui ne sèche jamais; il n'y a pas une âme qui restera saine dans la maison. Et regardez-moi comme les compagnons posent mal les pierres. Le mortier non plus ne vaut rien : il y faut du gravillon et non du sable. Je verrai de mon vivant la maison s'écrouler sur la tête des gens. » Il s'asseyait, faisait quelques points, puis il se relevait brusquement, ôtait son tablier de cuir et s'écriait : « Je veux seulement sortir et causer deux mots en conscience aux gens. » Il s'en prenait d'abord aux charpentiers : « Qu'est-ce que c'est que ça? s'écriait-il, vous ne taillez pas en suivant le cordeau. Vous croyez que les poutres tiendraient d'aplomb ? Ça file par tous les joints. » Il arrachait la hache aux mains d'un charpentier et voulait lui montrer comment il fallait tailler, mais quand arrivait un chariot chargé d'argile, il jetait la hache et tombait sur le paysan qui marchait à côté du chariot. « Vous n'êtes pas bien, s'écriait-il. Qui va atteler de jeunes chevaux à un chariot lourdement chargé ? Les pauvres bêtes vont en tomber sur place. » Le paysan ne lui faisait pas de réponse et Pfriem vexé rentrait dans son atelier. Quand il allait s'asseoir et se remettre à l'ouvrage, l'apprenti lui tendait un soulier. « Qu'est-ce encore ? lui criait-il, est-ce que je ne vous ai pas dit qu'il ne fallait pas décolleter les souliers à ce point ? Qui va acheter un soulier pareil où il n'y a guère que la semelle ? J'exige que mes ordres soient exécutés sans faute. — Maître, répondait l'apprenti, vous avez sûrement raison, le soulier ne vaut rien, mais c'est le même que vous avez taillé et travaillé vous-même. Quand tout à l'heure vous avez bondi, vous l'avez jeté à bas de la table et je n'ai fait que le ramasser. Mais il n'y a pas d'ange au Ciel qui sache le refaire. »

Maître Pfriem rêva une nuit qu'il était mort et se trouvait en route pour le Ciel. Quand il arriva, il frappa violemment à la porte. « Ça m'étonne, dit-il, qu'il n'y ait pas un anneau au battant de la porte, on s'écorche les jointures à frapper. » L'apôtre Pierre ouvrit et voulut voir qui demandait si impétueusement à entrer. « Ah, c'est vous, Maître Pfriem, dit-il, je veux bien vous laisser entrer, mais je vous avertis :

défaites-vous de votre habitude et ne blâmez rien de ce que vous verrez au Ciel ; il pourrait vous en cuire. — Vous auriez pu vous épargner cette semonce, répliqua Pfriem, je sais déjà ce qui convient ici, Dieu merci, tout est parfait et rien ne mérite le blâme comme sur terre. » Donc il entra et fit les cent pas dans les vastes salles du Ciel. Il regardait autour de lui, à droite et à gauche, mais parfois hochait la tête ou grommelait tout seul. Cependant il aperçut deux anges qui emportaient une poutre. C'était la poutre que l'on avait dans l'œil tandis qu'on cherchait la paille dans l'œil d'autrui. Mais ils ne portaient pas la poutre en long, mais en travers. « A-t-on jamais vu pareille déraison ? » pensa Maître Pfriem ; pourtant il garda le silence et se donna pour satisfait : « Dans le fond, peu importe comment on porte la poutre, en long ou en travers, pourvu qu'on passe et, ma foi, je vois, ils ne heurtent nulle part. » Peu après, il aperçut deux anges qui tiraient de l'eau d'une fontaine dans un tonneau ; en même temps il observa que le tonneau était percé et que l'eau s'écoulait de toutes parts. Ils abreuvaient la terre de pluie. « Grêle et tonnerre ! » éclata-t-il, mais heureusement il réfléchit et pensa : « Peut-être n'est-ce qu'un passe-temps ; si ça vous amuse, on peut faire ce genre de choses inutiles, surtout ici, au Ciel, où, à ce que j'ai déjà remarqué, on ne fait guère que fainéanter. » Il alla plus loin et vit une voiture qui était restée bloquée dans un trou profond. « Faut pas s'étonner », dit-il à l'homme qui se tenait auprès, « qui ira charger aussi bêtement ? Qu'est-ce que vous avez là ? — Des vœux pieux, répondit l'homme, avec ça je ne pouvais pas prendre le droit chemin, mais maintenant que j'ai heureusement amené le chariot en haut de la côte, ils ne vont pas me laisser en panne. »

En effet, il vint un ange qui attela deux chevaux au timon. « Très bien, opina Pfriem, mais deux chevaux ne dégageront pas le chariot, il en faudrait au moins quatre devant. » Vint un autre ange avec encore deux chevaux, mais il ne les attela pas devant mais derrière. C'en était trop pour Maître Pfriem. « *Talpatsch,* éclata-t-il, que fais-tu là? Est-ce que, depuis que le monde est monde, on dégage un chariot de cette manière? Mais ceux-là, dans leur suffisance, croient tout mieux savoir. » Il allait continuer, mais un des habitants du Ciel l'avait pris au collet et le poussait dehors avec une force irrésistible. En passant sous le portail, le Maître tourna encore la tête vers le chariot et vit qu'il était soulevé par quatre chevaux ailés.

À cet instant, Maître Pfriem se réveilla. « Ma foi, ça se passe au Ciel un peu autrement que sur terre, se dit-il à part soi, et là il y a bien des choses à excuser, mais qui va regarder patiemment qu'on attelle les chevaux devant et derrière en même temps? Bien sûr, ils avaient des ailes, mais qui peut le savoir? C'est d'ailleurs une énorme sottise de coller encore deux ailes à des chevaux qui ont quatre pattes pour courir. Mais il faut que je me lève, sinon ils vont tout me faire à l'envers dans la maison. Une chance que je ne sois pas mort pour de bon. »

LA NIXE DE L'ÉTANG

Il était une fois un meunier qui menait avec sa femme une vie agréable. Ils avaient de l'argent et du bien et leur aisance s'accroissait encore d'une année à l'autre. Mais le malheur survient du jour au lendemain ; de même qu'avait grandi leur richesse, de même elle s'amoindrit d'une année à l'autre et finalement le meunier pouvait à peine encore nommer sa propriété le moulin où il habitait. Il était plein de souci, et quand il se couchait après le travail de la journée, il ne trouvait pas le repos mais se roulait plein de tracas dans son lit. Un matin, il se leva dès avant l'aube, sortit en plein air et pensa que cela lui soulagerait le cœur. Mais comme il marchait sur la digue du moulin, le premier rayon de soleil perça et il entendit un bruit dans l'étang de retenue. Il se retourna et aperçut une belle femme qui s'élevait lentement hors de l'eau. Ses longs cheveux qu'elle retenait de ses mains délicates sur ses épaules, ruisselaient de part et d'autre et voilaient son corps blanc. Il vit bien que c'était la nixe de l'étang et, de crainte, ne sut s'il voulait fuir ou demeurer. Mais la nixe fit entendre sa douce voix, l'appela par son nom et demanda pourquoi il était si triste. Le meunier était d'abord resté muet, mais quand il entendit cette voix si amicale, il reprit courage et lui raconta qu'il avait jadis vécu dans le bonheur et la richesse, mais qu'il était maintenant si pauvre qu'il ne savait comment s'en tirer. « Sois tranquille, répondit la nixe, je veux te rendre plus riche et plus heureux que tu ne l'as jamais été, seulement tu devras me promettre de me donner ce qui vient de devenir jeune dans ta maison. — Que peut être cela, pensa le meunier, sinon un jeune chien ou chat? » Et il accepta ce qu'elle demandait. La nixe rentra dans l'eau et il regagna promptement son moulin, rassuré et de bonne humeur. Il n'y était pas encore arrivé que la servante, du seuil de la maison, lui lança qu'il devait se réjouir : sa femme lui avait mis au monde un petit garçon. Le meunier en resta comme foudroyé; il voyait bien que la perfide nixe le savait et l'avait trompé. Tête basse, il alla au lit de sa femme et quand elle lui demanda : « Pourquoi ne te réjouis-tu pas de ce beau petit garçon? » il lui raconta ce qui lui était advenu et quelle promesse il avait faite à la nixe. « Que m'importent bonheur et richesse, ajouta-t-il, si je dois perdre mon enfant? Mais que puis-je faire? » Ceux de son parentage qui étaient venus apporter leurs vœux ne savaient que faire.

Cependant la chance revint dans la maison du meunier. Ce qu'il entreprenait réussissait; c'était comme si les caisses et les coffres se remplissaient d'eux-mêmes, et l'argent monnayé s'entassait du jour au lendemain dans l'armoire. Cela ne dura guère et sa richesse fut plus grande que jamais auparavant. Mais il ne pouvait s'en réjouir sans gêne : l'accord qu'il avait donné à la nixe tourmentait son cœur. Toutes les fois qu'il longeait l'étang, il redoutait qu'elle n'apparût et lui rappelât sa dette. Il ne laissait jamais le jeune garçon lui-même s'approcher de l'eau : « Garde-toi, lui disait-il, si tu touches l'eau, une main en sortira, te saisira et t'entraînera au fond. » Mais les années se succédaient et la nixe ne se montrait pas ; alors le meunier commença de se rassurer.

Le jeune garçon grandit, devint un jeune homme et entra en apprentissage chez un chasseur. Quand il eut terminé son apprentissage et fut devenu un chasseur accompli, le seigneur du village le prit à son service. Il y avait dans le village une fille belle et loyale, elle plut au chasseur et, quand son maître s'en aperçut, il lui donna une petite maison ; tous deux firent leur noce, vécurent paisibles et heureux et s'aimèrent de cœur.

Un jour le chasseur poursuivit un chevreuil. Quand l'animal quitta le couvert pour prendre en rase campagne, il le poursuivit et l'abattit d'un coup de fusil. Il ne s'avisa pas qu'il se trouvait à proximité du périlleux étang et, pour laver ses mains tachées de sang, après avoir dépecé l'animal, il alla jusqu'à l'eau. Mais à peine y avait-il trempé les mains que la nixe surgit ; riante, de ses bras elle l'enlaça et l'entraîna au fond si vite que les flots se refermèrent sur lui.

Comme c'était le soir et que le chasseur ne rentrait pas au logis, sa femme fut prise d'inquiétude. Elle sortit pour le chercher et comme il lui avait souvent raconté qu'il devait prendre garde aux instances de la nixe, ne devait pas s'aventurer à proximité de la retenue d'eau, elle pressentait déjà ce qui était arrivé. Elle courut à l'étang et quand elle trouva la gibecière abandonnée sur le rivage, elle ne douta plus de son malheur. Avec des plaintes et des mains tordues, elle appela son très cher ami, mais en vain; elle courut sur l'autre rive de l'étang et l'appela de nouveau; elle fit de vifs reproches à la nixe, mais aucune réponse ne suivit. Le miroir d'eau demeura calme, seul le demi-visage de la lune en reflet la regardait immobile.

La pauvre femme ne quitta pas l'étang. D'un pas rapide, sans trêve ni repos, elle en fit et refit le tour, tantôt en silence, tantôt en poussant un cri véhément, parfois en gémissant doucement. Enfin ses forces furent à bout; elle s'effondra par terre et succomba à un profond sommeil. Bientôt elle eut un rêve.

Elle montait, anxieuse, entre de grands blocs de rocher; épines et lianes s'accrochaient à ses jambes, la pluie lui frappait le visage et le vent ébouriffait ses longs cheveux. Quand elle eut atteint le sommet, un autre spectacle s'offrit à ses yeux. Le ciel était bleu, l'air plein de douceur, le sol s'abaissait en pente douce, et sur une prairie fleurie de mille couleurs s'élevait une maisonnette bien tenue. Elle y alla et ouvrit la porte; s'y trouvait assise une vieille femme aux cheveux blancs qui lui fit un signe amical. La pauvre femme se réveilla à l'instant. Le jour était déjà levé et elle se résolut à faire aussitôt ce qu'elle avait vu en rêve. Elle gravit péniblement la montagne, et tout fut comme elle l'avait vu dans la nuit. La vieille l'accueillit amicalement et lui montra une chaise où elle dut s'asseoir. « Tu dois avoir subi un malheur, dit-elle, puisque tu rends visite à ma chaumière solitaire. » La femme lui raconta en pleurant ce qui lui était arrivé. « Console-toi, dit la vieille, je t'aiderai. Voici un peigne d'or. Attends que la pleine lune soit levée, alors va à l'étang, assieds-toi au bord et peigne tes longs cheveux noirs avec ce peigne. Mais quand tu auras fini, pose-le sur la rive et tu verras ce qui se passera. »

La femme revint chez elle, mais le temps jusqu'à la pleine lune lui parut lent à passer. Enfin le disque luisant apparut au ciel; alors elle sortit, alla au bord de l'étang, s'assit par terre et peigna ses longs cheveux noirs avec le peigne d'or et, quand elle eut fini, elle le posa au bord de l'eau. Peu de temps après, il y eut un grondement dans les profondeurs, une vague s'éleva, roula jusqu'au rivage et emporta le peigne. Cela ne dura pas plus que le temps qu'il fallait au peigne pour couler à fond, le miroir de l'eau se fendit et la tête du chasseur émergea. Il ne dit rien, mais regarda sa femme avec des yeux tristes. Au même instant vint une seconde vague bruissante qui recouvrit la tête de l'homme. Tout avait disparu; l'étang était aussi calme qu'auparavant et seule y luisait la face de la pleine lune.

Désolée, la femme rentra chez elle, mais le songe lui montrait la chaumière de la vieille. Elle y retourna le lendemain matin et plaignit sa peine à la sage femme. La vieille lui donna une flûte d'or et dit : « Attends que revienne la pleine lune, alors prends cette flûte, assieds-toi sur le rivage, joue un air et, quand tu auras terminé, pose-la sur le sable ; tu verras ce qui arrivera. »

La femme fit comme la vieille l'avait dit. À peine la flûte était-elle sur le sable qu'un grondement s'éleva du fond ; une vague grandit, s'approcha et emporta la flûte. Peu de temps après, l'eau s'ouvrit, et ce ne fut pas seulement la tête, ce fut l'homme qui apparut jusqu'à mi-corps. Plein de désir, il tendit les bras vers elle, mais une seconde vague bruyante le recouvrit et l'entraîna vers le fond.

« Ah ! À quoi bon, dit la malheureuse, ne faire qu'apercevoir mon bien-aimé, pour le perdre à nouveau ! » Le chagrin remplit derechef son cœur, mais le songe la conduisit une troisième fois à la maison de la vieille. Elle se mit en route, et la sage femme lui donna un rouet d'or, la consola et lui dit : « Tout n'est pas encore accompli, attends que vienne la pleine lune, alors prends le rouet, assieds-toi sur la rive et file une bobine pleine et, quand tu auras fini, place le rouet près de l'eau, et tu verras ce qui arrivera. »

La femme suivit exactement tous ces dires. Dès que la pleine lune se montra, elle porta le rouet d'or sur la rive et fila de son mieux jusqu'à ce que le lin fût à bout et la bobine toute garnie de fil. Mais à peine le rouet était-il sur le bord qu'un grondement plus violent retentit du fond de l'eau, une énorme vague accourut et emporta le rouet. Aussitôt, dans un jet d'eau, la tête et tout le corps de l'homme surgirent, il bondit sur le rivage, prit sa femme par la main et s'enfuit.

Mais à peine s'étaient-ils éloignés d'une courte distance que tout l'étang se souleva avec un grondement épouvantable et déferla avec violence sur la campagne. Déjà les fugitifs voyaient leur mort en face ; alors la femme en sa détresse appela au secours la vieille, et à l'instant ils furent transformés elle en crapaud, lui en grenouille. Le flot qui les avait atteints ne put les tuer, mais les sépara l'un de l'autre et les emporta au loin.

Quand l'eau se fut retirée et que tous deux touchèrent à nouveau un sol sec, leur forme humaine leur revint. Mais ni l'un ni l'autre ne savaient où était demeuré l'autre ; ils se trouvaient parmi des étrangers qui ne connaissaient pas leur pays d'origine. De hautes montagnes et de profondes vallées les séparaient. Pour gagner leur vie, tous deux durent garder les moutons. Ils menèrent de longues années durant leurs troupeaux par plaine et forêt et étaient pleins de tristesse et de nostalgie.

Quand un jour le printemps était ressorti de terre, tous deux partirent avec leurs troupeaux et le hasard voulut qu'ils vinssent au-devant l'un de l'autre. Il aperçut au loin sur un versant un troupeau et mena le sien vers cette contrée. Ils se rencontrèrent dans une vallée, mais sans se reconnaître ; pourtant ils se réjouirent de n'être plus si seuls. Désormais ils menèrent chaque jour leurs troupeaux ensemble ; ils ne parlaient pas beaucoup, mais ils se sentaient réconfortés. Un soir que la pleine lune luisait au ciel et que les brebis reposaient déjà, le berger tira de sa poche la flûte et joua un air beau, mais triste. Quand il eut terminé, il remarqua que la bergère pleurait amèrement. « Pourquoi pleures-tu ? demanda-t-il. — Ah, répondit-elle, c'est ainsi que luisait la pleine lune quand pour la dernière fois j'ai joué cet air sur la flûte et que la tête de mon bien-aimé sortit de l'eau. »

Il la regarda, et il lui sembla qu'un voile tombait de ses yeux, il reconnut sa chère femme ; et quand elle le regarda et que la lune éclaira son visage, elle le reconnut aussi. Ils s'embrassèrent avec des baisers et personne n'a besoin de demander s'ils furent heureux.

LE FUSEAU, LA NAVETTE ET L'AIGUILLE

Il était une fois une fillette qui perdit son père et sa mère quand elle était encore une petite enfant. Au bout du village habitait toute seule dans une petite maison sa marraine qui se nourrissait de filer, tisser et coudre. La vieille prit chez elle l'enfant abandonnée, la forma au travail et l'éleva en toute piété. Quand la fille eut quinze ans, la vieille tomba malade, appela l'enfant à son lit et dit : « Chère fille, je sens que ma fin approche, je te lègue la petite maison où tu es à l'abri du vent et de l'orage, avec le fuseau, la navette et l'aiguille afin que tu puisses gagner ton pain. » Elle lui mit encore les mains sur la tête, la bénit et dit : « Garde seulement Dieu dans ton cœur, tu t'en trouveras bien. » Là-dessus elle ferma les yeux, et quand elle fut ensevelie, la jeune fille suivit le cercueil en versant des larmes amères et lui rendit le dernier honneur.

La jeune fille vécut désormais toute seule dans la petite maison ; elle était active, filait, tissait et cousait et sur tout ce qu'elle faisait reposait la bénédiction de la bonne vieille. C'était comme si le lin s'était accru de lui-même dans la réserve, et quand elle avait tissé une pièce de drap ou un tapis ou cousu une chemise, il se trouvait aussitôt un acheteur qui la payait richement si bien qu'elle n'était pas dans le besoin et pouvait encore donner à d'autres.

En ce temps-là, le fils du roi voyageait dans le pays et voulait se chercher une fiancée. Il n'en devait pas choisir une pauvre et n'en voulait pas une riche. Alors il dit : « Celle-là deviendra ma femme qui sera à la fois la plus pauvre et la plus riche. » Quand il vint au village où vivait la jeune fille, il demanda, comme il faisait partout, qui était la plus riche et la plus pauvre en ce lieu. Ils lui nommèrent la plus riche d'abord ; la plus pauvre, dirent-ils, était la jeune fille qui habitait la petite maison tout au bout. La riche était assise devant la porte de chez elle en grande toilette, et quand le fils du roi s'approcha, elle se leva, alla à sa rencontre et lui fit sa révérence. Il la regarda, ne dit pas un mot et repartit sur son cheval. Quand il vint à la maison de la pauvre, la jeune fille n'était pas sur le pas de sa porte, mais assise dans sa petite chambre à feu. Il arrêta son cheval et, par la fenêtre où luisait le clair soleil, il vit la jeune fille assise à son rouet et occupée à filer. Elle leva les yeux et, quand elle s'aperçut que le fils du roi regardait à l'intérieur, elle rougit jusqu'aux cheveux, baissa les yeux et continua de filer ; je ne sais si le fil était cette fois bien égal, mais elle fila aussi longtemps que le fils de roi ne se fut éloigné. Alors elle vint à la fenêtre, l'ouvrit et dit : « Il fait trop chaud dans la chambre », mais elle le suivit du regard tant qu'elle put distinguer les plumes blanches de son chapeau.

La jeune fille se rassit dans sa chambre et se remit à filer. Alors lui vint à l'esprit un dicton que la vieille avait prononcé quelquefois quand elle était assise à son travail, et le chanta pour elle seule :

Fuseau, fuseau, sors, va-t'en,
Ramène mon prétendant.

Qu'arriva-t-il ? Le fuseau bondit à l'instant de sa main et fila par la porte ; et quand stupéfaite elle se leva et le suivit du regard, elle le vit s'en aller en dansant gaiement à travers champs tout en tirant derrière lui un fil d'or brillant. Peu de temps après, il avait échappé à sa vue. La jeune fille, n'ayant plus de fuseau, prit la navette, s'assit au métier à tisser et se mit à tisser.

Mais le fuseau s'en alla dansant toujours plus loin et juste au moment où le fil était épuisé, il avait rattrapé le fils du roi. « Que vois-je ? s'écria-t-il. Le fuseau veut sans doute me montrer le chemin ? » Il fit faire demi-tour à son cheval et remonta le fil d'or. Mais la jeune fille assise à son métier chantait :

Navette, navette, va-t'en,
Ramène mon prétendant.

Aussitôt la navette partie de sa main sortit d'un bond par la porte. Devant le seuil, elle se mit à tisser un tapis plus beau qu'on n'en a jamais vu. Des deux côtés fleurissaient des roses et des lis et au milieu, sur fond d'or, grimpaient des lianes ; y bondissaient des lièvres et des lapins ; cerfs et chevreuils passaient leurs têtes parmi le feuillage et en haut dans les branches étaient perchés des oiseaux de toutes les couleurs ; il ne leur manquait que le chant. La navette allait et venait et c'était comme si tout avait poussé spontanément.

Quand la navette s'était sauvée, la jeune fille s'était assise pour coudre ; elle tirait à la main l'aiguille et chantait :

Aiguille, aiguille, si tu veux,
Travaille pour mon amoureux.

Alors l'aiguille lui jaillit des doigts et se mit à voler en tous sens dans la chambre, prompte comme l'éclair. On aurait dit que des esprits invisibles travaillaient ; aussitôt table et bancs se recouvrirent de drap vert, les chaises de velours, et des rideaux de soie pendirent aux fenêtres. À peine l'aiguille avait-elle fait le dernier point que déjà la jeune fille voyait par la fenêtre les plumes blanches du chapeau du fils du roi que le fuseau avait ramené de son fil d'or. Il mit pied à terre, franchit le tapis, entra dans la maison, et quand il entra dans la chambre à feu, la jeune fille y était debout dans sa pauvre robe, mais elle y brillait comme une rose dans un buisson. « Tu es la plus pauvre et aussi la plus riche, lui dit-il, viens avec moi, tu seras ma promise. » Elle se tut, mais lui tendit la main. Alors il lui donna un baiser, l'emmena au-dehors, la mit sur son cheval et l'amena au château royal où la noce fut célébrée en grande liesse. Le fuseau, la navette et l'aiguille furent conservés au trésor royal et furent tenus en grand honneur.

LE LAPIN

Il était une fois une fille de roi qui avait dans son château, haut au-dessus des créneaux, une salle à douze fenêtres qui regardaient vers toutes les directions célestes, et quand elle y montait et regardait alentour, elle pouvait embrasser tout son royaume. Par la première, elle voyait déjà plus clair que d'autres gens; par la seconde encore mieux, par la troisième encore plus nettement et toujours ainsi de suite jusqu'à la douzième où elle voyait tout ce qui était sur et sous la terre et où rien ne pouvait lui demeurer caché. Mais comme elle était orgueilleuse, ne voulait se soumettre à personne mais garder le pouvoir seule, elle fit proclamer que personne ne deviendrait son époux qui ne pourrait se cacher à ses yeux de telle sorte qu'elle ne pût le trouver. Mais à quiconque tentait sa chance et était découvert, elle ferait couper la tête qu'on planterait sur un pieu. Il y avait déjà devant son château quatre-vingt-dix-sept pieux surmontés de têtes de mort et pendant longtemps personne ne se porta prétendant. La fille de roi était toute réjouie et pensait : « Je resterai donc libre ma vie durant. »

Alors parurent devant elle trois frères qui déclarèrent qu'ils voulaient tenter leur chance. L'aîné croyait être à l'abri, s'étant caché dans un four à chaux, mais elle l'aperçut dès la première fenêtre, l'en fit extraire et lui fit couper la tête. Le deuxième se cacha dans la cave du château, mais elle l'aperçut aussi de la première fenêtre, et c'en fut fait de lui : sa tête fut mise sur le quatre-vingt-dix-neuvième pieu. Alors le plus jeune se présenta et demanda qu'elle lui accordât un jour de réflexion et de bien vouloir lui faire grâce de la vie deux fois, s'il échouait ; s'il échouait pour la troisième fois, il ne voulait plus rien de sa vie. Comme il était très beau et demandait si gentiment, elle dit : « Oui, je veux t'accorder cela, mais tu ne t'en tireras pas. »

Le jour suivant, il réfléchit longuement : comment allait-il se cacher ? Mais ce fut en vain. Alors il saisit son fusil et alla chasser. Il vit un corbeau et le mit en joue, quand le corbeau s'écria : « Ne tire pas, je te le revaudrai ! » Il abaissa l'arme, continua son chemin et arriva à un lac où il surprit un grand poisson qui était venu du fond à la surface. Quand il eut épaulé, le poisson s'écria : « Ne tire pas ; je te le revaudrai ! » Il le laissa plonger, continua sa route et rencontra un renard qui boitait. Il tira et le manqua, quand le renard cria : « Viens plutôt m'ôter l'épine que j'ai dans la patte ! » Il le fit, mais ensuite il voulait tuer le renard et le dépouiller. Le renard dit : « Laisse cela, je te le revaudrai ! » Le jeune homme le laissa courir et, comme c'était le soir, rentra au logis.

Le lendemain, il devait se cacher, mais même s'il se cassait la tête pour savoir, il ne savait comment. Il alla au bois voir le corbeau et dit : « Je t'ai laissé la vie, maintenant dis-moi où je dois me cacher afin que la fille de roi ne me voie. » Le corbeau baissa la tête et réfléchit longuement. Enfin il nasilla : « J'y suis ! » Il alla chercher un œuf dans son nid, l'ouvrit en deux et mit le jeune homme dedans ; puis il le referma et se plaça dessus. Quand la fille de roi vint à la première fenêtre, elle ne put le découvrir, ni à la suivante, et elle commençait à s'inquiéter, mais à la onzième elle l'aperçut. Elle fit tuer le corbeau, rapporter l'œuf qu'on ouvrit, et le jeune homme dut en sortir. Elle dit : « Une fois, je te l'accorde, mais si tu ne t'y prends pas mieux, tu es perdu. »

Le jour suivant, il alla au bord du lac, appela le poisson et dit : « Je t'ai laissé la vie, maintenant dis-moi où je dois me cacher pour que la fille de roi ne me voie. » Le poisson réfléchit, enfin il s'écria : « J'y suis ! Je vais t'enfermer dans mon ventre. » Il l'avala et redescendit au fond du lac. La fille de roi regarda par ses fenêtres ; jusqu'à la onzième elle ne le vit pas et elle était accablée, mais enfin à la douzième elle le découvrit, elle fit prendre le poisson qu'on tua, et le jeune homme apparut. Chacun peut imaginer ce qu'il ressentait. Elle dit : « Deux fois, je te l'ai accordé, mais ta tête ira sans doute sur le centième pieu. »

Le dernier jour, le cœur lourd, il alla aux champs et rencontra le renard : « Tu connais tous les recoins, dit-il, je t'ai laissé vivre, à présent un conseil : dis-moi où me cacher afin que la fille de roi ne me voie. — Rude morceau ! », répondit le renard en faisant une mine pensive. Enfin il s'écria : « J'y suis ! » Il le mena jusqu'à une source, y plongea et ressortit en marcandier et marchand d'animaux. Le jeune homme dut aussi plonger dans l'eau et fut transformé en un petit lapin. Le marchand alla en ville et montra la gentille petite bête : le peuple en nombre accourut pour le voir. Vint enfin la fille de roi et, comme c'était son bon plaisir, elle l'acheta et donna au marchand beaucoup d'argent en échange. Avant qu'il ne le lui donnât, il dit au lapin : « Quand la fille de roi ira à la fenêtre, cache-toi vite sous son chignon. » Vint donc le moment où elle devait le chercher. Elle vint successivement aux fenêtres, de la première à la onzième et ne le vit pas. Quand à la douzième elle ne le vit pas davantage, elle était pleine d'angoisse et de courroux, et la claqua si fort que le verre de toutes les fenêtres éclata en mille morceaux et que trembla le château tout entier.

Elle recula d'un pas et sentit le lapin sous son chignon ; elle le saisit, le jeta par terre et s'écria : « Ouste ! Hors de ma vue ! » Il courut retrouver le marchand, et tous deux en hâte allèrent à la source où il se plongèrent et recouvrèrent leur vraie apparence. Le jeune homme alors remercia le renard et dit : « Le corbeau et le poisson sont des mazettes auprès de toi, tu sais les bonnes astuces, ça c'est vrai ! »

Le jeune homme alla droit au château. La fille de roi l'attendait déjà et se rendit à son destin. Les noces furent célébrées, et il devint roi et maître de tout le royaume. Il ne lui raconta jamais où il s'était caché la troisième fois et qui l'avait secouru, et elle crut ainsi qu'il avait tout fait par son propre savoir-faire, et elle eut pour lui du respect, car elle pensait à part soi : « Celui-là est plus fort que toi ! »

L'ÉPI DE BLÉ

Jadis, quand Dieu en personne allait sur terre, la fertilité du sol était bien plus grande que de nos jours : en ce temps-là, les épis ne rendaient pas cinquante ou soixante pour un, mais quatre à cinq cents. Alors les épis venaient de bas en haut sur la hampe ; tant elle était longue, tant long était l'épi. Mais les hommes sont comme ils sont, dans l'abondance ils ne prennent plus garde à la bénédiction qui vient de Dieu, ils deviennent indifférents ou frivoles. Un jour, une femme longeait un champ de blé et son petit enfant qui trottait à côté d'elle tomba dans une flaque d'eau et salit sa robe. Alors la mère arracha une poignée de beaux épis et s'en servit pour nettoyer la robe. Quand la vit le Seigneur qui passait à ce moment-là, il fut courroucé et parla : « Désormais la hampe de blé ne portera plus d'épi ; les hommes ne méritent plus le don céleste. » Les gens qui étaient alentour et l'entendirent furent pris de peur, tombèrent à genoux et implorèrent qu'il laissât encore quelque chose venir sur la hampe : si eux-mêmes ne le méritaient pas, ce serait à cause des innocentes poules qui autrement mourraient de faim. Le Seigneur, prévoyant leur besoin, eut pitié et exauça leur prière. Ainsi resta l'épi du haut comme il pousse à présent.

LA CLÉ D'OR

À la saison d'hiver, un jour que la neige était épaisse, un pauvre gars dut sortir et rapporter du bois sur un traîneau. Quand il l'eut ramassé et chargé, il ne voulut pas, parce qu'il était transi de froid, rentrer tout de suite à la maison, mais d'abord allumer un feu pour se chauffer un peu. Il écarta la neige et comme il remuait ainsi la terre, il trouva une petite clé d'or. Il crut alors que là où était la clé, la serrure devait y être aussi, fouilla la terre et trouva un coffret de fer. « Si la clé seulement convient! pensait-il, il y a sûrement des choses précieuses dans le coffret. » Il chercha, mais il n'y avait pas de trou de serrure, enfin il en trouva un, mais si petit qu'on pouvait à peine le voir. Il essaya, et la clé convenait heureusement. Alors il donna un tour, et maintenant nous devons attendre qu'il ait fini de tourner la serrure et levé le couvercle; alors nous apprendrons quels objets merveilleux étaient dans le coffret.

LA ROSE

Il était une fois une pauvre femme qui avait deux enfants; le plus jeune devait aller tous les jours en forêt chercher du bois. Donc un jour qu'il était allé chercher très loin, voici qu'arrive un petit enfant qui était bien gentil et l'aida à ramasser du bois et après, en un clin d'œil, il avait disparu. L'enfant raconta cela à sa mère qui ne voulut pas le croire. À la fin il rapporta une rose et raconta que le bel enfant lui avait donné cette rose et lui avait dit : quand la rose sera ouverte, alors il reviendrait; la mère mit la rose dans de l'eau. Un matin, l'enfant ne sortit pas de son lit, la mère alla au lit et trouva l'enfant mort; mais il gisait tout à fait gracieusement. Et la rose s'était ouverte ce même matin.

L'ALIMENT DE DIEU

Il était une fois deux sœurs, l'une n'avait pas d'enfants et était riche, l'autre avait cinq enfants et était veuve et si pauvre qu'elle n'avait pas assez de pain pour se rassasier, elle et ses enfants. Alors elle alla dans sa détresse trouver sa sœur et dit : « Mes enfants souffrent avec moi de male faim, tu es riche, donne-moi une bouchée de pain. » La riche avait un cœur de pierre et dit : « Je n'ai moi-même rien au logis », et renvoya la veuve avec de méchantes paroles. Au bout de quelque temps le mari de la sœur riche rentra à la maison et voulut se couper un morceau de pain, mais dès l'entame, du sang coula de la miche. Quand la femme vit cela, elle prit peur et lui raconta ce qui était arrivé. Il courut porter secours, mais quand il entra dans la chambre à feu de la veuve, il la trouva en prière ; elle avait sur les bras ses deux plus jeunes enfants, les trois aînés gisaient là déjà morts. Il lui offrit à manger, mais elle répondit : « Nous ne demandons plus d'aliment terrestre ; Dieu en a déjà rassasié trois, il exaucera notre prière instante. » À peine avait-elle prononcé ces paroles; les deux petits rendirent leur dernier soupir, et peu après le cœur de la mère céda et elle tomba morte.

LA BAGUETTE DE COUDRIER

Un après-midi, l'Enfant-Jésus s'était couché dans son berceau et s'était endormi; alors sa mère s'approcha, le regarda pleine de joie et dit : « Tu t'es couché pour dormir, mon enfant? Dors tranquille, j'irai pendant ce temps au bois cueillir pour toi une poignée de fraises; je sais bien que tu les aimeras quand tu seras réveillé. »

Dehors, dans la forêt, elle trouva une place de superbes fraises; mais quand elle se pencha pour en cueillir une, une couleuvre sauta de l'herbe en l'air Elle prend peur, laisse là les fraises et s'éloigne promptement. La couleuvre se jette à sa poursuite, mais la mère de Dieu, vous pouvez le penser, a plus d'un tour; elle se cache derrière un noisetier et y reste immobile jusqu'à ce que la couleuvre soit à nouveau tapie. Alors elle cueille les fraises et tout en prenant le chemin du retour, elle dit : « De même que le noisetier a été un jour mon protecteur, de même il le sera dans l'avenir pour d'autres hommes. » C'est pourquoi, depuis les temps les plus anciens, un rameau de coudrier vert est la protection la plus sûre contre les couleuvres, les serpents, et tout ce qui rampe par terre.

LA MORT ET LE GARDEUR D'OIES

Au bord d'une grande eau impétueuse allait un pauvre pâtre gardant un troupeau d'oies blanches. La mort, ayant franchi l'eau, vint à lui, et le pâtre lui demanda d'où elle venait et ce qu'elle voulait en ces lieux. La mort répondit qu'elle sortait de l'eau et voulait sortir du monde. Le pauvre gardeur d'oies demanda ensuite comment on pouvait sortir du monde. La mort dit qu'en passant l'eau on entrait dans le nouveau monde qui était situé au-delà. Le pâtre dit qu'il était las de cette vie et pria la mort de le prendre avec elle. La mort dit qu'il n'était pas encore temps, qu'elle avait d'abord d'autre chose à faire. Or il y avait non loin de là un avare qui jour et nuit sur sa couche méditait comment il pourrait accumuler davantage d'argent et de biens ; la mort l'amena au bord de la grande eau et l'y jeta. Mais comme il ne savait pas nager, il a coulé à pic avant d'avoir atteint la rive. Ses chiens et chats qui l'avaient suivi se sont aussi noyés avec lui. Quelques jours après, la mort vint aussi chercher le gardeur d'oies, le trouva qui chantait gaiement et lui dit : « Maintenant veux-tu venir ? » Il fut d'accord et avec ses oies blanches il parvint heureusement sur l'autre bord, mais toutes avaient été transformées en blancs moutons. Le gardeur d'oies considéra la belle contrée et apprit que les bergers de ces lieux devenaient rois et, tandis qu'il s'orientait, vinrent à lui les archipâtres Abraham, Isaac et Jacob qui lui mirent une couronne royale sur la tête et le menèrent au château des pâtres, où il doit se trouver encore.

LA PETITE VIEILLE

Il était dans une grande ville une petite vieille qui le soir était seule dans sa chambrette ; elle repensait comment elle avait perdu d'abord son mari puis ses deux enfants et peu à peu toute sa parenté et enfin ce jour même son dernier ami et se trouvait désormais seule et abandonnée. Alors elle fut triste au plus profond du cœur, et lourde surtout lui était la perte des deux fils dont, dans sa douleur, elle accusait Dieu. Ainsi elle était assise immobile et plongée dans ses pensées quand soudain elle entendit sonner pour la messe du matin. Elle s'étonna d'avoir ainsi veillé toute la nuit dans le deuil, alluma sa lumière et se rendit à l'église. À son arrivée elle était déjà éclairée mais non, comme d'habitude, par des bougies, mais par une lumière de demi-jour. Elle était déjà pleine de monde et toutes les places occupées, et quand la petite vieille vint à sa place habituelle, elle n'était plus libre, le banc était comble. Et en regardant les gens, ce n'étaient que des parents défunts qui étaient assis là dans leurs habits à l'ancienne mode, mais leurs visages étaient pâles. Ils ne parlaient non plus, mais une légère rumeur circulait dans l'église. Alors une vieille parente se leva, s'avança et dit à la petite vieille : « Regarde là-bas l'autel, tu verras tes fils. » La vieille regarda et vit ses deux enfants, l'un pendu au gibet, l'autre sur la roue. Alors la vieille parente parla : « Vois-tu, c'eût été leur sort s'ils étaient restés en vie et si Dieu ne les avait pas pris vers lui quand ils étaient des enfants innocents. » La vieille rentra chez elle tremblante et remercia Dieu à genoux d'avoir mieux fait pour elle qu'elle ne l'avait compris; et le troisième jour elle se coucha et mourut.

BARBE-BLEUE

Dans une forêt vivait un homme qui avait trois fils et une belle fille. Un jour, vint un carrosse doré à six chevaux avec une foule de serviteurs; il s'arrêta devant la maison et un roi en descendit qui pria l'homme de lui donner sa fille pour épouse. L'homme se réjouit qu'un tel bonheur survînt à sa fille et dit aussitôt oui; d'ailleurs, il n'y avait rien à reprocher au prétendant si ce n'est qu'il avait une barbe toute bleue si bien qu'on avait un petit sursaut chaque fois qu'on le regardait. La jeune fille au début en eut peur et se refusait à l'épouser, mais sur l'insistance de son père elle finit par y consentir. Pourtant, comme elle sentait une sorte d'angoisse, elle alla d'abord trouver ses trois frères, les aborda seule et dit : « Chers frères, si vous m'entendez crier, où que vous soyez, laissez tout là et venez à mon secours. » Les frères le lui promirent et l'embrassèrent. « Adieu, chère sœur, si nous entendons ta voix, nous sauterons sur nos chevaux et serons bientôt près de toi. » Là-dessus, elle prit place dans le carrosse auprès de Barbe-Bleue et partit avec lui. Quand elle arriva dans son château, tout était luxueux, et quoi que désirât la reine, c'était fait, et ils auraient été fort heureux si elle avait pu s'habituer à la barbe bleue du roi, mais toujours, quand elle la voyait, elle en éprouvait un effroi intérieur. Après que cela eut duré quelque temps, il dit : « Je dois faire un grand voyage ; voici les clés de tout le château, tu peux ouvrir partout et tout regarder, sauf le cabinet auquel va cette petite clé d'or ; il t'est par moi interdit ; si tu l'ouvres, ta vie est échue. » Elle prit la clé, promit de lui obéir et, quand il fut parti, elle ouvrit successivement toutes les portes et vit tant de richesses et de magnificences qu'elle pensa qu'on les avait tirées et rassemblées du monde entier. Il ne restait plus que le cabinet interdit ; la clé était d'or, elle s'imagina donc fermement que les biens les plus précieux y étaient enclos ; la curiosité se mit à la tracasser, finalement elle fut si forte qu'elle prit la clé et alla au cabinet. « Qui verra si je l'ouvre, se dit-elle, je ne ferai que jeter un regard à l'intérieur. » Alors elle ouvrit la porte et quand la porte s'ouvrit, un flot de sang coula à sa rencontre et aux parois d'alentour elle vit suspendues des femmes mortes et de quelques-unes il ne restait que le squelette. Elle eut un sursaut d'effroi si violent qu'elle referma aussitôt la porte mais du coup la clé tomba dans le sang. Vite, elle la ramassa, voulant essuyer le sang, mais ce fut en vain ; quand elle avait essuyé d'un côté, il reparaissait de l'autre ; elle s'y appliqua toute la journée et tenta tout, mais cela ne servait à rien ; les taches de sang ne pouvaient être effacées ; enfin, le soir, elle mit la clé dans le foin qui, pendant la nuit, devait retirer le sang. Le lendemain, Barbe-Bleue revint et commença par lui réclamer les clés; le cœur battant, elle apporta les autres dans l'espoir qu'il ne s'apercevrait pas que la clé d'or manquait. Mais il les compta toutes et, comme il avait fini, il dit : « Où est la clé du cabinet secret ? » Ce disant, il la regardait en face. Elle devint rouge sang et répondit : « Elle est là-haut, je l'ai égarée, je la chercherai demain. — Vas-y plutôt à l'instant, chère femme, j'en aurai encore besoin aujourd'hui. — Ah ! Je dois seulement te dire que je l'ai perdue dans le foin; il faudra d'abord chercher. — Tu ne l'as pas perdue, dit Barbe-Bleue en colère, tu l'y as mise afin d'en ôter les taches de sang, car tu as passé outre à mon interdiction et tu as été dans le cabinet; mais maintenant tu dois y entrer que tu le veuilles ou non. » Alors elle dut aller chercher la clé qui était encore toute tachée de sang. « Eh bien prépare-toi à la mort, tu dois mourir ce jour même », dit Barbe-Bleue; il alla chercher son grand couteau et la conduisit sur le parvis de la maison. « Laisse-moi du moins faire ma prière avant ma mort, dit-elle. — Soit, va, mais hâte-toi, car je n'ai pas le temps d'attendre. » Alors elle grimpa l'escalier et cria tant qu'elle pouvait par la fenêtre : « Frères, mes chers frères, venez à mon secours ! » Les frères étaient au bois et buvaient d'un vin frais quand le plus jeune dit : « Il me semble avoir entendu la voix de notre sœur; debout ! Il faut courir à son aide ! » Alors ils enfourchèrent leurs chevaux et s'élancèrent comme un vent de tempête. Mais leur sœur, dans sa frayeur, était à genoux; alors d'en bas, Barbe-Bleue cria: « Eh bien, as-tu bientôt fini? » En même temps, elle entendit qu'il aiguisait son couteau sur la marche du bas de l'escalier; elle regarda par la fenêtre mais elle ne vit rien au loin qu'un nuage de poussière, comme si arrivait un troupeau. Alors elle cria encore une fois: « Frères, mes chers frères, venez à mon secours! » Et sa frayeur allait croissant. Mais Barbe-Bleue criait: « Si tu ne viens pas bientôt, je vais te chercher, mon couteau est aiguisé! » Alors elle regarda de nouveau par la fenêtre et vit ses trois frères chevaucher à travers champs, on eût dit des oiseaux en vol, alors elle cria pour la troisième fois dans son extrême détresse et de toutes ses forces: « Frères, mes chers frères! Venez à mon aide! » Et le plus jeune était déjà si proche qu'elle entendit sa voix: « Console-toi, chère sœur, encore un instant, nous sommes avec toi! » Mais Barbe-Bleue cria: « Assez de patenôtres! Je ne veux pas attendre plus longtemps; si tu ne viens pas, je vais te chercher! — Ah! Laisse-moi prier pour mes trois chers frères. » Mais il n'entendit pas, il monta l'escalier et la traîna en bas, et il venait de la prendre par les cheveux et voulait lui plonger le couteau dans le cœur quand les trois frères frappèrent à la porte, se ruèrent à l'intérieur et la lui ôtèrent des mains; ensuite ils tirèrent leurs sabres et l'abattirent. Alors il fut pendu dans le cabinet sanglant à côté des autres femmes qu'il avait tuées; mais les frères emmenèrent leur sœur bien-aimée à la maison, et toutes les richesses de Barbe-Bleue devinrent siennes.

LA PRINCESSE PEAU-DE-SOURIS

Un roi avait trois filles ; or il voulut savoir laquelle l'aimait le plus, les fit venir devant lui et les questionna. L'aînée dit qu'elle l'aimait plus que tout le royaume ; la cadette plus que toutes pierreries et perles du monde ; mais la troisième dit qu'elle l'aimait mieux que le sel. Le roi fut stupéfait qu'elle comparât à chose si mince l'amour qu'elle lui portait, la livra à un valet et commanda qu'il la menât dans la forêt et la tuât. Quand ils furent arrivés dans la forêt, la princesse pria le valet de lui laisser la vie ; celui-ci lui fut dévoué et ne l'aurait pas tuée ; il dit encore qu'il voulait aller avec elle et faire tout selon ses commandements. Mais la princesse ne demanda rien d'autre qu'une robe en peau de souris et, quand il la lui eut apportée, elle s'y enroula et partit. Elle se rendit droit à la cour d'un roi voisin, se fit passer pour un homme et pria le roi de la prendre à son service. Le roi accepta, et elle devait le servir en personne. Le soir, elle devait lui ôter ses bottes que chaque fois il lui lançait à la tête. Un jour il lui demanda d'où elle était. « Du pays où l'on ne jette pas ses bottes à la tête des gens. » Le roi fut intrigué, enfin les autres serviteurs lui apportèrent une bague ; Peau-de-Souris l'avait perdue, elle était trop précieuse, elle devait l'avoir volée. Le roi fit comparaître devant lui Peau-de-Souris et demanda d'où venait la bague. Alors Peau-de-Souris ne put se cacher davantage ; elle se débarrassa de la peau de souris, ses cheveux d'or se répandirent, elle apparut si belle, si belle que le roi prit aussitôt la couronne de sa tête et la lui mit, la déclarant son épouse.

Le père de la Peau-de-Souris fut aussi invité à la noce ; il avait cru sa fille morte depuis longtemps et ne la reconnut pas. Mais sur la table où étaient tous les mets présentés, rien n'était salé ; alors il bougonna et dit : « J'aimerais mieux ne pas vivre que de manger pareil aliment. » Quand il eut dit ces mots, la reine lui dit : « À présent vous ne voulez pas vivre sans sel, et pourtant une fois vous avez voulu me faire tuer parce que je disais vous aimer mieux que le sel ! » Alors il reconnut sa fille et l'embrassa et lui demanda pardon et, pour lui, qu'il l'eut retrouvée valait mieux que son royaume et toutes les pierreries du monde.

LA POIRE NE VEUT PAS TOMBER

Le maître veut faire tomber la poire,
La poire ne veut pas tomber :
Le maître envoie le Jockli,
Il doit secouer l'arbre :
Le Jockli ne secoue pas l'arbre,
La poire ne veut pas tomber.

Alors le maître envoie le chien,
Il doit mordre le Jockli ;
Le chien ne mord pas le Jockli,
Le Jockli ne secoue pas l'arbre,
La poire ne veut pas tomber.

Alors le maître envoie le bâton,
Il doit frapper le chien,
Le bâton ne frappe pas le chien...

[Et ainsi de suite, la strophe s'enfle petit à petit,
Ligne par ligne jusqu'à l'avant-dernière :]

Alors le maître envoie le boucher,
Il doit tuer le veau;
Le boucher ne tue pas le veau,
Le veau ne lape pas l'eau,
L'eau n'éteint pas le feu,
Le feu ne brûle pas le bâton,
Le bâton ne frappe pas le chien,
Le chien ne mord pas le Jockli,
Le Jockli ne secoue pas l'arbre,
La poire ne veut pas tomber.

[Tout s'arrange à la dernière strophe, car :]

Le maître envoie le bourreau
Il doit pendre le boucher :
Le bourreau veut pendre le boucher,
Le boucher veut tuer le veau,
. . . .
Le Jockli veut secouer l'arbre,
La poire veut bien tomber.

FLEUR-DE-NEIGE *(fragment)*

Une jeune fille de roi s'appelait Fleur-de-Neige parce qu'elle était blanche comme la neige et née en hiver. Un jour, sa mère étant tombée malade, elle alla en forêt où elle voulait cueillir des herbes de santé; or, comme elle passait près d'un grand arbre, un essaim d'abeilles en sortit qui recouvrirent son corps de la tête aux pieds. Mais elles ne la piquèrent pas et ne lui firent pas de mal, mais apportèrent du miel sur ses lèvres, et tout son corps brilla d'une grande beauté.

DU PRINCE JEAN *(fragment)*

De son désir et de sa mélancolie, de son vol avec l'apparition du château rouge, des nombreuses épreuves émouvantes jusqu'à ce que lui fût permis le spectacle unique de la belle Princesse du Soleil.

LE BON CHIFFON *(fragment)*

Deux couturières n'avaient rien hérité qu'un bon vieux chiffon qui changeait en or tout ce qu'on y enveloppait; elles en avaient leur suffisance et ne cousaient plus que pour un peu de gain. L'une des sœurs était très sage, l'autre très sotte. Un jour que l'aînée était allée à l'église, vint sur la route un Juif qui criait: « Beaux chiffons neufs à vendre, ou à échanger pour des vieux; rien à vendre? » Quand la sotte entendit cela, elle courut échanger son vieux chiffon contre un neuf; c'était justement ce que voulait le Juif, car il connaissait la vertu du vieux. Quand l'aînée rentra, elle dit: « Les travaux de couture marchent mal; il me faut un peu d'argent, où est notre chiffon? — Tant mieux, dit la sotte, pendant que tu n'étais pas là, j'en ai eu un neuf à la place du vieux. »

(Ensuite le Juif devient un chien, les deux filles des poules, les poules enfin des hommes qui tuent le chien à coups de trique...)

LES CORNEILLES

Un honnête soldat avait gagné et épargné un peu d'argent parce qu'il était sérieux et ne le dilapidait pas comme les autres dans les auberges. Or il avait deux camarades qui à vrai dire avaient le cœur faux et voulaient lui voler son argent; mais extérieurement ils se montraient tout à fait amicaux. À un certain moment, il lui dirent : « Écoute, pourquoi rester cette nuit en ville, on y est enfermés comme des prisonniers, surtout un gars comme toi qui pourrait s'il était chez lui bien gagner sa vie et vivre à l'aise. » Par ces propos ils le travaillèrent si longtemps qu'enfin il consentit à déserter avec eux; mais les deux autres n'avaient qu'une idée, c'était, une fois hors les murs, de lui prendre son argent. Comme ils avaient fait un bout de chemin, les deux dirent : « Il faut prendre ici à droite si nous voulons atteindre la frontière. — Non, répondit-il, ça ramène tout droit à la ville; il faut prendre à gauche. — Quoi ? Tu veux ramener ta science ? » s'écrièrent les deux, ils se jetèrent sur lui, le frappèrent tant qu'il tomba, lui prirent son argent des poches; mais ce n'était pas assez; ils lui crevèrent les yeux, le traînèrent à la potence et l'y attachèrent. Puis ils le laissèrent et rentrèrent en ville avec l'argent volé.

Le pauvre aveugle ne savait pas en quel triste lieu il se trouvait, il tâtonna autour de lui et trouva qu'il était sous une poutre de bois. Il crut que c'était une croix et dit : « C'est pourtant un bon geste de leur part de m'avoir au moins attaché sous une croix, Dieu est avec moi », et il se mit à prier Dieu comme il faut. Comme la nuit allait tomber, il entendit un battement d'ailes; mais c'étaient trois corneilles qui se posèrent sur la poutre. Ensuite il entendit l'une qui disait : « Sœur, qu'apportes-tu de bon? Oui, si les hommes savaient ce que nous savons! La fille du roi est malade, et le vieux roi l'a promise à celui qui la guérira; mais personne ne le peut car elle guérira seulement si le crapaud de cet étang-là est réduit en cendre et si elle boit la cendre avec de l'eau. » La deuxième dit : « Oui, si les hommes savaient ce que nous savons! Cette nuit tombera du ciel une rosée si merveilleuse et si salutaire que si l'on est aveugle et qu'on en frotte ses yeux on recouvre la vue. » Alors la troisième parla aussi : « Oui, si les hommes savaient ce que nous savons! Le crapaud ne servira qu'à un seul homme et la rosée en secourra peu; mais dans la ville il y a grand besoin, car tous les puits sont à sec et personne ne sait qu'il faut ôter la grande pierre carrée qui est sur le marché et qu'en creusant dessous il jaillira l'eau la meilleure. » Quand les trois corneilles eurent dit cela, il entendit à nouveau un battement d'ailes, et elles s'envolèrent.

Il se libéra progressivement de ses liens, ensuite il se pencha et, cueillant quelques brins d'herbe, il se frotta les yeux avec la rosée qui s'y était déposée. Aussitôt il fut à nouveau voyant; la lune et les étoiles étaient au ciel; il vit qu'il était à côté de la potence; il ramassa des tessons de poterie et recueillit de la précieuse rosée tant qu'il put et, quand cela fut fait, il alla à l'étang, fouilla l'eau, attrapa le crapaud et le réduisit en cendre. Avec cette cendre il alla à la cour du roi et en fit prendre à la fille du roi et, quand elle fut guérie, il la demanda, comme il était promis, en mariage. Cela ne plut pas au roi parce qu'il avait de si méchants habits et il dit que, si l'on voulait avoir sa fille, il fallait d'abord fournir d'eau la ville; il espérait ainsi s'en débarrasser. Mais il alla, ordonna aux gens d'ôter la grande pierre carrée qui était sur le marché et de creuser dessous pour chercher l'eau. À peine avaient-ils commencé à creuser qu'un puissant jet d'eau jaillit. Le roi ne put lui refuser sa fille plus longtemps, et il fut marié avec elle, et ils vécurent une heureuse union.

Un jour qu'il se promenait à travers champs, il rencontra ses deux anciens camarades qui avaient agi si traîtreusement à son égard. Ils ne le reconnurent pas, mais lui les reconnut aussitôt, alla les trouver et dit : « Voyez, c'est votre ancien camarade à qui vous avez si honteusement crevé les yeux, mais le bon Dieu m'a tourné la chose en fortune. » Alors ils tombèrent à ses pieds et demandèrent grâce et, parce qu'il avait bon cœur, il eut pitié d'eux et les prit avec lui, leur donnant aussi aliments et habits. Il leur raconta ensuite ce qui lui était arrivé et comment tant d'honneurs lui étaient échus. Quand les deux apprirent cela, ils n'eurent de repos et voulurent une nuit s'asseoir sous la potence, histoire de voir s'ils entendraient bon message. Comme ils étaient sous la potence, il y eut un battement d'ailes au-dessus de leurs têtes, et vinrent les trois corneilles. L'une dit à l'autre : « Écoute, sœur, quelqu'un nous a sûrement épiées, car la fille du roi est guérie, le crapaud n'est plus dans l'étang, un aveugle est devenu voyant, et en ville ils ont creusé un nouveau puits; allons chercher l'espion et le punir. » Alors elles descendirent plus bas et trouvèrent les deux hommes et, avant qu'ils n'aient pu s'en défendre, les corneilles étaient sur leurs têtes et leur hachaient les yeux et hachèrent si longtemps leurs faces qu'il ne fussent morts. Alors leurs cadavres restèrent sous la potence. Quand au bout de quelques jours ils ne revinrent pas, leur ancien camarade pensa : « Ils se seront tous deux égarés » et il partit les chercher. Mais il ne trouva plus que leurs os qu'il emporta de sous la potence et a mit dans une tombe.

LA SAINTE DAME SOUCI

Il était une fois une demoiselle pieuse qui promit à Dieu de ne se marier point, et elle était d'une merveilleuse beauté si bien que son père ne put y consentir et voulut la contraindre au mariage. Dans ce besoin, elle implora Dieu de lui laisser pousser une barbe, ce qui eut lieu aussitôt; mais le roi courroucé la fit crucifier et ainsi elle devint une sainte.

Or il arriva qu'un très pauvre jongleur vint à l'église où était son image, s'agenouilla devant; alors la sainte se réjouit que celui-là fût le premier à reconnaître son innocence et l'image qui portait des pantoufles dorées en laissa tomber une afin qu'en profitât le pèlerin. Il s'inclina plein de gratitude et prit le cadeau.

Mais à peu de là, on constata que manquait la pantoufle d'or et de questionner partout tant qu'enfin on la retrouva sur le pauvre violoneux; il fut condamné comme malin voleur et mené pendre. Mais en route le cortège passa devant la maison de Dieu où était la statue; le jongleur demanda de pouvoir y entrer et prendre congé en musique en guise de dernier adieu et plaindre à sa bienfaitrice le besoin de son cœur. Cela lui fut permis. Mais à peine avait-il donné un coup d'archet que la statue laissa tomber aussi l'autre pantoufle, montrant ainsi qu'il était innocent du larcin. Alors le violoneux fut libéré des fers et des chaînes; il s'en alla gaiement sur sa route; mais la sainte demoiselle fut appelée Souci.

LA MALCHANCE

Celui que la malchance visite peut se cacher dans un coin ou un autre ou bien fuir en rase campagne, elle sait le retrouver quand même. Il était une fois un homme devenu si pauvre qu'il n'avait plus une bûche de bois pour entretenir le feu de son foyer. Alors il alla dans la forêt et voulut abattre un arbre, mais ils étaient tous trop grands et forts, il s'enfonça toujours plus avant jusqu'à en trouver un dont il pensait venir à bout. Mais à peine avait-il levé la hache qu'il vit une harde de loups déboucher des fourrés et venir sur lui en hurlant. Il jeta la hache, s'enfuit et atteignit un pont. Mais l'eau profonde avait miné le pont et à l'instant où il allait y poser le pied, le pont s'effondra. Que devait-il faire ? S'il restait sur place et attendait les loups, ils le mettraient en pièces. Dans ce besoin il osa sauter dans l'eau, mais comme il ne savait pas nager, il coula. Quelques pêcheurs placés sur l'autre rive virent l'homme tomber à l'eau, vinrent à la nage et l'amenèrent au sol. Ils l'appuyèrent à un vieux mur afin qu'il se réchauffât au soleil et reprît des forces. Mais quand il s'éveilla de sa pâmoison et voulut remercier les pêcheurs et leur raconter son destin, la muraille s'écroula sur lui et le tua.

POSTFACE

Nous l'avons trop bien ressenti, il était malaisé, après Marthe Robert qui a procuré un premier volume des Contes *de Grimm, de préfacer valablement un deuxième volume; non moins malaisé, après Vladimir Propp et sa* Morphologie du conte *(1928), de traiter comme il fallait la question du conte en général. En conséquence, nous renvoyons le lecteur à l'édition française de Propp (1970)* [1] *et quant aux frères Grimm, à la postface de Marthe Robert* [2] *ainsi qu'à la chronologie (p. 271) de ce volume.*

La source de notre travail a été la publication allemande de Heinz Rölleke (édition Reclam, 3 vol., Stuttgart, 1980, réédition de 1991). Tout y est, et le germaniste le plus exigeant y trouvera sa pâture. Chaque texte est présenté dans la version définitive établie par les auteurs eux-mêmes. Les Contes *proprement dits y sont*

1. Vladimir Propp, *Morphologie du conte* [1928], trad. du russe par Claude Ligny, coll. Bibliothèque des Sciences humaines, Gallimard, 1970.

2. Grimm, *Contes*, édition de Marthe Robert, Gallimard, Folio classique, 1976.

au nombre de deux cents. Il s'y ajoute dix Légendes enfantines, *vingt-huit textes en* Appendice *et six* Fragments *: les textes que nous avons choisi de produire sont donnés dans l'ordre de l'édition Reclam. Le volume III de l'édition Reclam-Universal reproduit les notes originales des frères Grimm (version de 1856), source incomparable de renseignements. S'y ajoutent des précisions concernant le texte même, un indice des abréviations, les références des dates de publication, les dates de parution des versions premières, corrigées et définitives, la liste des informateurs utilisés, tant personnels que livresques, une bibliographie : travail exemplaire de Heinz Rölleke dans la pure tradition de l'érudition allemande.*

Le titre original, dès 1812, Kinder-und Hausmärchen, *est à peu près intraduisible. Les Grimm eux-mêmes répugnaient à ne voir dans leur recueil qu'une littérature « pour enfants » ; leur rigorisme protestant s'y opposait. Mais l'éditeur Reimer tenait à prendre position sur un marché où la nation allemande revenait en force après l'avoir ignoré : les livres pour enfants et notamment les contes (de fées, de nourrices, de grand'mères). Ces* Contes pour enfants et Contes domestiques *sont restés* Contes de Grimm, *les deux frères Jacob (1785-1863) et Wilhelm (1786-1859) étant confondus.*

La notion de conte, *si elle englobe Charles Perrault (1628-1703) et Mme d'Aulnoy (1650-1705), inclut le nom de Grimm. Il s'agit d'un genre de récit lié à l'Europe, au* XVIII*e siècle, voire au* XIX*e, ou encore au tout début du* XX*e. C'est un certain type de récit — fortement imaginaire*

— présenté oralement à un certain auditoire. Soit, en Allemagne, la Stube *(chambre à feu) paysanne ancienne avec son poêle en catelles, qu'éclaire une bougie, ou même un rameau de genévrier tenu dans une pince qui brûle comme une mèche et qu'on remplace quand il est bientôt consumé. Détail important : la maîtresse de maison, la* Bäuerin, *en allemand, est présente : il en résulte un certain maintien dans le ton des récits et des propos.*

Mais le conte est aussi un genre universel. Il faudrait ici une enquête analogue à celle que Claude Lévi-Strauss consacra à la Prohibition de l'inceste *ou à celle qu'un autre chercheur inspiré appliquerait au sport, au tatouage ou au jeu de dés, examinés à l'échelle mondiale. C'est un tableau que nous ne tenterons même pas d'esquisser.*

Il était, en conclusion de ce recueil sur lequel il a travaillé cinquante ans, indiqué de donner la parole à Wilhelm Grimm. Il a signé seul, le 16 janvier 1856, la synthèse d'un demi-siècle de recherches, sous le titre discret de Literatur *; c'est un panorama bibliographique. Il énumère les sources auxquelles le recueil a puisé. Citons dans l'ordre :* Tredici Piacevoli Notti (Treize nuits plaisantes) *de Straparole (Venise, 1550-1553). On y trouve parmi 74 récits, 21 contes;* Il Pentamerone *de Giambattista Basile (Naples, 1634-1636);* Gesta romanorum, *compilation de « bonnes histoires » en latin, datable du XIVᵉ siècle, éditée à Dresde et Leipzig en 1842; Charles Perrault; Mme d'Aulnoy; une nuée d'imitateurs français, anglais, allemands; d'autres espagnols, anglais, écossais, irlandais, danois, suédois, allemands*

(26 titres, de 1764 à 1822), slaves, hongrois, grecs, orientaux; suit une bibliographie 1822-1854 où les Anglais, orientalistes et africanistes par nécessité, prédominent, mais qui s'achève sur les « Saxons » de Transylvanie; suit un long exposé des fables d'animaux.

Nous nous attarderons un peu sur les sources françaises : Perrault et Mme d'Aulnoy; en effet, il est aisé d'y recourir, et il est juste de les replacer parmi les ancêtres des Grimm, leurs descendants plus heureux.

Pour bien situer les Grimm, il faut lire leurs prédécesseurs français. D'ailleurs, eux-mêmes, honnêtement, nous y invitent en citant leurs sources.

Comme pour d'autres genres littéraires, l'initiative en effet part d'Italie et — on y songe moins souvent — d'Espagne. La renaissance des lettres touche ensuite la France, et c'est l'exemple français qui, au temps du second romantisme allemand, celui de Heidelberg, a stimulé les énergies nationales allemandes. Issue des presbytères pastoraux, la littérature allemande accordait jusqu'alors peu de poids au « peuple » et à sa littérature. Le syncrétisme sentimental des romantiques intégra le Volk *à la république des lettres et à la philosophie.*

*Scarron (*Roman comique, *1651, Folio classique, 1*[re] *partie, p. 60) fait allusion au conte de* Peau d'Âne. *Perrault, protagoniste de la querelle des Anciens et des Modernes, publie en 1697 huit textes sous le titre de* Contes de ma mère l'Oye; *ce sont désormais des classiques cent fois réédités, imités et plagiés :* Les Fées, La Belle au bois dormant, Barbe-Bleue, Le Petit Chaperon rouge, Le Chat botté, Cendrillon, Riquet à la houppe, Le Petit Poucet; *suivent les* Histoires ou Contes du temps passé *où s'ajoutent trois titres :* Peau d'Âne, L'Adroite Princesse, Les Souhaits ridicules.

Grimm constate la fraîcheur du ton, y discerne une garantie d'authenticité, et lave Perrault du soupçon d'avoir exploité les Mille et Une Nuits *traduites par Antoine Galland et parues de 1704 à 1715; car Perrault était mort en 1703.*

Mme d'Aulnoy (1650-1705) exploite le folklore de la Normandie. C'était une « moderne » qui, précédemment, avait déjà fixé l'image littéraire de l'Espagne : sombreros, mantilles, etc. Grimm impute l'insuccès relatif de la comtesse au fait qu'elle pensa écrire pour les enfants des « classes supérieures » et non pour le commun peuple des campagnes. Vingt-quatre titres sont cités : Gracieuse et Percinet, La Belle aux cheveux d'or, L'Oiseau bleu, Le Prince lutin, Printanière, Rosette, Le Rameau d'or, L'Oranger et l'Abeille, La Bonne Petite Souris, Le Mouton, Finette Cendron, Fortunée, Babiole, Le Nain jaune, Le Serpent vert, Carpillon, La Grenouille bienfaisante, La Biche au bois. La Chatte blanche, Belle-Belle ou le Chevalier fortuné, Le Pigeon et la Colombe, La Princesse Belle-Étoile, Le Prince Marcassin, Le Dauphin.

L'auteur a enrichi son fonds normand par des emprunts divers, notamment à Straparole, et par ses propres inventions!

Le genre étant admis, les publications de contes français suivirent en avalanche; les auteurs en étaient souvent des femmes que le genre anodin du conte ne « compromettait » pas. Un rôle analogue fut tenu en Allemagne par les égéries du romantisme : Bettina von Arnim, née Brentano, Caroline Schlegel, Karoline von Günderode, Adèle Schopenhauer.

Mais surtout la recherche récente (Rölleke, t. III, p. 599-601) a montré que les informatrices des Grimm étaient plus ou moins d'origine française... *La préface de l'édition de 1815 présente l'informatrice Dorothea Viehmann, de Kassel, en ces termes : « paysanne authentiquement hessoise, ayant de peu dépassé cinquante ans » ; elle conte « paisiblement, avec sûreté et de façon très vivante ». La « Viehmannin », en fait, était née Pierson, d'une famille de huguenots français, et femme d'un maître tailleur, et c'est la famille du pasteur français de Kassel qui la recommanda aux Grimm.*

La famille Hassenpflug leur était apparentée par mariage : lors de réunions amicales « à côté de la pharmacie Wild », les Grimm recueillirent des textes qu'ils donnèrent comme étant « de la région du Main, de Hanau, de Hesse ». Les demoiselles Hassenpflug descendaient elles-mêmes d'autres huguenots français. On parlait français chez les Hassenpflug ; et même Friderike Mannel, autre informatrice, avait une excellente connaissance du français.

Une question reste ouverte : s'agit-il réellement de folklore ? En fait, les Grimm ont procédé en glaneurs hâtifs pour sauver un patrimoine d'origine incertaine mais qu'ils savaient menacé « par les grondements de l'industrie » ; nécessité a fait loi.

L'édition Reclam (t. III, p. 559) énumère les sources des Grimm. Beaucoup certes sont livresques, mais un grand nombre sont hessoises ; les amis des Grimm ont mis la main à l'ouvrage ; la part des femmes est prépondérante dans ce milieu postromantique cultivé. En voici un aperçu :

ACHIM VON ARNIM (1781-1831)	9
FAMILLE HASSENPFLUG	17
FAMILLE VON HAXTHAUSEN	76
HESSE	25
FERDINAND SIEBERT (1791-1847)	14
DOROTHEA VIEHMANN (1755-1815)	37
FAMILLE WILD	37

Sur un total de 249 références, 122 impliquent expressément des femmes vivantes. Leur présence peut être présumée ailleurs. Voici pour les éléments. Quelle en fut la synthèse ? Leur théorie a deux pôles ; le premier est « indo-européen », le second « anthropologique ».

*Les Grimm, impressionnés par l'essor de la linguistique comparative, essor auquel ils ont largement contribué, supposent l'existence d'un peuple (*Volk*) originaire, les « Indo-Germains ». D'autre part, ils s'étonnent de noter des ressemblances entre tel conte européen et tel autre du Bornou. Ils invoquent alors les* universaux *communs à tout être humain du fait de son existence même. Ainsi Wilhelm Grimm, le 16 septembre 1856 (t. III, p. 405-412) dont voici quelques extraits :*

Il existe des situations qui sont si simples et naturelles qu'elles se retrouvent partout, de même qu'il existe des pensées qui se présentent d'elles-mêmes; c'est pourquoi, dans des pays les plus différents, purent se produire les mêmes contes ou du moins de fort analogues (...) Je vais donner quelques exemples :

Rien n'est plus naturel que de lier à l'accomplissement d'une prière l'exécution de tâches difficiles; mais si les tâches sont les plus étranges du monde, comme dans *L'habile Fille du Paysan*, et qu'elles coïncident, ce ne peut être un hasard. Que, dans des cas difficiles, on invoque un arbitre va presque de soi, mais qu'en tous lieux ce soient justement trois personnages qui s'opposent, à savoir des êtres dotés de forces supérieures, qu'il s'agisse d'un héritage à partager, et que celui-ci consiste en trois objets merveilleux, qu'enfin l'homme invoqué comme arbitre en dépouille par ruse les propriétaires (l'homme doit mettre à profit une occasion qui se présente rarement quand il veut arracher aux nains et lutins les trésors qu'ils détiennent), cela suppose une étroite coïncidence de la tradition. Le facteur commun ressemble à un puits dont on ignore la profondeur, mais où chacun puise selon son besoin.

Je ne nie pas l'éventualité, en des cas isolés, la vraisemblance du passage d'un peuple à un autre, d'un conte qui alors s'enracine en sol étranger...

Ensuite, sous l'empire d'une nostalgie romantique, l'auteur déplore qu'un certain paradis soit menacé. Puis il énumère les figures typiques : les trois frères *dont le troisième est le plus malin, les* géants *lourds et frustes, le* jeune sot (Dümmling) *qui réussit, le* fanfaron menteur, *le* maître voleur, *le* bouffon (Bruderlustig) — *précisément les types aberrants qui par leur existence même réfutent apparemment sa notion d'ordre traditionnel — à moins que leur existence mythique, en marge, précisément ne le confirme en le contestant. Et le fait que Grimm ne cite ici que des figures* masculines *quand les contes sont pleins de* femmes *et que ses sources sont* féminines *prouve l'incertitude et l'étrangeté de sa position, sans parler des animaux si nombreux qu'on pourrait en tirer une collection complète. Je rappelle que les contes d'animaux sont attribués, pour leur origine, ni plus ni moins, au paléolithique.*

Les contes — « Grimm » ne l'a pas vu — étaient une revanche symbolique des femmes contre un ordre masculin « assuré et traditionnel », extérieur à la maison. C'est ce que montre un tableau d'ensemble.

Sommairement synthétisé, le conte de Grimm présente un cliché traditionnel : *un milieu, un « personnel », des mœurs, susceptibles d'une approche psychosociologique au moins schématique.*

Le milieu, *c'est le village* (Dorf) *composé de maisons* (Haus) *et, sur la périphérie, de cabanes* (Hütte). *L'habitant d'une* Hütte *était un* Hüttler. *Autour du village, la campagne* (Feld), *les pâtures sèches* (Weiden), *généralement communales, la forêt* (Wald), *les pâtures humides* (Wiesen). *De-ci, de-là, en forêt, une loge de bûcheron, une chapelle. Ce décor est celui de l'Allemagne moyenne, celle des collines. Chaque village a son ruisseau, donc son moulin à* eau. Le personnel *comporte une figure centrale, le laboureur* (Bauer), *condition commune; et des artisans plus huppés : meunier* (Müller), *tailleurs d'habit* (Schneider), *cordonnier* (Schuster), *charpentier* (Zimmermann). *Le boucher* (Metzger) *est exceptionnel : on vivait surtout de petit bétail.* La femme *est soit* Bäuerin *(féminin de* Bauer*), soit servante (*Magd *: « fille »). Elle tient le ménage, file, tisse, coud. Son seul horizon est le mariage. Les vieilles femmes sont soit sorcières, soit de bon conseil. Les jeunes gens* (Burschen) *se placent comme apprentis, comme valets de ferme, et voyagent. Ce tableau comporte des manques : le village semble n'avoir ni gentilhommière* (Rittersitz) *ni église* (Gotteshaus, Kirche) ; *y manquent le noble et le prêtre — sauf infimes exceptions (voir par exemple* Le Vieux Hildebrand, *p. 69). Le Juif — souvent colporteur — y paraît parfois. Les fées sont quasi absentes. La censure protestante — par un lapsus typique — rejette les fées mais garde les sorcières ! La machine à vapeur avait déjà entamé ce tableau supposé immuable et « normal ».*

En fait le conte circule comme les hommes, ni plus ni moins, aussi vite, aussi longtemps, aussi loin. Voici un simple exemple pour conclure : en 1920, au moulin d'Ocourt, en Jura suisse, une grand-mère raconte Les Trois Petits Cochons. *Le premier dit : « Je veux être le Crésus des cochons. » Le deuxième : « Je veux être le Napoléon des cochons. » Le troisième : « Je veux être un brave cochon comme mon père. »*

Crésus ? Le roi de Lydie vécut il y a deux mille cinq cents ans, à trois mille kilomètres de distance, et parlait lydien, grec ou perse.

Mais le conte de Crésus a franchi le temps, l'espace et la barrière des langues tout en véhiculant le thème des trois fonctions chères à Georges Dumézil, ce qui répond à la question ouverte par les frères Grimm : comment se fait-il que les contes se ressemblent ?

JEAN AMSLER

DOSSIER

CHRONOLOGIE

Jacob Grimm

1785. Naissance le 4 janvier à Hanau (Hesse) de Jacob Grimm; son père, un juriste, issu d'une vieille famille de prédicateurs réformés, a élevé une famille de cinq fils et une fille. De très bonne heure c'est à son frère Wilhelm que Jacob s'attache particulièrement; un autre frère, Ludwig, sera peintre, dessinateur et graveur.

1791. Le père s'installe comme bailli à Steinau (Hesse) et y fait venir sa famille. Il confie Jacob et Wilhelm à un précepteur sévère.

1796. *10 janvier :* mort du père à peine âgé de quarante-cinq ans. La famille connaît de graves difficultés financières; la sœur aînée du père pourvoit à l'éducation des enfants.

1798. Études secondaires au lycée de Cassel, où sa tante Zimmer s'occupe de lui.

1802. Jacob quitte le lycée avec les félicitations de ses professeurs. Il se rend à l'université de Marbourg, pour commencer des études juridiques. Il suit les cours de Carl Friedrich von Savigny, le jeune et déjà célèbre professeur de droit dont il sera l'un des plus brillants élèves : première initiation au droit historique. D'autres impulsions décisives viendront du poète Clemens Brentano, futur beau-frère de Savigny.

1805. *Janvier :* Savigny le fait venir à Paris pour l'aider dans ses travaux à la Bibliothèque Nationale sur l'histoire du droit romain au Moyen Âge. « Ce que j'ai appris de Savigny dépassait largement les services que je pouvais lui rendre [1]. »

Fin septembre : retour à Cassel où sa mère s'était installée entre-temps.

1806. Il trouve un emploi au Secrétariat à la guerre, en janvier. Fin 1806, après l'occupation française, il donne sa démission.

1807. « J'ai ici [à Cassel] deux amis très chers [...] nommés Grimm », écrit Brentano. « Je viens de les retrouver, après deux années d'études laborieuses et conséquentes, si savants, si riches en notes, expériences et vues nombreuses sur toute la poésie romantique, que je suis, vu leur modestie, presque effrayé par le trésor qu'ils possèdent [2]. »

Début de l'amitié avec Arnim.

1808. *Mai :* mort de la mère. Jacob devient préposé à la bibliothèque privée du roi Jérôme, au château de la Wilhelmshöhe près de Cassel.

1809. Il devient auditeur au Conseil d'État, profession qui lui laisse beaucoup de loisirs. Il perdra (octobre 1813) cette place après la bataille de Leipzig.

1811. Lettre à Arnim, dans laquelle Jacob expose ses idées sur la « poésie naturelle » et la « poésie littéraire [3] ».

1813. Le 28 décembre, Jacob commence une carrière diplo-

1. Notice autobiographique, rédigée en 1831.
2. Lettre de Brentano à Arnim du 19 octobre 1807. Brentano venait de s'installer à Cassel après son second mariage.
3. Lettre du 20 mai 1811

matique comme secrétaire de légation au service du prince électeur de la Hesse. C'est dans cette fonction qu'il suit les troupes de Blücher jusqu'à Paris.

1814. D'octobre à juin 1815, il prend part au Congrès de Vienne. Il y rencontre Frédéric Schlegel.

Juillet : il adresse à Görres, pour le *Mercure rhénan*, un article sur le dialecte, les coutumes et le caractère des habitants de l'Alsace.

1815. De septembre à décembre, autre séjour à Paris en vue de récupérer des manuscrits volés à la bibliothèque de Cassel. Désireux de rester auprès de son frère Wilhelm, il refuse une chaire de professeur à Bonn. En décembre il démissionne de son poste de secrétaire de légation.

1816. Il obtient un emploi à la bibliothèque de Cassel. Années studieuses et tranquilles.

1829. Il est nommé professeur à l'université de Goettingue et bibliothécaire de cette ville. Wilhelm y devient bibliothécaire adjoint. Profondément attachés à leur pays natal, la Hesse, Jacob et Wilhelm se sentiront toujours étrangers à Goettingue, comme plus tard à Berlin.

1830. Premier cours sur « Les antiquités du droit allemand ». Discours de réception sur le « mal du pays », « De desiderio patriae ». Amitié avec l'historien libéral Gervinus (1805-1871).

1832. Il est élu membre de l'Académie des sciences de Berlin.

1837. Sept professeurs de l'université de Goettingue parmi lesquels Jacob, son frère Wilhelm et Gervinus signent une protestation contre le viol de la Constitution par le roi de Hanovre ; ils sont renvoyés et Jacob doit quitter Goettinguc dans un délai de trois jours.

Décembre : il s'installe à Cassel chez son frère cadet, le peintre Ludwig, où Wilhelm le rejoint en 1838.

1838. Jacob et Wilhelm travaillent au *Dictionnaire allemand* à Cassel.

1841. Les frères Grimm sont appelés à l'Université de Berlin et vivront désormais dans cette ville.

1842. Voyage en Italie.

1844. *Automne :* voyage en Scandinavie.

1846 et 1847. Il préside à deux reprises le congrès des germanistes à Francfort-sur-le-Main et à Lübeck.

1848. Devient membre du Parlement de Francfort.

1859. Mort de Wilhelm Grimm, le 16 décembre, à Berlin.

1863. Mort de Jacob Grimm, le 20 septembre, à Berlin.

Wilhelm Grimm

1786. *24 février :* naissance de Wilhelm Grimm à Hanau. Élevé avec son frère, il partagea son sort pendant de nombreuses années. Dès son plus jeune âge, il se révèle de constitution fragile.

1803. *Printemps :* entrée à l'université de Marbourg, un an après son frère. Il étudiera également le droit avec Savigny, mais se révèle un esprit plus littéraire que Jacob. Il se prend d'enthousiasme pour Tieck et Jean-Paul.

1806. *Mai :* il passe avec succès ses examens. Malade, les années suivantes, il ne cherche pas encore d'emploi.

1807. Il fournit à Arnim et Brentano des matériaux pour leur recueil de poésies populaires, *Le Cor enchanté de l'enfant.*

1808. Il commence à traduire les *Vieux poèmes danois* (qui paraîtront seulement en 1811, à cause des événements politiques, chez Zimmer à Heidelberg, l'éditeur d'Arnim et de Brentano, à qui ils sont dédiés).

1809. *Avril :* voyage à Halle pour rendre visite au compositeur Reichardt ; il loge chez le naturaliste Steffens.
Septembre : sur le chemin du retour il passe deux mois à Berlin, chez son ami Arnim, en compagnie de Brentano.
Décembre : visite chez Goethe, à Weimar.

1810. Retour à Cassel.
1812. Publication, à Noël, du premier volume des *Contes*.
1814. Au début de l'année, il devient secrétaire à la bibliothèque de Cassel.
1815. *Automne :* Voyage dans les pays rhénans avec Savigny. Visite chez Görres, à Coblence.
Septembre : il admire la collection de peinture des Boisserée à Heidelberg. Publication du deuxième volume des *Contes*.
1819. Son frère étant pris par ses travaux sur la grammaire allemande, il s'occupe seul des éditions ultérieures des *Contes*.
1825. *15 mai :* mariage avec Dorothea Wild, une amie d'enfance. « Je n'ai jamais cessé d'être reconnaissant à Dieu pour le bonheur et la félicité de ce mariage [1] » Le père de Dorothea, originaire d'une famille patricienne de Berne, s'était fixé comme pharmacien à Cassel. Il avait de la fortune et possédait plusieurs domaines dans les environs de Cassel. Dans les jardins de son père, Dorothea a raconté à Wilhelm de nombreux contes qui figurent aujourd'hui dans les *Contes de l'enfance et du foyer* des frères Grimm. Wilhelm sera souvent alerté par la santé fragile de sa femme.
1826. *Avril :* naissance de son premier enfant, Jacob, qui meurt en décembre.
1828. *Janvier :* naissance de son deuxième fils, Hermann, qui sera plus tard le biographe de son père et épousera en 1859 Gisela von Arnim, une fille d'Achim et de Bettina.
1829. *Décembre :* bibliothécaire adjoint à Goettingue.
1830. Naissance d'un fils.
1831. Rédige son autobiographie.
Mars : devient professeur à l'université de Goettingue.

1. Notice autobiographique (1831).

Cours sur le *Nibelungenlied.*

Pendant l'hiver 1831-1832, il est atteint d'une grave pneumonie.

1832. Naissance d'une fille.

1834. Cure à Wiesbaden.

1837. Il est comme son frère renvoyé de l'Université.

1838. *Octobre :* à Cassel, jusqu'en mars 1841.

1839. Avec Bettina, il édite les œuvres posthumes d'Arnim.

1841. *Mars :* il s'installe à Berlin en même temps que son frère Jacob. Il est élu membre de l'Académie des sciences.

Mai : cours inaugural à l'université. Fréquente Schelling et l'historien Ranke.

1845. Il reçoit pendant l'hiver 1845-1846 la visite de Hans Christian Andersen.

1859. Wilhelm meurt à Berlin le 16 décembre.

Principaux ouvrages publiés par Jacob Grimm

1819. *Grammaire allemande* (2e, 3e et 4e volumes, respectivement en 1826, 1831 et 1837).

1828. *Les Antiquités du Droit allemand.*

1834. Éditions de *Reinhart Fuchs.*

1835. *Mythologie allemande* (augmentée dans l'édition posthume de 1875-1878).

1848. *Histoire de la langue allemande.*

1852. Première livraison du *Dictionnaire allemand* (1er, 2e et 3e volumes, respectivement en 1854, 1860 et 1862).

Principaux ouvrages publiés par Wilhelm Grimm

1811. *Poèmes héroïques danois.*

1829. *L'Épopée allemande.*

Principaux ouvrages publiés en commun

1812. *Contes de l'enfance et du foyer.*
L'édition de 1812 est dédiée à « Madame Élisabeth d'Arnim pour son petit Johannes Freimund ». (Johannes Freimund, le fils aîné de Bettina von Arnim, est né en 1812.)
Un deuxième tome est publié en 1815. L'édition est remaniée et augmentée en 1819, puis en 1822.
Septième édition en 1857; c'est la dernière qui ait paru du vivant des frères Grimm.
Les deux poèmes allemands les plus anciens.
1815. Édition du *Pauvre Henri* de Hartmann von Aue.
Chants de l'Edda.
1816-1818. *Légendes allemandes.*
1821. *Les runes allemandes.*
1826. *Contes irlandais.*

ERIKA TUNNER

NOTICES

RAIPONCE *(p. 7)*

Raiponce (all. *Rapunzel*) est le nom de diverses herbes potagères que l'on mange en salade.

Ce conte est repris d'un recueil paru en 1790 à Leipzig. Le conteur persan Firdousi grimpe lui aussi à des tresses (Cf. également Basile, *Pentamerone* 2.1). On reconnaît aussi le thème moliéresque de *L'École des femmes* : la pupille soigneusement préservée qui s'éprend du premier venu. Bien entendu, ici il sera fils de roi, car nous sommes dans un conte ; et, étant roi, il fera fi des saintes lois du mariage, pratiquant ce que l'Inde ancienne appelait *« mariage de Gandharva »* ; il y suffisait d'un consentement mutuel ; ce type de mariage était réservé aux guerriers, donc aux rois.

LES TROIS FILEUSES *(p. 13)*

Récit provenant de la principauté de Corvey. Nombreuses répliques en Lusace, Suède, Norvège et même en France (Mlle L'Héritier de Villandon, 1664-1734) et en Italie (*Pentamerone*). Filer était la tâche commune de la femme au foyer ou de la gardeuse d'oies. Filer le lin était un travail plus fin que celui de la laine. Les trois fileuses rappellent les trois Parques antiques, déesses de la destinée individuelle.

DU PÊCHEUR ET DE SA FEMME *(p. 7)*

Ce conte fut noté à Hambourg par le peintre romantique Philipp Otto Runge (1777-1810), né à Wolgast en Poméranie, qui était alors province suédoise; il est effectivement en dialecte poméranien, variante orientale du bas-allemand ou *Plattdeutsch.* Il fut communiqué dès 1809 à Achim von Arnim (1781-1831), époux de Bettina Brentano (1785-1859). Achim von Arnim a utilisé le conte dans sa *Papesse Jeanne* et l'a fait connaître aux frères Grimm. Des variantes incomplètes sont connues en Hesse, le héros s'y appelle Domine et l'héroïne Dinderlinde. Justinus Kerner (1786-1862) reprend le thème en 1812 dans son *Almanach poétique.*

Le début, selon Grimm, rappelle l'*Histoire du pêcheur et du démon* des *Mille et Une Nuits* (Nuits 3 à 9) et la légende gaélique de Taliesin barde du pays de Galles (XIIe). Un conte finnois procède du même point de départ, le thème de la femme entraînant le mari rappelle Adam et Ève ainsi que la légende étrusque de la reine Tanaquil (Tite-Live 1, 47), et Lady Macbeth.

La fortune littéraire du thème ne s'arrête pas là. Günter Grass, dont on connaît les liens étroits qu'il conserve avec la Basse-Allemagne baltique, a repris dans son roman *Le Turbot* (*Der Butt,* 1977) le thème du poisson providentiel ainsi que le charmant prénom de l'héroïne : Ilsebill. Ce roman a été traduit en français dès 1978 (Éd. du Seuil).

Le « pot de chambre » (bas-all. *Pisspott*) désigne par excès un taudis, l'habitation d'un pauvre pêcheur.

Les contes roumains s'achèvent par une formule analogue « Et s'ils ne sont pas morts, ils vivent encore ».

DAME HOLLE *(p. 28)*

En Hesse, quand il neige, on dit que dame Holle secoue son lit de plumes. Récit courant en Hesse et en Westphalie. Les variantes allemandes citées par Grimm sont pratiquement innombrables. La version de 1812 fut notée à Kassel; dans l'édition de 1819, quelques motifs furent ajoutés d'après une version westphalienne communiquée par un informateur de Hanovre. On suppose en substrat une figure mythologique difficile à identifier déjà notée par Hérodote, en Scythie. Il est en effet question de plumes qui volent et qui sont peut-être de la neige.

LES TROIS LANGAGES *(p. 33)*

Le pape Silvestre II aurait appris à Séville le chant des oiseaux. Innocent III (1198) aurait été désigné par trois colombes dont une blanche qui se posa à sa droite. Communiqué par le notaire Hans Truffer qui l'avait noté dans le Haut-Valais germanophone (Suisse). La plaisanterie sur le pape sent son Italie gaillarde.

CONTE DU GENÉVRIER *(p. 37)*

Marleenken est l'hypocoristique de Marleen, d'étymologie controversée; le premier élément est évidemment Marie; le second est sans doute Hélène ou plutôt Madeleine.

Ce conte est sans doute l'un des plus curieux de tout le recueil. Comme *Du pêcheur et de sa femme,* il fut noté et communiqué par P. O. Runge, de Wolgast. Il est très connu en

Allemagne, Goethe lui ayant fait un sort dans son *Faust* (I, v. 4412 et *sq* scène de la prison). Il se peut que la rédaction originale en bas-allemand poméranien ait découragé les traducteurs ; il renferme en effet quelques sérieuses difficultés de détail.

Le genévrier, *juniperus communis*, est une plante singulière ; c'est un arbuste à feuilles persistantes, à pousse lente, qu'on trouve dans les landes et friches ; il est dioïque, c'est-à-dire que certains individus développent les éléments masculins de la fleur et d'autres les éléments féminins. D'où peut-être les propriétés magiques qu'il semble posséder.

Goethe (*Faust* I, 4412 *sq*) reprend le thème et fait chanter ceci à Marguerite devenue folle :

Ma mère, la catin,
C'est elle qui m'a tuée !
Mon père, le coquin,
Lui qui m'a mangée !
Ma petite sœurette
Tous mes os a ramassés
En lieu froid les a placés.
Alors je devins bel oiseau des bois,
Je vole, vole et je m'en vas.

Les Grimm on retrouvé une variante provençale française dans un feuilleton du *Globe* (1830, n° 146). Le voici :

Ma marâtre/ Pique pâtre/ M'a fait bouillir/ Et rebouillir./ Mon père/ Le laboureur/ M'a mangé/ Et rongé;/ Ma jeune sœur/ La Lisette/ M'a pleuré/ Et soupiré;/ Sous un arbre/ M'a enterré/ Isiou, isiou, isiou !/ Je suis encore en vie.

Enfin les Betchouanas d'Afrique du Sud possèdent « un conte apparenté ».

Le sang sur la neige paraît dans le *Parzival* de Wolfram.

La collecte des os figure dans les mythes d'Osiris et

d'Orphée. Thor recueille les os d'un bouc sacrifié et le ressuscite.

L'homophagie avec résurrection par les os était un rituel orgiastique balkanique de l'Antiquité : Dionysos fut en effet lacéré par les Bacchantes; et Bacchus était figuré par un *chevreau* — cf. le *Bouc* de Thor — dans les rituels commémoratifs du *diasparagmos* bachique. (Cf. également le *Buzkachi* turkmène.)

L'oiseau né du cadavre est évidemment une forme d'âme immortelle personnelle.

LE VIEUX SULTAN *(p. 50)*

Cette version fusionne un conte de Basse-Hesse et un de Paderborn. Il en existe des répondants wende, serbe, estonien et plusieurs variantes allemandes anciennes.

JORINDE ET JORINGEL *(p. 54)*

Grimm (III, p. 119) : « Tiré de la *Vie de Heinrich Stilling* 1, p. 104-108. Un récit oral du pays de Schwalm [en Hesse] ne diffère que peu. Il s'agit de deux enfants qui vont dans une grande forêt; le garçon se perd dans le château d'une magicienne; elle le touche d'une baguette et le transforme en un oiseau. La fillette rêve de la fleur et s'en sert pour lui rendre sa forme humaine. Elle touche aussi la sorcière avec la fleur, ce qui la transforme en un corbeau. Les enfants rentrent au logis; un jour qu'ils jouent dans le jardin, arrive le corbeau; il se perche sur un arbre; la fillette prend la fleur, en touche le corbeau et lui rend sa forme véritable. »

Rölleke (III, p. 473) : « Depuis la première édition (1-1812) au numéro 69 d'après le récit inséré par Johann-Heinrich

Jung-Stilling [1740-1817] dans son roman autobiographique *La Jeunesse de Heinrich Stilling* (Berlin-Leipzig, 1777, p. 104-108) le motif central de ce conte littéraire pourrait avoir influencé la conception de la *Fleur bleue* dans le *Heinrich d'Ofterdingen* de Novalis [1772-1801]. Le « récit oral » en provenance du pays de Schwalm fut manifestement apporté par Ferdinand Siebert de Treysa. »

Le conte semble donc être le produit d'une contamination entre un « stock » folklorique (version de Schwalm) et un « remake » littéraire destiné à l'impression (Jung-Stilling).

La plaisanterie voilée sur l'éminente rareté des vraies pucelles fait partie de la tradition des conteurs.

LE LOUP ET L'HOMME *(p. 58)*

Du pays de Paderborn. Mais de nombreuses variantes notamment en Bavière et en Transylvanie, ainsi qu'en Afrique où le lion assume le rôle du loup.

On attribue aux contes d'animaux une origine paléolithique.

LE LOUP ET LE RENARD *(p. 60)*

Récit de Hesse. Variantes dans le pays de Trèves, à Paderborn, en Transylvanie. Horace (1re Épître) fait allusion à une anecdote semblable.

LE RENARD ET LA COMMÈRE *(p. 63)*

De la Bohême allemande (pays sudète). Connu des Wendes de Lusace et en Transylvanie. Ce texte laisse sur une impression d'inachevé. Grimm l'explique par le fait que cette anecdote constitue le centre des contes du renard et du loup dans le recueil de *Contes saxons de Transylvanie* de Haltrich (1856).

La présente version fut recueillie « à Vienne » dès 1814 par Jacob Grimm et parut en 1819 dans la deuxième édition des *Contes.*

LE RENARD ET LE CHAT *(p. 65)*

De Schweig dans le pays de Trèves. Se trouve aussi dans le roman allemand de Renard *(Reineke Fuchs)* chez Nicolas de Strasbourg et Hans Sachs (XVIe siècle). En latin dans un manuscrit du XVe siècle. Le sac à malices est connu des conteurs africains — il s'agit sans doute d'un « sac-médecine » L'informateur des Grimm est inconnu.

LE RENARD ET LES OIES *(p. 67)*

Du pays de Paderborn. Nombreuses variantes connues. L'information vient de la famille Von Haxthausen collectivement.

LE VIEUX HILDEBRAND *(p. 69)*

Ce texte provient « d'Autriche » selon les Grimm. En fait ce fabliau irrespectueux évoque le Tyrol du Sud et des contagions italiennes. Les cocus, les prêtres paillards ou voraces sont communs dans la tradition de la péninsule. Pareille anecdote est impensable en pays protestant, et l'on pressent chez les Grimm, issus de la Hesse réformée en contact avec la Rhénanie et le Wurtzbourg catholiques. une arrière-pensée goguenarde. On notera cependant que le curé, s'il se révèle gourmand et musicien, n'est pas directement concerné au plan du sexe ; il aurait pu l'être en Italie.

Mais s'il s'agit d'un « conte domestique », s'agit-il d'un « conte pour enfants » ?

« Pays welche » désigne en allemand classique tout pays de langue néo-latine. L'étymon est celte. *Volca* désignait des tribus gauloises ainsi les *Volques Tectosages* à Toulouse ; d'où germ. *Walh* — cf. le *Walchensee* en Bavière ; en grec byzantin *Vlah* ; en russe *Volos* — les transhumants balkaniques *Valah* — ont laissé leur nom à diverses contrées de l'ex-Yougoslavie et à la Valachie, principauté roumaine, chef-lieu Bucarest, au XVe siècle. *Idioma valahicum*, en Hongrie, désignait la langue roumaine. Cf. le Valais, all. *Wallis*, en Suisse : haute vallée du Rhône et canton de la Confédération.

Le t. III de l'édition Reclam, p. 172-173 des *Contes* mentionne deux variantes proches, l'une en Hesse, l'autre en Bohême. Le texte évoquerait également le retour d'Ulysse, qui, selon certaines variantes, aurait trouvé Pénélope infidèle. Surtout le nom même de Hildebrand, rare de nos jours, renvoie au *Hildebrandslied*, poème ancien haut-allemand daté de 840 dont un fragment a été conservé. Le « vieux Hildebrand », maître d'armes et conseiller de Dietrich von Bern, joue un rôle dans la chanson des *Nibelungs*, v. 1200, où il taille Kriemhild en pièces à l'épisode final.

Un Hildebrand devint pape sous le nom de Grégoire VII (1073-1085).

Le bonhomme, en Autriche, s'appelle parfois Okenbrand *(ibid.)* d'où une hypothèse (légère), qu'un intervenant érudit, universitaire, ait jugé bon d'appliquer au bonhomme un nom d'envergure épique.

LES TROIS OISEAUX *(p. 74)*

Ce récit est singulier par sa localisation exacte : le Keuterberg est une éminence certes modeste dans la plaine où coule l'Ems, à proximité de l'antique abbaye de Corvey (où revit le nom picard de Corbie), aux confins du Hanovre et du pays de Lippe, donc en Westphalie. Du haut du Keuterberg (Köterberg, Teuterberg) on aperçoit six villages où le parler est bas-allemand. À l'époque des Grimm, les pâtres s'interpellaient, comme dans le conte, d'une pâture à l'autre : « Hélo ! Hélo ! »

Un récit analogue se trouve dans les *Mille et Une Nuits,* chez Straparole et chez Mme d'Aulnoy *(La Belle Étoile)*. La version hongroise charge une belle-mère des agissements imputés ici aux deux sœurs jalouses.

On reconnaît le trajet initiatique ; le « petit troisième » (*voir Le Lapin,* p. 219) en vient à bout (comme dans la légende des origines scythes, Hérodote, IV) sauf qu'ici le troisième est une fille — qui, en cette occasion, trouve un époux.

L'oiseau avertisseur est un classique. Son chant comporte une allusion au lis blanc qui figure l'âme des enfants menacés, le pêcheur assume le rôle de la Providence. Oiseau, chant et filets sont du ressort de la magie.

L'holocauste final des deux sœurs suggère qu'elles étaient sorcières et sans doute avaient disposé le système d'enchantements que la fillette a pu dénouer grâce à la vieille pêcheuse qu'elle a poliment saluée.

Grimm qui ignore les fées (surnaturelles) reconnaît l'existence réelle de sorcières.

L'ESPRIT DANS LA BOUTEILLE *(p. 80)*

Le Diable, souvent naïf, se laisse prendre par plus malin que lui. En Appenzell, on raconte pareil tour du célèbre docteur et thaumaturge Paracelse (1493-1541). Il demande au Diable de se faire araignée et d'entrer dans un trou qu'il obture ensuite ; puis de la pointe de son couteau, il trace trois croix sur le tampon : le Diable est captif *ad aeternum.*

Ici le Diable s'appelle Mercurius — *interpretatio romana* du *Wodan* germanique, dieu magicien. Dans le *Courage* de Grimmelshausen (1620-1676), la narratrice reçoit un *Galgenmännlein* — talisman de forme vaguement humaine qu'on disait naître sous les potences et qu'il fallait revendre moins cher qu'on ne l'avait payé. C'est une espèce d'être batracoïde enfermé dans un bocal qu'on se garde d'ouvrir. Springinsfeld, son dernier possesseur, s'en débarrasse par le feu.

L'HOMME À LA PEAU D'OURS *(p. 86)*

Ce conte sans beaucoup d'imprévu recèle des strates complexes. Le thème de l'homme à la peau d'ours apparaît en 1670 chez Grimmelshausen, conteur fécond, auteur notamment du *Simplicissimus* et créateur de *Courage.* Jusqu'à l'édition de 1856, Grimm avait placé là *L'habit vert* qui roule sur le même thème ; dans la première édition du t. II des *Contes* (1815), c'était : « Le Diable Habit-Vert ». La version retenue ici provient du pays de Paderborn par la famille Haxthausen. Elle a été influencée par Grimmelshausen. Mais la peau d'ours va plus loin. « Se coucher sur la peau d'ours » se disait pour « prendre sa retraite », notamment d'un soldat. Par extension, le paysan, à la mauvaise saison, « se couchait sur la peau d'ours » et dormait. La peau d'ours était un trophée de chasse assez commun en Europe centrale jusqu'au siècle dernier. Enfin, la peau d'ours était le vêtement — avec la peau de loup — des confréries guerrières germaniques aux temps anciens. Les *Berserkr* — « peaux d'ours » — scandinaves, spécialistes de la fureur guerrière, étaient finalement des marginaux que le vrai héros — ainsi Grettir le proscrit — met en fuite à coups de trique. Le Diable, qui a ses traditions, impose ici la peau d'ours à un soldat congédié pour acheter son âme; il en obtiendra deux finalement, car le suicide entraîne la damnation. Le cercle d'arbres semble être un ancien lieu de culte païen. L'ours rasé évoque sans doute un pseudo-phénomène exhibé dans les foires : Jaroslav en Ukraine avait une école d'ours danseurs au XVIIIe siècle.

La bague brisée était, dès l'Antiquité, une marque d'entente et d'accord. C'est d'ailleurs le sens initial du mot grec dont est tiré le français « symbole ».

LE ROITELET ET L'OURS *(p. 93)*

On retrouvera le roitelet par la suite (p. 253). Récit provenant de Zwehrn en Hesse. Un roitelet figure dans le cycle des fables d'animaux de *Reineke Fuchs (Renard le Goupil)*. Des répondants sont signalés en Iran (*Tuhti Nameh*, 8) et en Afrique (Bornou). La guerre entre animaux de terre et des airs est attestée chez les Saxons de Transylvanie.

CONTES DU CRAPAUD *(p. 97)*

I : de Hesse et d'ailleurs; II : de Hesse; III : de Berlin.

Le crapaud supplée ici la couleuvre annelée *(Coluber natrix)* qui boit volontiers du lait. *Gesta Romanorum* (chap. 68) conte comment un chevalier pauvre s'enrichit grâce à une couleuvre, mais veut la frapper; elle s'enfuit, et la richesse avec elle. On trouve ici deux thèmes : 1) le reptile — ailleurs un dragon — aux mœurs souterraines, gardien d'un trésor; 2) l'ambiguïté des animaux à sang froid, batraciens et sauriens, bienfaisants ou maléfiques.

Même thème en Tyrol; en Lusace. Ici un malin tâche de voler sa couronne au roi des serpents et de ce fait s'enrichit; le roi des serpents a pour habitude en effet de déposer sa couronne sur un linge blanc. Sans doute les reptiles se plaçaient-ils souvent sur les linges mis sur le pré à blanchir au soleil et constamment arrosés d'eau fraîche.

Il y a également chez Marcel Aymé une vouivre qui possède une escarboucle au milieu du front.

Le crapaud est ici appelé Unke apparenté au lat. *anguis* « serpent » et au fr. *anguille.* L'anguille passait pour téter les vaches à la pâture pendant la nuit.

LE COMPAGNON-MEUNIER ET LA PETITE CHATTE *(p. 100)*

Traduction de la note 106 des frères Grimm dans l'édition de 1856. Elle est en effet typique; donne une variante complète susceptible d'éclairer les raisons du choix opéré, et une série de références européennes :

Le Meunier et la Petite Chatte

« De Zwehrn. Dans son charme propre, le conte du jeune sot devenu heureux. Les autres compagnons meuniers amènent intentionnellement et par mépris du niais des chevaux boiteux ou louches comme les deux fils de roi apportent de la toile grossière et amènent des femmes laides.

« Un autre récit du pays de Paderborn contient maintes particularités. Le meunier envoie ses trois fils au loin; qui ramènera le meilleur cheval aura le moulin. Le plus jeune, le niais, rencontre un petit homme gris, le sert en coupant du bois un an avec fidélité et honnêteté et reçoit en échange le plus beau cheval. Les frères se rencontrent sur le chemin du retour et comme l'un d'eux a un cheval boiteux et l'autre un cheval aveugle, ils s'emparent du niais et l'enferment dans un four à chaux. Le petit homme gris arrive, l'en retire et l'enduit d'un onguent qui lui rend la vie et la santé ; son cheval lui est même rendu. Il arrive chez son père, mais celui-ci ne lui donne pas le moulin ; il lui dit que l'aura celui qui rapporte la meilleure chemise. Le niais se procure la chemise, mais les frères l'attachent à un arbre et le tuent d'un coup de fusil. Le petit homme gris le ramène encore à la vie mais, quand il arrive à la maison avec la chemise, ses frères ont dit au père qu'il avait un pacte avec le Diable. Le père prétend qu'ils doivent se remettre en campagne, et celui qui rapportera le plus beau pain aura le moulin, car le Diable ne peut rien sur le pain. Le niais rencontre dans la forêt une petite vieille ; il partage son repas avec elle et elle lui donne en échange une baguette magique. Le lendemain, comme il est sur un pont en proie à la faim, il tient la baguette magique au-dessus de l'eau ; alors arrive une tortue. “En quoi cela peut-il m'être utile ?” pense-t-il ; pourtant il dépose la petite bête sur le parapet du pont. Quand il s'en va, elle lui crie : “Emporte-moi ! Emporte-moi !” Il la met dans sa poche ; quand par la suite il y plonge la main, il trouve des rouleaux de pièces d'or. Désormais tout va bien, il honore la tortue, loue la plus belle chambre d'une auberge, couche la tortue dans un lit et s'en va chercher le meilleur pain. Au bout d'un an, il revient sans l'avoir trouvé ; quand il cherche la tortue, elle a deux beaux pieds blancs. “Hé ! Qu'est-ce que cela !” pense-t-il, mais il la recouvre pour qu'elle ait bien chaud. Un soir qu'il est au lit et médite sur la façon dont il veut obtenir le pain, il voit dans l'ombre comme si quelqu'un était là qui pétrissait du pain dans une auge. La nuit, il rêve qu'en est sorti le meilleur pain et, quand il se réveille, il voit devant lui en effet le plus beau des pains. Il l'apporte au logis, et tous doivent lui accorder la victoire Alors il revient à sa tortue et voit dans le lit une fille de roi merveilleusement belle et la tortue à côté d'elle... »

S'ensuit un mariage, un outrage fait à la tortue, un temps de pénitence, une réconciliation entre les époux et la tortue. Le scénario est d'une grande complication ; il implique deux tentatives de fratricide et la coopération du Diable — car le petit homme gris est évidemment le Diable. Bref, la version la plus « acceptable » est celle de l'édition Reclam-Grimm.

Variante chez Zingerle (1852-1854), Colshorn (1854) ; en Suède (Cavallius, 1844) ; chez Mme d'Aulnoy (*La Chatte blanche*) ; en Pologne (Lewestam, 1839) et en Albanie (Hahn, 1853).

DEUX DU VOYAGE *(p. 105)*

Il s'agit ici d'une sorte de petit roman, produit d'une élaboration habile. Le texte parut dans la cinquième édition des *Contes* (1843). Sa source était un texte bas-allemand fourni par l'étudiant berlinois Mein, originaire du Holstein (est de Hambourg).

Trois stocks se croisent ici : le compagnonnage, la capitale baroque *(Residenz)*, la superstition populaire « héritée ».

Le compagnonnage implique le voyage à pied (all. *Wanderung*) ; l'alimentation est le pain (d'où l'all. *Brotbeutel* « bourse à pain », « musette »), un pain noir qui sèche ou moisit par la chaleur. Le gîte est de fortune : sous un arbre, dans une meule de paille, à l'auberge. Les rencontres s'effectuent selon un protocole : échange de quolibets puis partage de l'eau et du pain. Un trio sait mieux s'entendre qu'une paire. De tout cela Dieu est d'accord.

La ville baroque (Kassel, Weimar, Wurtzbourg, Dessau, Heildelberg, Stuttgart, Neustrelitz, etc.) a pour centre le château du prince ou principicule — tyran capricieux. Elle est riche en clochers (églises, chapelles, couvents). Les habitants portent des chaussures en été et se font tailler des habits.

La justice céleste est aussi immanente et s'exerce par des intermédiaires archaïques, voire saugrenus : la rosée, les corneilles, les pendus, les animaux. Le cheval, par son flair, détectait les eaux souterraines; cf. le mythe gréco-pélasge de Pégase.

LE JUIF DANS LES ÉPINES *(p. 129)*

Une version a été notée en Hesse.

Cette histoire est immorale. Un homme emploie un serviteur trois ans — et le paie trois sous. Cet homme, « un bon serviteur », ayant accepté ce passe-droit, en commet un autre en demandant au petit homme (un nain, peut-être le Diable) trois choses d'un intérêt moral douteux : le fusil infaillible, le violon irrésistible, la faculté de tout obtenir. Il en use aussitôt pour brimer et dépouiller un Juif que, pour finir, il enverra à la potence après en être lui-même réchappé; c'est assez absurde, sinon odieux. Cela ressemble à un traitement décadent d'un thème narratif en fin de carrière.

La danse dans les épines est maintes fois attestée selon la note 110 du tome III de l'édition Reclam. Se libérer en musique d'une condamnation à mort semble assez répandu. Arion charma les dauphins, Gunnar éloigna les serpents, la flûte d'Obéron était irrésistible. Dans la *Bosa Saga,* les meubles eux-mêmes dansent, ailleurs ce sont les chevaux ou les chèvres. Citons enfin Antoine de la Salle, à la 75e de ses *Cent nouvelles nouvelles.* Un condamné sur l'échelle sonne de la cornemuse sur l'air de :

et réveille au dernier moment ses complices endormis dans un bois voisin. Cette scène a pour théâtre le gibet de Troyes en Champagne vers 1425.

Le détail des ducats fait songer à Meyer Amschel Rothschild qui, vers 1780, était expert numismate pour la maison de Hanovre.

LE FLÉAU VENU DU CIEL *(p. 125)*

Noté dans le pays de Paderborn. Nombreuses variantes. Münchhausen lui-même se hisse dans la lune grâce à des haricots grimpants, etc. Grimm cite en référence une version du pays de Münster, puis le *Wunderhorn*, les Diethmarses de Frise, Calderón, le *Modus Florum* (écrit latin du xe siècle), la Norvège, la Serbie, la Slavonie, les Wendes de Lusace, l'Angleterre et la tradition rabbinique. Il y a plus simple. Le conteur présente un fléau et conte alors une histoire du type impossible que le fléau est censé justifier. Son talent se mesure à l'extravagance du récit. Battre au fléau était une pénible corvée surtout masculine que, par antiphrase, on prête ici aux anges. C'est un morceau de bravoure traditionnel : conter brillamment une histoire absolument « impossible » (en grec *adunaton*).

L'ENFANT REBELLE *(p. 127)*

De la Hesse. On croyait que la main ressortant de terre était le fait des voleurs, blasphémateurs et parricides, ainsi que des enfants qui battent leurs parents. La « Tour du Renard » proche d'Iéna passe pour le petit doigt d'un géant qui avait frappé sa mère.

LES TROIS BARBIERS *(p. 128)*

Dans les armées anciennes, le barbier (all. *Feldscherer* ou *Feldscher* comme ici) taillait les barbes et les cheveux et effectuait diverses opérations de petite chirurgie et d'infirmerie. D'où une légende professionnelle et un folklore dont on a ici un témoignage.

Cette histoire provient de Zwehrn en Hesse. Elle a des répondants dans *Gesta Romanorum* (1489), dans un manuscrit de Vienne : un roi reçoit l'œil d'un chat. On la retrouve en Écosse, dans l'*Edda* (Mokurkalfr au cœur de cheval) chez Wolfram : Vénus ôte son cœur à Tibald et lui met à la place celui d'Arabel; chez Hans Sachs : le docteur greffe à un paysan le cœur d'un porc; chez Fischart enfin (1590).

LES TROIS COMPAGNONS *(p. 132)*

D'après une version de Zwehrn et une autre du pays de la Leine. Variante en Holsteim, dans le Harz, chez Bonaventure des Périers († 1544) édité en 1558, 1568, 1735. Variante hongroise. La logique semble ici réservée au seul Diable; les autres personnages sont extravagants — c'est justement parce que le Diable les anime.

LA VIEILLE DANS LA FORÊT *(p. 137)*

Le fond mythique de ce conte noté dans le pays de Paderborn en Westphalie mobilise le thème de la magicienne vivant isolée dans la forêt (la forêt est le lieu de l'extraordinaire, de l'irrégulier, du « sauvage », en latin *silvaticum*). Ce thème se retrouve dans d'autres exemples : *Joringel et Jorinde* et *Hänsel et Gretel.* Surtout, la note de Grimm renvoie à Circé d'Homère. Dans l'*Odyssée,* Ulysse, jeté avec quarante-cinq hommes sur la côte de l'actuel Monte-Circeo, non loin de Cumes et de Naples, gravit une vigie et aperçoit au loin une fumée parmi la forêt : c'est le *Megaron* ou manoir de Circé. Elle transformera les hommes d'Ulysse en porcs mais lui, grâce aux dieux, par l'épée brandie et par l'herbe *Molu,* vaincra ses charmes ; il la quittera au bout d'un an seulement.

Il s'agit donc bien ici du thème archaïque de la magicienne habitant dans la forêt et transformant les hommes en animaux.

LES TROIS FRÈRES *(p. 141)*

Conte recueilli dans le pays de Schwalm en Hesse. Le thème des exploits techniques est classique ; on le connaît généralement grâce au baron de Münchhausen qui exploite un filon analogue, mais plus aristocratique, d'où l'allemand *Münchhausiade* (cf. *Iliade*). Ailleurs, c'est un enfant de quatre ans qui intercepte la pluie ; ou bien c'est à un moustique qu'on applique des fers.

LE DIABLE ET SA GRAND'MÈRE *(p. 144)*

Récit noté à Zwehrn en Hesse. Histoire connue sous diverses variantes sur ce thème : comment le Diable fut dupé par plus malin que lui. On dirait qu'un chrétien a repris un « stock » hérité du paganisme nordique (où Odin/Wodan paraît à l'occasion et propose des marchés de dupes) et voulu le ridiculiser. Car évidemment les embûches que tend le vrai Diable chrétien sont d'une autre venue. À preuve le Docteur

Faust qui, lui aussi, signa un pacte et, dans la version d'origine (Marlowe, Pfizer et le Puppenspiel allemand) finit le cou tordu selon l'usage. Les soldats déserteurs nous reportent à la guerre de Trente Ans.

Certaines fermes de Basse-Saxe portent encore à leur pignon la figure sculptée en bois d'un cheval : celui d'un dieu voyageur équestre, substitut récent du dragon volant.

La cabane de pierres sèches évoque les *bories* du Sud-Ouest français et les *Trulli* des Pouilles italiennes. L'énigme est d'un chasseur de baleines nordique. Il est difficile de voir dans le « chat de mer » un singe comme chez Goethe; c'est plutôt un pinnipède ou une loutre

LA BELLE KATHRINELLE ET PIF PAF POLTRIE *(p. 149)*

Note dans le pays de Paderborn (Westphalie). Une variante très proche et versifiée est notée dans le pays de Brême. C'est une sorte de saynète ou sketch se prêtant à une mise en scène à plusieurs voix. L'extrême cohésion du tissu familial s'oppose à l'inconsistance de la dot et au métier du prétendant. La confection de balais (de genêt ou de bouleau) n'assurerait qu'un maigre gagne-pain.

LA FIANCÉE BLANCHE ET LA NOIRE *(p. 151)*

Noté en Mecklembourg et dans le pays de Paderborn. Dans une variante, le frère est tué. Il existe une variante bohémienne. Cf. *Rosette,* dans Mme d'Aulnoy et le *Lai du frêne* de Marie de France; un conte finnois de Bertram; le *Pentamerone* 4.7, une *chanson populaire suédoise* et le mythe nordique des *noyés* revenant avec leurs vêtements mouillés. Cf. *Eyerb Saga* 274-275...

Le *Cygne blanc* (cf. *Lohengrin*, etc.) est un symbole de pureté ; mais jamais un cygne ne pénétrera dans une cuisine qu'un canal de déviation alimente en eau courante ; il y faut une *cane familière.* All. *Ente* désigne d'ailleurs la femelle ; le mâle serait *Enterich* ou *Erpel.*

LA FILLE DE BRAKEL *(p. 157)*

Ce genre d'épisode est largement documenté. La note que les Grimm consacrent à cette anecdote est bien plus longue que le texte lui-même. Cette version vient de Brakel, dans le pays de Paderborn, dont sainte Anne est la patronne ; la « mère » (all. *Mutter,* dial. *Muoder*) mais ici *Möhm.* Une variante invoque Saint-Guy (all. *Veit*) patron de la proche et antique abbaye de Corvey, surgeon de Corbie en Picardie.

LE MONT SIMELI *(p. 158)*

Ce conte noté dans le pays de Münster (Westphalie) et dans le Harz coïncide avec un récit bien connu des *Mille et Une Nuits.* Simeli serait attesté en toponymie (Suisse). Semsi, toutefois, ressemble fort à Sésame. Une variante polonaise a été notée.

L'ENGEANCE DU SEIGNEUR ET DU DIABLE *(p. 161)*

Conte étiologique rendant compte des particularités de l'espèce caprine, barbe, œil vif, mobilité, fantaisie (capricieuse) tournant à la malfaisance. La puanteur du bouc l'a fait classer parmi les espèces courantes du Diable qui, comme chacun sait, pue le soufre et la suie. Noté par Hans Sachs en 1557.

Les chiens de Wodan sont des loups. La datation par la chute des feuilles est traditionnelle. La chèvre était l'élevage commun des pauvres gens, encore à Paris même en fin de XVIIIe siècle, où la viande commune était le chevreau.

LES HELLERS VOLÉS *(p. 163)*

Relevé à Cassel. Le vêtement blanc désigne d'emblée un revenant enfant qui fut enseveli dans un cercueil blanc. Il paraît à midi. Minuit serait l'heure d'un revenant noir. Midi était l'heure où les fées, selon Platon, se manifestaient au bord de l'Ilissos et frappaient les passants de délire « nympholeptique ».

LE CHOIX D'UNE FIANCÉE *(p. 165)*

De Suisse. Il s'agit évidemment d'un fromage à pâte cuite et à croûte dure. Variantes en Souabe et en Holstein. Thème classique des trois sœurs (ou frères) dont la troisième l'emporte car elle est plus futée.

LE CONTE DU PAYS DE COCAGNE *(p. 166)*

La rhétorique antique connaissait le genre : accumuler des énoncés « impossibles » donc absurdes s'appelait *adunaton.* La tradition du concours de mensonges est encore vivace çà et là en France, et davantage en Europe centrale. Il y a des concours publics de mensonges énormes.

LE CONTE MENSONGER DE DIETHMARSCH *(p. 168)*

Des variantes sont signalées par Grimm chez Vieth (1813) à Vienne en manuscrit, dans l'Odenwald, en Holstein, en Souabe, etc. Cf. texte C 158. Le pays diethmarse est en Frise, à la base occidentale de la presqu'île de Jütland. Il a produit deux écrivains : Friedrich Hebbel (1813-1863) et Theodor Storm (1817-1888).

HEINZ LE PARESSEUX *(p. 169)*

« Le fond est emprunté à *Proverbiorum Copia* d'Eucharius Eyering (Eisleben, 1601, t. I, p. 70-73). Un récit encore plus détaillé t. II, p. 392-394. Le trait final de l'escargot dans les lettres d'Élisabeth d'Orléans ; cf. à ce propos Keller, *Altdeutsche Erzählungen,* p. 584. Récit semblable dans le *Zeitvertreiber* (1668), p. 464-469. Mais le conte est aussi connu en Orient ; cf. *Pantchatantra,* p. 210, et *Bidpai* (dans la traduction de Philip Wolf 2.3) d'où Hans Sachs (4.3, 54 de l'édition de Nuremberg) l'a emprunté ; il y est question d'un moine ou ermite ; le traitement est différent. L'homme, avec l'argent du miel, veut acheter dix chèvres, puis, par une progression, acquérir une grande fortune puis épouser une belle femme et châtier à coups de bâton son fils s'il n'obéit pas. »

Cette note permet de reconstituer au moins par conjecture le mécanisme complexe des emprunts et des contaminations ; il est plus livresque et érudit que « populaire ». Élisabeth-Charlotte d'Orléans (1677-1722) a laissé des lettres éditées en 1843 par W. Menzel (t. III, p. 568).

LE PAUVRE LABOUREUR AU CIEL *(p. 173)*

Noté par Friedrich Schmid à proximité d'Aarau (Suisse). Cette version est modérément patoise, ayant été purgée de ses alémanismes.

LISE LA MAIGRE *(p. 175)*

Cette histoire assez rude est empruntée à Wendunmut (Francfort, 1584). À rapprocher de *Heinz le paresseux*. Lenz, d'abord placide, use de sa force mais ne frappe pas, ce qui serait un très mauvais exemple.

LA MAISON EN FORÊT *(p. 177)*

La note de Grimm est assez brève : « Ce conte a été transcrit d'après la tradition orale par Karl Gödeke zu Deligsen bei Alefeld qui nous l'a communiqué. La cohabitation des hommes et des animaux domestiques, telle que la suppose la vieille légende animale, est bien décrite ; ils sont considérés et traités comme des membres de la famille. Y voir des hommes transformés ne fut qu'un motif tardif, et le vieillard qui tient ici la place de Frau Holle [*N. D. T.* : dans un autre conte de ce nom] ne voulait qu'éprouver le bon cœur de la jeune fille. »

PARTAGER LA JOIE ET LA PEINE *(p. 185)*

Tiré de Wickram, *Rollwagen* (1590) repris par le *Zeitvertreiber* (1668). La notion d'« autorité » (all. *Obrigkeit*) est typique de l'âge baroque; elle désigne ici la police, la justice et le qu'en-dira-t-on villageois; justice et police relevaient le plus souvent du gentilhomme local.

LE ROITELET *(p. 187)*

Le roitelet *(Regulus regulus)* porte notoirement à la tête une marque pouvant passer pour une couronne royale. L'histoire repose sur une interprétation en allemand du chant de divers oiseaux. Ces oiseaux, avec la complicité des Grimm, parlent bas-allemand, par exemple, le vanneau : *Wo bliew ick !*, all. « Wo bleibe ich » (littéralement : « Où vais-je rester? ») ; la poule *Wat, wat, wat is denn dar to don*, all. « Was ist denn da zu tun » (littér. : « Que faut-il faire? ») ; le coq : *Luter riek lüd*, all. « Lauter reiche Leute » (littér. : « Rien que des gens d'importance ») ; la rainette : « *Natt, natt...* », all. « Nass, nass... » (littér. : « Mouillé, mouillé... ») ; « *Quark ok* », all. « Quark auch » (littér. : « Ce n'est que du vent « ; ici *quark* cf. pol. *tvarog* désigne le caillé maigre et conséquemment un objet de peu de valeur) ; « *König bin / bün ick* », all. « König bin ich » (littér. : « Le roi c'est moi »).

Effectivement, le roitelet est en allemand *Zaunkönig*, « roi des haies », plus exactement « des clôtures » qui, au temps jadis, étaient toujours des haies vives.

Le meunier mesurait le blé à l'aide d'un boisseau (plus tard d'un double décalitre) dont il prélevait un vingtième en prime de mouture à l'aide d'une mesure *ad hoc*, également estampillée par le Service des Poids et Mesures. Bien entendu, on l'accusait de tricher tant sur le poids que sur la mouture. De plus, maître d'une technique essentielle et d'un investissement important, il passait souvent pour un peu sorcier; c'était la rançon de ses capacités réelles.

La note des Grimm mérite d'être transcrite en bonne partie : « Selon une conception du pasteur Musäus [1735-1787] qui est reproduite dans les *Écrits de l'Association du Mecklembourg,* et d'après une autre de Gödeke, reprise dans *Lachendorf,* le conte est largement répandu et communiqué sous diverses narrations dans les *Livrets pour la Jeunesse* (1834), p. 242-248, par Halling dans *Mones Anzeiger* (1835), p. 313, dans les *Légendes et Contes* de Kuhn, p. 293-294, par Firmenich dans les *Dialectes de la Principauté de Calenberg* 1, 186, par Pröhle dans ses *Contes pour enfants,* n° 64, par Woeste dans les *Traditions populaires du Comté de Marche,* p. 93...

« Pline est invoqué par la suite (10.74) :

Dissident aquila et trochilus, si credimus,/Quoniam rex appellatur avium. [L'aigle et le roitelet, croyons-nous, Se querellent parce qu'on les a appelés rois des oiseaux.]

« Ensuite Aristote pour qui : "*Trokhilos aètòi polemios*", "le roitelet est plus combatif que l'aigle".

« Enfin un conte nègre *[sic]* noté par Kölle (p. 168) narre comment un oiseau l'emporta sur l'éléphant dans une compétition. »

Cette note est un exemple de la *Gründlichkeit* germanique, règle du genre érudit au XIXe siècle, mais l'information est encore loin de porter sur une aire mondiale.

LA SOLE *(p. 191)*

Variante d'une historiette étiologique de type voisin connu. Cf. *Le Roitelet.* Tiré de Musäus comme le précédent et le suivant.

LE BUTOR ET LA HUPPE *(p. 193)*

Conte étiologique : pourquoi le butor *(Butaurus stellaris)* au cri formidable et la huppe ont ce cri caractéristique. La huppe

(Upupa epox) lui doit son nom en français. Pareillement en bas-allemand : "up" = all. *Auf* qui signifie « debout ».

LA LUNE *(p. 195)*

Le narrateur jongle ici avec les grandeurs cosmiques. Le ton est archaïque. Dans le *Kalevala* finnois — aux fortes consonances scandinaves, donc indo-européennes — une sorcière cache à la fois le *Sampo* (moulin de fécondité), le soleil et la lune dans une montagne de cuivre. Thème voisin noté à Arkhangelsk. La figure du saint Pierre équestre ressemble curieusement à celle du Gargan gaulois ou du Wodan/Odin germanique. Ce conte a dû embarrasser fortement les Grimm par son paganisme flagrant.

LA DURÉE DE LA VIE *(p. 198)*

Conte noté d'un paysan de Zwehrn (près de Kassel) en 1838. Thème déjà traité par Babrius. Jehuda Levy Krakau Ben Sef l'a donné dans un poème de la revue *Hamasses* paraissant à Koenigsberg (1788).

MAÎTRE PFRIEM *(p. 201)*

Ce conte en forme d'apologue est un bon texte riche d'implications diverses attestant un conteur adroit et informé, voire cultivé. Le thème du « rouspéteur » peut passer pour classique : il y en a toujours un — ou une — sinon plusieurs dans un village. Grimm invoque plusieurs sources : un texte intitulé précisément *Hans Pfriem* et paru en 1582, réédité en 1603 et 1606. Dans la préface, l'auteur Heinecius se réfère à

Luther lui-même traitant du chapitre XV de l'*Épître aux Corinthiens* (cf. deux autres références en 1821 et 1842). Ici Pfriem est cordonnier comme son nom l'indique : all. *Pfriem* = *Ahle* = lat. *Subula* = fr. *Alène*; c'est l'aiguille du cordonnier. Il est parfois surnommé *Schusterpech* = « poix de cordonnier », tant il est « collant ».

Talpatsch vient du hongrois *Talpacs* : « qui va à pied », qui signifie « jeune sot » !

LA NIXE DE L'ÉTANG *(p. 206)*

Récit noté dans le Spreewald, en Haute-Lusace, terroir palustre habité jusqu'à nos jours par une population de langue slave, les Wendes. Avec sa donnée poétique et ses rebondissements, il pourrait fournir l'argument d'un ballet, voire d'un opéra.

L'allemand *weise Frau,* « sage femme », désigne non seulement une sage-femme, mais parfois une fée, ainsi dans la *Chanson des Nibelungs.* L'homme changé en grenouille (fém.), la femme changée en crapaud (masc.) peuvent avoir surpris; c'est que l'allemand *Frosch,* « grenouille », est masculin, et *Kröte,* « crapaud », féminin.

Les nixes passaient plutôt pour maléfiques; encore dans une ballade de Goethe (1782) reprenant le thème de l'homme entraîné sous l'eau.

LE FUSEAU, LA NAVETTE ET L'AIGUILLE *(p. 214)*

Ce conte répond à la définition du conte idéal : une jeune fille méritante, un fils de roi, quelques objets familiers devenus génies favorables. Emprunté par Grimm à un « ouvrage pour la jeunesse » qu'il n'a pas autrement désigné.

LE LAPIN *(p. 219)*

Rölleke (t. III, p. 513) s'exprime ainsi :

« Sans note chez Grimm.

« Parut seulement depuis la septième édition (1857) en cette place. (C'est pourquoi il n'est pas commenté dans le volume de notes de 1856.) À celle du texte publié seulement en cinquième et sixième édition (1843, 1850), « Le brigand et ses fils » [cf. AP 28]. Le 29-4-1857, W. Grimm écrit à Joseph Haltrich en Roumanie que [ce conte] ressemble trop au mythe de Polyphème et devait être éliminé comme n'étant pas typiquement allemand; pour combler cette lacune, il prie Haltrich de l'autoriser à utiliser le recueil de celui-ci : *Contes populaires du pays saxon de Transylvanie* (1856) et y emprunte le n° 38 *« De la fille de roi qui voyait tout dans son royaume du haut de son château ».*

On appelle « Saxons » (roumain Saşi) en Transylvanie, une population de langue allemande, mais d'origine mosellane, introduite aux XIIe et XIIIe siècles par les rois de Hongrie avec la charge de construire des villes; elles étaient au nombre de sept; d'où le nom allemand de cette province roumaine : Siebenbürgen; la plus connue est sans doute Cluj (all. *Klausenburg*) sinon Timişoara (all. *Temeschburg*). De nos jours, les « Saxons » qui furent jusqu'à 700 000 ont pratiquement disparu par émigration; il en reste peut-être cinq mille. L'une des sept villes, Sighişoara (all. *Schässburg*) possède encore la maison de Vlad l'Empaleur qui, au XVe siècle, tint brillamment tête aux armées turques.

Ce conte est d'une organisation simple : il recourt au motif triple qui — depuis Hérodote et son chapitre sur la royauté scythe — mérite d'être appelé classique (cf. *Les Trois Oiseaux*, p. 74). La princesse revêche a trois prétendants; le plus jeune remportera le prix. Il le fera par *trois* épreuves au lieu d'une : le motif de l'épreuve est ainsi détriplé. Il aura *trois* auxiliaires : un corbeau, animal de l'air, un poisson, animal de l'eau, un renard, animal vivant sur terre et sous terre.

D'autres thèmes archaïques sont associés à celui de la triplicité : 1) la prise de pouvoir par menace de mort et promesse de rachat; 2) la source régénératrice; 3) la tête-trophée sur un pieu.

La fille refusant le mariage était un fait rare, mais évident; cette originalité — qu'on jugeait regrettable — l'entraîne ici fort loin dans l'extravagance.

L'ÉPI DE BLÉ *(p. 224)*

Tiré d'une revue hessoise. Cf. Bechstein (p. 113) et Vonbun (p. 23). La flaque d'eau près d'un blé mûr sent son Europe du Nord en été.

LA CLÉ D'OR *(p. 226)*

De Hesse. Dans une variante d'Augsbourg (1853), le coffret contient une petite pelisse de fourrure : « Si la pelisse avait été plus longue, le conte le serait aussi. » Sur le même schéma, en français : « Savez-vous comme elle commence, la romance du muguet? Elle finit comme elle commence, la romance du muguet. »

LA ROSE *(p. 227)*

Recueilli dans le pays de Paderborn et transmis par la famille Haxthausen. Publié en 1819 et classé parmi les *Légendes enfantines* de l'édition Reclam. La rose blanche est symbole de mort.

L'ALIMENT DE DIEU *(p. 228)*

Recueilli dans la région de Paderborn et transmis par la famille Haxthausen; publié en 1819 et classé parmi les *Légendes enfantines* de l'édition Reclam. Grimm cite plusieurs analogues en Brabant, en Hollande et en Allemagne.

Ces deux exemples sinistres permettent de préciser le sens de *Kinderlegenden*, terme employé par Grimm pour une série de dix textes; ce sont des « légendes concernant des enfants ». La mortalité enfantine était très élevée. Un exemple: les parents de Goethe eurent six enfants; l'une atteignit vingt-huit ans; le poète quatre-vingt-deux; les autres moururent en bas âge...

LA BAGUETTE DE COUDRIER *(p. 230)*

Classé parmi les *Légendes enfantines* de l'édition Reclam.

Le noisetier ou coudrier — qui fut un appoint alimentaire au paléolithique — fournit souvent les baguettes magiques.

Conte provenant du Vorarlberg autrichien et emprunté à Vonbun (Vienne, 1847) : *D'Haslaruetha.*

LA MORT ET LE GARDEUR D'OIES *(p. 232)*

Repris quasi littéralement de Harsdörffer (1607-1658), leader des *Pastoureaux de la Pegnitz*, société de langage sise à Nuremberg, dans *Le Grand Théâtre des histoires de meurtre* (1663), titre à sensation.

Ce conte fut éliminé des éditions suivantes (1818) comme n'étant pas exactement « populaire ». Nous l'avons repris pour sa densité mythique.

LA PETITE VIEILLE *(p. 234)*

De Hesse, sans autre indication. Figure dans l'appendice de l'édition Reclam.

BARBE-BLEUE *(p. 236)*

Dans la première édition des *Contes* (1812), *Barbe-Bleue*, d'après un récit dû aux sœurs Hassenpflug noté en automne 1812 à Kassel, était accompagné de la note des Grimm, ainsi conçue :

« La Barbe-Bleue de Perrault est un des contes qu'il a le mieux racontés ; une feuille volante suédoise, *Blåskägget Fahlun* (1810), n'en est qu'une traduction. La légende française connaît encore une sœur de la femme, Anne ; quand celle-là doit mourir, Barbe-Bleue lui accorde un demi-quart d'heure ; alors elle envoie Anne sur la tour voir si ses frères arrivent et lui crie de temps en temps, dans son angoisse : "Anne, ma sœur Anne, ne vois-tu rien venir?" Tout à fait dans le ton populaire semblent les réponses de celle-ci :

Je ne vois que le soleil qui poudroie
Et l'herbe qui verdoie.

« Dans le récit allemand, du moins comme nous l'avons entendu, cela manque complètement ; en revanche apparaît un trait quand, angoissée, elle met la clé sanglante dans le foin, car c'est effectivement une croyance populaire que le foin absorbe le sang... »

Grimm cite encore une chanson du *Wunderhorn* et une de Herder, signale qu'à Hambourg, un homme à la barbe fournie est appelé Barbe-Bleue, qu'à Kassel même ce surnom était porté par un idiot notoire, et cite des analogies avec Straparole, l'écossais Cospatrick et le début des *Mille et Une Nuits.*

La ressemblance trop nette avec Perrault entraîna la disparition du texte dans l'édition de 1819. Ce texte, en effet, était d'importation et ne portait pas une marque germanique d'origine. Il figure dans l'appendice de l'édition Reclam.

LA PRINCESSE PEAU-DE-SOURIS *(p. 240)*

Cette variante de *Peau d'Âne* de Perrault fut écartée dès la deuxième édition (1819)et figure dans l'appendice de l'édition Reclam.

LA POIRE NE VEUT PAS TOMBER *(p. 242)*

L'enchaînement des tâches est souligné par l'emploi systématique de diminutifs alémaniques en *-li, Jockli, Hündli, Prügeli, Fürli, Wässerli, Kälbli,* qui détonnent dans un texte d'allure assez allemande, n'était l'élision des *-n* finaux, *hänge, metzle* etc., à l'infinitif.

Ce texte, paru dans l'édition de 1812 (il figure aujourd'hui dans l'appendice de l'édition Reclam), était donné comme d'origine *suisse.* Toutefois, Wagenseil signale en 1715 une feuille volante parue à Francfort où une chanson quasi identique est donnée pour *« juive ».* L'hypocoristique « Jockl, Jockli » est d'ailleurs plutôt hébraïque ou yiddish.

Brentano ayant repris ce texte dans son *Wunderhorn,* recueil de chansons, les Grimm l'ont rayé des éditions suivantes : il répondait mal à leur définition du conte, récit populaire suivi.

Ce texte a des répondants en France : « Biquette veut pas sortir du chou. »

FLEUR-DE-NEIGE, DU PRINCE JEAN, LE BON CHIFFON *(p. 244-245)*

L'intérêt de ces *Fragments* est leur extrême densité, d'où leurs implications évidentes ou prégnantes, tant mythiques que folkoriques.

LES CORNEILLES *(p. 246)*

Ce conte eut un destin bien particulier. Publié d'abord sous le n° 21, puis 107, il fut enfin refoulé en appendice dans l'édition définitive : « Récit d'un soldat originaire du Mecklembourg qu'August von Haxthausen envoya le 20-12-1813 aux frères Grimm avec la lettre suivante : "Quand il y a quinze jours environ j'étais en sentinelle double la nuit, mon compagnon me raconta des contes dont j'ai noté celui que vous trouverez ci-joint. Trois jours après, le conteur, lors de la rencontre de Kluvensiek, fut tué d'une balle juste derrière moi; c'est pourquoi ce conte m'est très remarquable..." Wilhelm [Grimm] en fait mention dans une lettre à Jacob Grimm du 18-1-1814, Arnim le 26-1-1815 : "Je ne vois pas sans émotion l'un des corbeaux." »

LA SAINTE DAME SOUCI *(p. 250)*

Sainte Souci évoque une figure romanesque de Heinrich Mann, *Dame Souci (Frau Sorge)* dans *Der Untertan* (1913). (En appendice dans l'édition Reclam).

LA MALCHANCE *(p. 252)*

Ce texte donné dans les quatrième, cinquième et sixième éditions (1840, 1843, 1850) disparut de la septième (1857) ; il suivait de trop près Bidpaï, le fabuliste indien, et fut remplacé par *La Lune* (p. 195). Il figure en appendice dans l'édition Reclam.

NOUVEAUX CONTES

DOSSIER

DU MÊME AUTEUR

Dans la même collection

CONTES. *Préface, choix et traduction de Marthe Robert.*

Composition Euronumérique
et impression Bussière
à Saint-Amand (Cher), le 13 janvier 2005.
Dépôt légal : janvier 2005.
1er dépôt légal dans la collection : novembre 1996.
Numéro d'imprimeur : 050162/1.
ISBN 2-07-038836-0./Imprimé en France.

134408